村上春樹における共鳴

監修/
中村 三春
日本北海道大学教授

編集/
曾 秋桂
台湾淡江大学教授

淡江大學出版中心

村上春樹研究叢書第六輯
《村上春樹中的共鳴》出刊賀詞

淡江大學校長

葛 煥昭

淡江大學創立於 1950 年，建校以來，秉持創辦人張建邦博士提倡的國際化、資訊化、未來化三化教育理念辦學。1968 年與日本中央學院大學簽署姊妹校，開啟國際化新頁。1993 年由日本語文學系率先辦理全國大專校院中首創的「大三學生出國留學計畫」，26 年來已有 7,677 位學生赴國外完成課業。全方位的國際化措施，讓淡江大學於 2015 年獲得教育部大專校院國際化品質視導「特優獎」，成為國際化典範大學。

在前瞻、創新的三化教育方針之下，日本語文學系曾秋桂主任有鑒於村上春樹先生自 2009 年以來，被視為諾貝爾文學獎熱門人選，遂於 2011 年成立台灣唯一的「村上春樹研究室」，以「形塑特色學系」，2014 年擴編為「村上春樹研究中心」，並且與國際村上春樹研究單位合作，共同推廣村上春樹的經典文學。

自 2015 年 7 月至今，村上春樹研究中心 3 度以國外學術團體身分，跨海登陸日本北九州市、本州、北海道辦理國際學術研討會，直至 2019 年共舉辦 8 屆的村上春樹國際學術研討會，展現本校村上春樹研究團隊的雄厚實力以及學術能量。

除了國際學術交流之外，並充實軟、硬體設備與圖書，設計開發相關課程，以多型態方式推廣村上春樹學。大學部核心課程設置「村上春樹講座」，辦理村上春樹微電影競賽、經典名著多國

語言朗讀比賽、村上春樹磨課師課程以及網路連線直播開講村上春樹等諸多活動。其中開設的磨課師「非常村上春樹」課程，榮獲「2017 年第三屆學習科技金質獎」、「2018 台灣線上學習高峰會獎」。此外，也積極出版村上春樹研究叢書系列，以期提升學術地位。從「媒介」、「兩義性」、「秩序」、「魔力」、「共鳴」等不同的主題切入，剖析村上春樹文學作品。

本校自 2018 年起設置「淡江大學創辦人張建邦博士暨張姜文錙伉儷熊貓講座」，每年延攬多位國際大師蒞校講學、密集授課及合作研究，藉以提升本校國際能見度與學術聲譽，未來衷心期盼能邀請村上春樹親臨本校演講，相信必能掀起另一波研究村上春樹的高潮。

欣逢村上春樹研究叢書第六輯《村上春樹中的共鳴》出刊前夕，特為文誌之，以資鼓勵。

村上春樹研究叢書第六輯
『村上春樹における共鳴』刊行に寄せる

淡江大学学長

葛 煥昭

　1950 年の設立以来、創立者張建邦博士が主張した「国際化」、「情報化」、「未来化」の理念に基づき、淡江大学の運営は軌道に乗って進んでおります。日本との関係では、1968 年に日本の中央学院大学と姉妹学校協定を結んで、国際化する新たな一頁を記録し、続いて、1993 年に日本語学科が台湾初の「大学三年生の一年間海外留学プログラム」を実施して、ここ 26 年間で 7677 名の学生を一年間の海外学習に派遣してきました。このように、本学が全力で各方面にわたり進めてきた国際化の成果により、2015 年には台湾教育部 (日本の文部科学省に当たる機関) から台湾高等教育国際化品質教導「特別優秀賞」を授与され、台湾における国際化のモデル大学とされるようになりました。

　先取的でクリエイティブな本学は「国際化」、「情報化」、「未来化」の理念のもと、村上春樹先生が 2009 年よりノーベル文学賞候補者として世界各地から注目を集めていることに鑑み、日本語学科曾秋桂主任が 2011 年に「特色のある学科」の目標を目指して、台湾唯一の「村上春樹研究室」を設立しました。さらに、2014 年には世界唯一の「村上春樹研究センター」へと組織を拡大し、世界各地の村上春樹研究者と提携しながら村上春樹学を学術的に深めています。

また、2015 年 7 月より、村上春樹研究センターは海外の学術団体として 3 回にわたり、日本北九州市、同志社大学、北海道大学で国際学術シンポジウムを開催し、大きな反響を呼んでいます。2019 年までに村上春樹国際シンポジウムを 8 回主催することになり、こうした活動を通して、本学の村上春樹研究チームが持つ、学術パワー、研究実力の強大さを証明することが出来ました。

　上述の国際的学術交流以外にも、設備、図書をソフト面、ハード面から充実させるばかりではなく、村上春樹関係の授業をデザインし、村上春樹学を促進することに余念なく努力を続けて参りました。例えば、学部の教養課程での「村上春樹講座」の開設、村上春樹ショートムービー・コンクール、多言語による村上春樹名著朗読コンテスト、村上春樹 MOOCs 開講、オンラインによる村上春樹講義など、ありとあらゆる方法で村上春樹関係の活動を積極的に行っています。とりわけ、「非常村上春樹」MOOCs により、「2017 年第三回学習科技金質賞」、「2018 年台湾オンライン学習サミット賞」を受賞しました。その他、今年で『村上春樹研究叢書』シリーズを第六輯まで出版し、村上春樹研究の地位を不動のものにし、今まで村上春樹文学における「メディウム」、「両義性」、「秩序」、「魅惑」、「共鳴」という多様なテーマにより村上春樹研究の道を切り開いています。

　さらに、本学は 2018 年より「淡江大学創立者張建邦博士及び張姜文鑷女史ご夫婦パンダ講座」を新たに設立し、毎年世界

各地から各分野で国際的に知名度の高い影響力のある専門家を招聘し、講演、集中講義、学術研究提携をしていただいております。これにより、本学の国際的知名度と影響力を高めることに努め、近い未来、村上春樹先生ご本人に本学においでいただき、本学が誠心誠意、村上春樹研究に注ぎ込んだ成果をご覧いただければ、この上もない喜びでございます。これはきっと新たな村上春樹研究のトレンドが生まれる契機となるに違いありません。村上春樹研究叢書第六輯『村上春樹における共鳴』の刊行に当たり、特にこれを記して喜びと励ましの言葉と致します。

(曾秋桂・落合由治訳)

監修のことば

北海道大学教授

中村 三春

　2018年第7回村上春樹国際シンポジウムは、台湾新北市淡水区の淡江大学守謙国際会議センターにおいて、2018年5月26日から28日まで3日間の日程で開催された。3日目は「淡水風土と文学見学」のエックスカーションであったので、研究部門としては正味2日間の大会だったことになる。

　淡江大学村上春樹研究センターと淡江大学日本語文学科の主催で行われた今回の国際シンポジウムのテーマは、「村上春樹文学における『共鳴』(sympathy)」であった。1日目は、3件の基調講演、4件のポスター発表、映画鑑賞会、それに9人が登壇してパネルディスカッション「『騎士団長殺し』をめぐる読み・翻訳の事情」が行われた。本輯に収録された中村三春・金水敏・Matthew Strecherの論考は、いずれも基調講演の内容を基にしたものである。また、「アジア初村上春樹映画鑑賞会」とうたった上映会とトークショーでは、Anna Zielinska-Elliott氏の司会のもと、デンマークの村上文学翻訳者であるMette Holm氏のスピーチにより、ドキュメント映画「村上春樹の夢」（Dreaming Murakami）が上映された、ところどころに「かえるくん」が登場する幻想的な画面に載せて、村上文学の真髄に迫るメッテ・ホルム氏の探究が描き出された、魅力的な映画であった。さらに、パネルディスカッションでは、最新の長編小説である『騎士団長殺し』の内容について、国際的に多面的な

検討が行われ、議論は盛り上がった。

　2日目は、朝から夕方に至るまで、33名の発表者が個別研究発表を行った。本輯に収録された8編の論文は、すべてこれらの研究発表において発表され、厳正な論文審査を通過して掲載に至ったものである。私も、随時4会場に分かれて行われた研究発表のセッションを聴講して歩き、興味深い口頭発表と討論のやり取りに参加した。特に若い世代による発表には、着眼点が独特で想像力も豊かなものが多く、大変に刺激的であった。ただし、研究の基本は昔も今も変わるところがない。テクストを丹念に読み、自分の主張をテクストに基づいて実証することである。あるいは、テクスト外の事実（歴史や事件・人物）と、テクストとの結びつきについての論証を決して蔑ろにしないことである。極端な話、村上にせよ他のどのような作品にせよ、文芸作品はある意味では言おうと思えば何でも言えるようなものである。どのような理論や事実を持ってきてもよい、しかし、最終的にはそれらに対応するテクスト中の要素との対応関係を分明にしなければならない。これこそが、いかなる理論に依拠する場合でも、文芸研究の基本中の基本なのだが、逆に見れば、取りあえずこの条件さえ踏まえていれば、何をどのように論じてもよいのである。若い人たちによる研究発表を聴講して、私が一番感じたのはこのことであった。

　以上が本輯の母体となった2018年第7回村上春樹国際シンポジウムの概要である。台湾・日本・中国・韓国・マレーシア・アメリカ・デンマークからの多数の参加者と、盛りだくさ

んのプログラム、特に映画の上映会などもあり、まれに見る盛況を呈した国際シンポジウムであったと言わなければならない。なお本輯ではこのほかに、文芸評論家・愛知淑徳大学教授の清水良典氏から寄稿論文「ハルキ・ワールドの秘密の通路」をいただいて掲載している。世界における村上評価のあり方を、その作品の構造とのつながりの秘密について分かりやすく論じた清水氏の寄稿論文を掲載することができ、望外の喜びである。これらの諸論考が公刊されることにより、国際的な村上春樹研究がますます進展することを期待したい。

　最後となったが、この国際シンポジウムの企画・運営と、本研究叢書の編集・刊行を一手に引き受けられた淡江大学村上春樹研究センターの曾秋桂センター長、落合由治副センター長および淡江大学の先生方、また国際シンポジウムにおいてご尽力された輔仁大学外国語学部長・台湾日本語文学会理事長の頼振南氏や多くの台湾各大学の関係者の方々、さらには裏方として支援してくださった学生の皆さんにも、この場を借りて御礼を申し上げたい。次回の 2019 年第 8 回村上春樹国際シンポジウムは、私の勤める日本の北海道大学札幌キャンパスにおいて開催される運びとなっている。再び多くの参加者においていただき、この貴重な文芸研究による国際交流の火を次の時代に引き継いでいただければ、これほど嬉しいことはない。

執筆者一覧（掲載順）

中村　三春 (NAKAMURA Miharu)　日本・北海道大学教授

金水　敏（Satoshi KINSUI）　　日本・大阪大学教授

Matthew C. STRECHER　　　　日本・上智大学教授

清水　良典 (SHIMIZU Yoshinori)　日本・愛知淑徳大学教授

曾　秋桂（TSENG Chiu Kuei）　台湾・淡江大学教授

浅利　文子（ASARI Fumiko）　日本・法政大学兼任講師

星野　智之 (HOSHINO　Tomoyuki)　日本・編集者、著述家

落合　由治（OCHIAI Yuji）　　台湾・淡江大学教授

三宅　香帆 (MIYAKE　Kaho)　日本・京都大学博士課程

齋藤　正志（SAITO Masashi）　台湾・中国文化大学副教授

王　佑心 (WANG Yuhsin)　　台湾・銘伝大学副教授

鄒　波（ZOU Bo）　　　　　中国・復旦大学副教授

目 次 第六輯

特別寄稿講演録

投稿論文

「壁」は越えられるか

―村上春樹の文学における〈共鳴〉―

中村　三春

1.〈共鳴〉のパラドックス―「中国行きのスロウ・ボート」

　これまで筆者が論じてきたように、村上春樹の小説において重要な課題である危機への眼差しや、故郷をめぐる回路は、また〈共鳴〉の問題とも深く関わっている[1]。人と心を通わせることのできない状態、〈共鳴〉できない状態がえてして危機的な事態を引き起こすのであり、また故郷を失うことは、真に〈共鳴〉できる相手を失うということにも繋がるからである。ここでは、この延長線上に〈共鳴〉の問題を取り上げてみたい。〈共鳴〉（resonance）とは音（sound）などの波によって、固有振動数を等しくする振動体が共振する現象であり、転じて〈共感〉（sympathy）の意味でも用いられる。ただし、物理現象と語彙を共有するだけに、単なる〈共感〉よりも意見・思想に同調する積極性のニュアンスを含むことがある。いずれにしても、〈共鳴〉を考えるためには、〈共鳴〉しない状態から考えなければならない。人と人とが響き合うのは、簡単なことではない。ここでは、村上春樹の文学において、〈共鳴〉〈共感〉はどのような位相で現れているかを考えてみよう。

1　中村三春（2015）「村上春樹―〈危機〉の作家」および同「故郷　異郷　虚構―『故郷を失つた文学』の問題」『フィクションの機構2』ひつじ書房。

村上作品の初発の状態を端的にとらえるために、短編「中国行きのスロウ・ボート」(『海』1980.4)の第3章を取り上げよう。これは『風の歌を聴け』(『群像』1979.6)、及び『1973年のピンボール』(同 1980.3)に続く村上の第三作である[2]。なおこの短編の本文は、短編集『中国行きのスロウ・ボート』(1983.5 中央公論社)に収録され、その後『村上春樹全作品1979-1989』3 (1990.9 講談社)への再録時に大きく改訂されている。ここでは原則として、『全作品』所収本文を用いるが、後で初出本文についても少し触れる。さてこの物語は、環状線である東京の山手線の構造に大きく依拠している。新宿駅で「僕」は、駒込のアパートに帰る彼女をプラットフォームで見送った後、あることに気づく。「僕は彼女を逆まわりの山手線に乗せてしまったのだ」、「僕の下宿は目白にあったのだから、彼女と同じ電車に乗って帰ればよかったのだ」。つまり、山手線には内回りと外回りの二方向があるのだが、その方向を間違えたというのである。

　第一にこのことが象徴的に示しているのは、村上春樹の小説は、いわば〈東京の文学〉であるということである。〈東京の文学〉であるとは、つまり日本近代文学の保守本流であることを示している。このテクストは、特に注釈もなく新宿・目白・駒込の駅名が出てきて、それらの位置関係が物語の基本となっ

2　「中国行きのスロウ・ボート」の本文は、短編集『中国行きのスロウ・ボート』(1983.5 中央公論社)に収録され、その後『村上春樹全作品1979-1989』3 (1990.9 講談社)への再録時に改訂された。本稿では原則として、後者の『全作品』所収本文を用いる(傍点原文、以下同)。

ているが、このようなことができるのは東京の路線である山手線だからであって、たとえば大阪環状線とか、仙台市地下鉄とかの駅名ではできない。このことからすれば、多数に及ぶ村上の作品は、神戸、北海道、ハワイ、京都、ギリシャ、高松、名古屋、フィンランド、小田原など各地に舞台を採ってはいるものの、その基盤が東京であることには疑いをいれない。そもそも、村上の小説、特に長編小説は、十二滝町などの架空の土地も含まれるものの、必ずと言ってよいほど具体的な実在の地名が入っている。これは、たとえばほとんど実在の地名の出てこない小川洋子の小説などとは大きな違いである。多くの場合、どこか外部への旅を経て、主人公は東京に戻ってくるのだ。東京は小林秀雄「故郷を失つた文学」（『文藝春秋』1933.5）の言葉を借りれば、村上文学における「第二の故郷」、つまり関西という自分の生まれた「第一の故郷」から出て、その後で定着した土地にほかならない。「中国行きのスロウ・ボート」では、東京の地理と交通網、つまり山手線の内回り・外回りと、新宿・目白・駒込各駅の位置関係を知らなければ、「僕」の間違いの意味も十分には分からない。ところで、彼女が新宿から東京駅経由で駒込まで「逆まわり」で乗車したと言われても、なお、すんなりと腑に落ちるものではない。

　「僕」の語りによれば、「彼女が早く僕の間違いに気づいて逆まわりの電車に乗り換えていれば別だ。でも僕には彼女がそうするとは思えなかった。彼女はそういうタイプではないのだ。それにだいたい彼女には始めからちゃんとわかっていたはずなのだ」と説明され、その後彼女の口からも、「あなたが本

当に間違えたんだとしても、それはあなたが実は心の底でそう望んでいたからよ」とか、間違いに気づいたけれども「まあいいやって思って」乗っていたところ、「でも電車が東京駅を過ぎたあたりで、力が抜けちゃったの。何もかもが嫌になっていったの」と語られる。彼女は中国人だが日本生まれで、父親は横浜の輸入商、「僕」と同い年の十九歳で、「都内の私立の女子大」の学生である。そのような人物が、東京の地理に疎いはずはない。人が現代の東京で行動するためにまず最低限知らなければならないのは、控え目に言っても都心部における山手線と中央線の乗り方だろう。またこの小説では彼女を電車に「乗せる」という言い回しを何度かしているが、これにも違和感がある。女性をエスコートして最後に見送るという意味でなければ、「都内の私立の女子大」の学生が、わざわざ電車に乗せてもらう必要はない。そして、山手線の場合、たとえ乗り間違えたとしてもすぐに降りて反対側に乗り換えればよいだけなのに、そしてそのようなことに個人の性格などあまり関係がなさそうなのに、このテクストはそのオプションをあらかじめ封殺している。そもそも、「あなたが本当に間違えたんだとしても、それはあなたが実は心の底でそう望んでいたからよ」とは、フロイトが論文「否定」（*Die Verneinung*、1925）に書いた、神経症患者の否定はすべて肯定でしかないという無理筋の理論を思い出させる底意地の悪い言い方である[3]。このように言われたらば、誰も何も言い返すことはできないだろう。すなわ

3　フロイトの「否定」については、中村三春（2000）「漱石テクストと『否定』」『文学』1-2 岩波書店も参照のこと。

4

ち、これらはすべて、物語のある目標のために設えられた言説なのである。

ち、これらはすべて、物語のある目標のために設えられた言説なのである。

　言うまでもなく、その目標とは、「いいのよ。そもそもここは私の居るべき場所じゃないのよ。ここは私のための場所じゃないのよ」という彼女の感覚を導入することにほかならない。その「場所」が日本のことを指すのか地球を指すのかは分からないと言われているが、彼女が自分は〈場違い〉（out of place）な人間だと感じているのは確かである。その背景には、中国人としてのそれまでの彼女の経験があるとしても、それを決定づけたのが「僕」の「間違い」であり、それを導き出すためにあのような言説の構築が必要とされたのである。それに対して「僕」は、彼女は決して〈場違い〉な者などではない、「まとも」に感じられると繰り返し宥めるのだが、電話番号を書いたマッチ箱を捨てたため、それきり彼女とは会うことがなかったという結末である。そしてこの〈場違い〉の感覚は、エピローグとなる第5章で、「ここは僕のための場所でもないんだ」という言葉を「山手線の車内」で思いつくことにより、「僕」自身によっても最終的に確証されている。「誤謬こそが僕自身であり、あなた自身であるということになる。とすれば、どこにも出口などないのだ」と、この〈場違い〉感が、あたかも自己と他者とにおいて共有されるかのように語られるのである。

　第2章と4章で語られる他の二つのエピソードも併せて、「中国行きのスロウ・ボート」の核心はここにあるだろう。自

分が本来いるべきでない場所とは、〈共鳴〉の失敗する場所に
ほかならない。「誤謬」に彩られた人間関係において、〈共鳴〉
は抑圧され、〈共感〉の道は閉ざされている。ただし、この小
説の結末においては、そのような限定においてではあるが、そ
の〈場違い〉の感覚を相手と共有することが志向されてもいる
のである。このことが重要である。ここは彼女のための場所で
はないだろうが、僕のための場所でもないのだ、と。それは、
他者を理解することは不可能であるとしても、単に他者を突き
放すような独我論（solipsism）ではない。それは〈共鳴〉できな
いことにおける〈共鳴〉への志向であり、〈共感〉を封鎖された
者同士における〈共感〉の可能性にかけるということなのであ
る。そして以後、村上春樹の文学における〈共鳴〉は、常にこ
のようなパラドックスの相において現れることになる。

　しかし、ここに既にある種の錯誤、あるいは限界が認められ
る。「ここは僕のための場所でもない」ということ、〈共鳴〉で
きないことの共有という観念は、あくまでも「僕」の側にのみ
起こった志向であり、彼女のものではない。それは可能性では
あっても、常に充足されるものではない。確保されているの
は、高々、自分と自分との間のコミュニケーションに過ぎな
い。自分には〈共鳴〉が欠けている、あなたもだろう？、とい
うのは、えてして一種の押しつけとなり、時には説教がましい
思想となる。このような限界性、あるいは押しつけがましさ、
説教臭さは、それ以後最近に至るまで、村上の書くものにはつ
きまとっているように感じられる。とはいえ、そのことはそれ
として認識できるものとして表現されているとも言えるのであ

り、いわばそのような限界性を伴った表象として、村上のテクストにおける〈共鳴〉は調整されているのだ。この〈共鳴〉のパラドックスは、織り込み済みのものなのである。

このこととの関連において、「中国行きのスロウ・ボート」に中国人が登場することは、当然、歴史的な理由を伴っているものと見なければならない。またその歴史性において、中国人や中国が取り上げられる『ねじまき鳥クロニクル』や『アフターダーク』、さらに『騎士団長殺し』などを併せて考えることは可能であり、また必要でもある。この短編における〈共鳴〉の不可能性に関して、民族や差別、地政学の問題を見て取ることは自然の成り行きであり、既に藤井省三や加藤典洋ほかの論者はそのことを行っている[4]。ひいては、『スプートニクの恋人』における在日韓国人、『色彩を持たない多崎つくると、彼の巡礼の年』のフィンランドなど、村上小説における外国や外国人の設定も併せて視野に入れることもできるだろう。ただし、より高次の水準において、それらは外国人の登場しない他の村上作品、たとえば、典型的には『ノルウェイの森』などの問題とも合流するものと思われる。その合流点こそ、〈共鳴〉のパラドックスなのである。

4　藤井省三 (2007)『村上春樹のなかの中国』朝日新聞出版、および加藤典洋（2011）『村上春樹の短編を英語で読む 1979 ～ 2011』講談社の「中国行きのスロウ・ボート」論を参照。

2．ここは僕のいるべき場所じゃない─「街と、その不確か　な壁」

　次に、「中国行きのスロウ・ボート」のこのような問題を、少々意外に思われるかも知れないが、ある作品と接続してみよう。『世界の終りとハードボイルド・ワンダーランド』（1985.6、新潮社）の「世界の終り」部分の先駆作品として、短編「街と、その不確かな壁」（『文學界』1980.9）があることが知られている。だが、この短編が、『風の歌を聴け』、『1973年のピンボール』、「中国行きのスロウ・ボート」に続いて発表された、出発時から第四作目という非常に早い時期の作品であることに、十分な注意が払われているとは言えない[5]。「中国行きのスロウ・ボート」が三番目、「街と、その不確かな壁」が四番目なのである。のみならず、この小説の構造、及び『世界の終りとハードボイルド・ワンダーランド』への改作の状況は、その後の村上作品の展開において重要な意味を持つものである。すなわち、これまでの村上作品の研究史にはあまり登場しない「街と、その不確かな壁」を、大幅に、そして大胆に再評価すべきなのである。

　「街と、その不確かな壁」の物語は、概ね『世界の終りと

5　村上の初期作品は、発表順に次の通りである。『風の歌を聴け』（『群像』1979.6）、『1973年のピンボール』（『群像』1980.3）、「中国行きのスロウ・ボート」（『海』1980.4）、「街と、その不確かな壁」（『文學界』1980.9）、「貧乏な叔母さんの話」（『新潮』1980.12）、「ニューヨーク炭鉱の悲劇」（『BRUTUS』1981.3.15）、「五月の海岸線」（『トレフル』1981.4）。

ハードボイルド・ワンダーランド』の「世界の終り」の章と重なるが、その後単行本に収録されず、『全作品』にも収められていないため、広く普及しているとは言えない。そこで、山根由美恵の貴重な論文から、「世界の終り」物語との対比を引用して概説に代えよう。引用文中、〈街〉とは「街と、その不確かな壁」、〈世界〉とは『世界の終りとハードボイルド・ワンダーランド』を指す。「1、〈街〉は『世界の終り』世界のみの話であり、近未来世界『ハードボイルド・ワンダーランド』がない。2、〈街〉には、森という存在がない。3、〈街〉と〈世界〉とでは結末が異なる。(前者の『僕』は、『影』とともに街から脱出する。後者の『僕』は街に留まる)4、〈街〉の街は、『僕』が作りあげたものではなく、『君』が作った。5、〈街〉は語り手(書き手)が存在し、『ことば』の話題が多く、重要な意味で語られる。6、〈街〉の『壁』は、その存在が意味深く描かれている」[6]。これらは、重要な相違点を網羅している。ほかにも一角獣が単に獣であったり、「僕」が発熱して妄想を見る、あるいは、後で触れる大佐の見た横顔のない女の挿話の有無などの違いもあるが、山根の分析は極めて的確なものである。

　山根の言うように、「街と、その不確かな壁」は一種の額縁構造となっていて、冒頭と結末に現実世界における「僕」の語

6　山根由美恵(2007)「封印されたテクスト─『街と、その不確かな壁』」『村上春樹　〈物語〉の認識システム』若草書房 pp.73-74。ただし、4については、「でも十八年かかったわ、その街を見つけだすのに」と彼女(「君」)が言い、「影」は「何かしらの意志によって無理矢理作り上げられたものだってね」とあることから、確実ではない。

りが置かれ、その間は「壁」に囲まれた想像の「街」における物語が語られる。ちなみに、この短編は〈東京の文学〉ではなく、額縁に描かれる現実世界もどこの街か分からない。ところで、山根は論文中の要約において「主人公『僕』が一八歳の時、愛しており、死んでしまった『君』」と述べており[7]、また加藤典洋に至っては「彼女はある内閉的な精神的な病いに苦しみ、自殺している」とまで論じている[8]。しかし、そのあたりは実際には曖昧である。少なくとも加藤の言うように精神病のために自殺した、などとは書かれていない。原文によれば「君はその壁に囲まれた想像の街の中で死んだ」とされている。また、その「街」においても、「『僕は君の影を愛していた』／『知ってるわ』と君は言う。『でも彼女は死んだ』／そうだ、彼女は死んだ」と述べられているが、その死が現実世界における「君」の死を意味するのか、あるいは語られているように「影」として「街」で死んだことを意味するのかは明確とは言えない。この曖昧さは、想像の「街」で葬られた「君の影」が、現実世界の「君」と同一であり、「本当の」彼女は、その「街」の図書館に生き続けているという（『世界の終りとハードボイルド・ワンダーランド』では採用されなかった）屈折した設定に由来すると思われる。少々この設定自体に無理があるとも言えるが、ともあれ「僕」が十八歳の時に、現実の彼女がその後どうなったかは、明確には書かれていないのである。

7　山根由美惠前掲書（2007）p.73。
8　加藤典洋（2006）『村上春樹イエローページ』1 幻冬舎文庫 p.194。

　ただし、加藤がそのような見方からこれを「オルフェウス的冥界譚」[9] と呼び、「内閉世界に閉じ込められた恋人に自分も影をなくし― 内閉された人間になって― 会いにいく、という内閉に閉ざされる者への連帯の話だ」[10] ととらえ、『世界の終りとハードボイルド・ワンダーランド』の次の長編『ノルウェイの森』[11] への連続性において理解したのは興味深い読み方である。さらに、『ノルウェイの森』における直子の自殺― 恐らくそのことに引きずられて加藤は先のような読み方をしたのだろうが― と似たような出来事が、『風の歌を聴け』及び『1973 年のピンボール』においても示唆されていることから、「街と、その不確かな壁」は、これらの初期二長編と『ノルウェイの森』との間を繋ぐ位置を占める作品であることが分かり、ひいては、それが発展した『世界の終りとハードボイルド・ワンダーランド』をもその系列の中に誘引することになる。つまり、『1973 年のピンボール』の冒頭で「僕」が直子の郷里の駅を訪れるのとも似て、死んだ直子に会いに黄泉の国に訪ねていく類の話である。そのように見るならばこれは、『スプートニクの恋人』ですみれを探すギリシャへの訪問や、『海辺のカフカ』で高知の山中で中有に彷徨う死者の世界を垣間見て十五歳の佐伯さんに会う物語などの原形を示していることが分かる。ただし、こちらでは決して「冥界譚」として単純明快に書かれているわけではない。

9　同 p.194、脚注。

10　同 p.196。

11　同 p.196、脚注。

「街と、その不確かな壁」は、村上自身が『全作品』月報の
自作を語る」において述べるところによれば、「失敗作」とし
て作品集に収録しておらず[12]、加藤もまたこれを「失敗作」[13]だ
と見なしていて、それが通説のようになっているが、私見では
全くそうとは思われない。むしろ、後に「ハードボイルド・ワ
ンダーランド」と合体したことによって変容を被るものが、原
初的なままに置かれたことによって、事態の原質がより鮮明に
なっている魅力的な作品である。すなわちそれは、〈共鳴〉の
ない状態が人と世界の生地の部分をなすということであり、直
前の「中国行きのスロウ・ボート」を受け継ぎ、後続の『ノル
ウェイの森』に引き継がれる要素である。「中国行きのスロウ・
ボート」の初出第2章には、高校三年生の時に恋をしていた同
級生との、中国人学校で試験を受けた記憶についての比較的長
いやり取りの挿話がある。「それから六年か七年たった高校三
年生の秋」から始まってこの章の終わりまでの箇所である。こ
れは『全作品』所収時に削除されるが、その代わり第3章の方
に、「高校時代からつきあっているガールフレンド」との遠距
離関係に苦慮しているとする記事が増補された。「僕には高校
時代からつきあっているガールフレンドがいた」から始まる部
分である。そこでは、その遠距離関係をどのように展開させれ
ばよいか分からないと述べられている。他方、「街と、その不
確かな壁」では、「君」との十六歳から十八歳の時の挿話が描

12　村上春樹（1990）「『自作を語る』はじめての書下ろし小説」『村上春樹
　　全作品 1979-1989』4（月報）講談社。
13　加藤典洋前掲書（2006）p.196。

かれており、ここにはこれらのテクストを貫く共通の要素が認められる。すなわち、一連の物事の起源となるような十代の頃の不幸な恋愛の記憶であり、その背景には、人と人との本来的な関係とは何かという問いが伏流し、その伏流は前後の作品とテクスト系列的に繋がっているのである。テクスト系列的にというのは、『1973年のピンボール』と『ノルウェイの森』の直子は同一人物ではないが、観念上は無関係ではないというのと同じ意味においてである。また補足するならば、『ノルウェイの森』の関連作品である「螢」や「めくらやなぎと眠る女」なども、この系列に加えることができるだろう。

　「街と、その不確かな壁」と「世界の終り」とに共通して、「影」とは人の心であるという設定がある。また「影ってのはつまりは弱くて暗い心なんだ」と「街と、その不確かな壁」で、「人々が心を失うのはその影が死んでしまったからじゃないかってね」と「世界の終り」で述べられている。「世界の終り」の老人（大佐）は、親切は心とは別で、独立した「表層的な機能」であり「習慣」に過ぎず、「心というのはもっと深く、もっと強いものだ。そしてもっと矛盾したものだ」と「僕」に告げる。「街と、その不確かな壁」の「弱くて暗い心」は、「世界の終り」の深く強くまた矛盾したものと字義的には対立するが、実際には同等のものとも解釈できる。心は、単純な悪でも単純な善でもなく、より不純で多様性に富んだ何ものかであり、仮に心が至純のものであるとすればむしろそれは肯定されない。もっとも、それこそ表層的には、図書館の彼女も老人も、門番ですらも、虚心に読めば特に心を失っているように

13

は見えない。「影」もまた、人とほぼ同等に描かれる。彼らが個性的でないということはない。この設定は観念的なものであり、具体的に表象として実現していない内実を、説明によって肩代わりしているのである。

「街と、その不確かな壁」では、現実世界の「君」は「影」であることによってあたかも本質を失った人間であり、むしろ本質は壁の「街」の図書館に生きているかのように語られる一方で、その「街」についても、「この街には実体というものがないんだ」と批評されていた。さらに興味深いことに、「ここは僕の場所ではなかった」と彼は語っている。この「中国行きのスロウ・ボート」とも似た文によれば、どれほど快く過ごすことができるとしても、心、あるいは「弱くて暗い心」を欠いた人々は「実体」ではなく、〈共鳴〉し合うことができない。だからこそ、「あなたが今抱いているのはただの私の影。あなたが今感じているのはあなた自身の温もり」とまで言われる空疎な現実の世界へと、彼は自らの「影」とともに戻らなければならない。あたかも『羊をめぐる冒険』（『群像』1982．8）の鼠が「俺は俺の弱さが好きなんだよ。苦しさや辛さも好きだ」と言い、「僕」が「たとえそれが退屈さにみちた凡庸な世界であるにせよ、それは僕の世界なのだ」と言うように。

一方、「ここは僕のいるべき場所じゃない」というほぼ同じ言葉が、「世界の終り」の「僕」の口からも発せられる。ただし、山根の挙げた第3点のように、こちらの結末では、「僕」は「街」から脱出することを拒絶する。その理由はこの街を

作ったのが「僕」自身であり、それに対する責任があるからと
されるが、それを物語論理の上で担保するのは、合体された
「ハードボイルド・ワンダーランド」の物語、すなわち「第三
回路」の導入である。「第三回路」は老人による操作によって
「私」を支配するに至るが、しかし、それが「私」自身のもので
あることには間違いがない。さらに、「僕」が今後「森」におい
て彼女と暮らすことの意義は、山根の挙げた第4点に関わり、
「森」が「街」世界に対して一種の外部としての機能を持つた
めだろう。このことを指して和田博文は、この「森」を「二重
に追放された場所」と呼んだ[14]。これらがこの「街」世界に関し
て、『世界の終りとハードボイルド・ワンダーランド』段階に
おいて、新たに加わった最も大きな変異である。

　だが、ここが重要なのだが、酷なことを言えば、彼女も
「森」もまた彼自身が「第三回路」において作ったものなのだ。
自分が作ったものに責任があるというのは聞こえは良いが、所
詮、それは自分と自分との間のコミュニケーションに過ぎな
い。だから、根本的には、『世界の終りとハードボイルド・ワ
ンダーランド』の状況は、「街と、その不確かな壁」の「あな

14　和田博文（1988）「『世界の終りとハードボイルド・ワンダーランド』
　　論―物語の核に埋め込まれた『現在』」『國文學解釈と教材の研究』
　　8 學燈社。その他、「街と、その不確かな壁」については、今井清人
　　（1990）「『世界の終りとハードボイルド・ワンダーランド』―〈ねじ
　　れ〉の組織化」『村上春樹―OFF の感覚』国研出版、加藤弘一（1989）
　　「異象の森を歩く―村上春樹論」『群像』11 月号、内田康（2016）「『直
　　子』から『直子』へ―村上春樹初期作品における〈喪失〉の構造化」
　　『村上春樹論―神話と物語の構造』瑞蘭國際などを参照。

たが今感じているのはあなた自身の温もり」というのと大差は
ないのである。実際の他者との〈共鳴〉は閉ざされている。こ
れは二つの小説の異なる設定として取り上げられてきた点であ
るが、「僕」が「街」から脱出しようとしまいと、結局それらは
同じことでしかないのである。これについては、西田谷洋も
『世界の終りとハードボイルド・ワンダーランド』について、
「自分が作った場所に留まる点では、街で生きることも森で生
きることも同じである」と解釈している[15]。確かに「森」を配置
したことにより、「街と、その不確かな壁」の人と「影」との錯
綜した関係は整理され、明快になった。とはいえ、いずれにせ
よ彼（ら）は、最終的に「僕のいるべき場所じゃない」場所に
戻り、あえてそこに居を占めるのである。「中国行きのスロウ・
ボート」の「僕」と同じように。この点において、西田谷がこ
の設定を「快楽を維持し続けるための大義名分に他ならない」[16]
と批判するのとは筆者の立場は異なる。そこは、彼らにとって
決して故郷ではない。そこは異郷にほかならない。

3.　無の系譜─『騎士団長殺し』まで

　筆者が既に述べたように、『ノルウェイの森』（1987.9、講
談社）における最も核心的な問いとは、人は人を愛せないの
が常態であり、そのような人が人を愛するというのはどのよ

15　西田谷洋（2017）「システムと責任─『世界の終りとハードボイルド・
　　ワンダーランド』」『村上春樹のフィクション』ひつじ書房 p.429。
16　西田谷前掲書（2017）pp.429-430。

うな事態なのか、という問いにほかならない[17]。登場人物はことごとく、過去に遡る何らかの理由のために、決して人を愛することのできない、いわゆる「愛着障害」を抱えた人間であり、にもかかわらず誰かを愛そうとする[18]。「愛着障害」は精神科医の岡田尊志が論じている概念で、幼少期に父母から愛されなかった人は、愛する術を学ばずに成長し、人を愛することができなくなるという現象であり、現代人には「愛着障害」が極めて多いとされる。筆者は先に村上の「品川猿」などを、この「愛着障害」の典型的な表現として論じた[19]。「品川猿」のみずきの場合は、母親らに愛されなかったために愛することを学ぶことができず、他者から愛されず傷つけられることを避けるために、むしろあらゆる愛着を回避するようになった、「回避型」の「愛着障害」である。誰にも嫉妬を感じたことがないというみずきの言葉は、そのことを傍証している。そして『ノルウェイの森』とは、恋愛を擬態的な媒介として、他者との関わりにおける自己という存在のあり方を、「僕」を中心に複数の人物群において繰り返し検証する物語なのである。その存在は

---

17 このことについては、中村三春（2018）「〈見果てぬ〉『ノルウェイの森』」（東洋大学・ストラスブール大学・国際交流基金主催、国際シンポジウム「村上春樹の Real と Future ― 表象文化研究の視点から」、2018.3.17、パリ日本文化会館）において詳述した。

18 「愛着障害」については、岡田尊志（2011）『愛着障害　子ども時代を引きずる人々』光文社新書、同（2013）『回避性愛着障害　絆が希薄な人たち』同などによる。

19 中村三春（2018）「〈愛されない〉ということ― 村上春樹『品川猿』など」『層　映像と表現』10 北海道大学大学院文学研究科映像・表現文化論講座。

他者を求めるが、その同じ身振りにおいて他者を拒絶する。愛したいのだが、愛される術を知らず、愛することもできない。言い換えれば、〈共鳴〉を志向することと、〈共鳴〉の不可能性を確認することと、その両者が一つのテクストに織り合わせられているのである。

　この世界は本来自分のいるべき場所ではない。向こう側にはある種の純粋な世界、「完全にアナーキーな観念の王国」（『羊をめぐる冒険』）があり、人はこちら側から向こう側へと越境する様々な通過儀礼や境界線、たとえば「羊」、井戸、ホテルの部屋、穴、夢、「入口の石」、オハライ、富士の風穴、異界の洞穴などを通過する過程において、自分の「弱くて暗い心」、もしくは「心の闇」（「品川猿」）の実相を目の当たりにする。それらの物語において、人物にとっての「影」は、弱さ、暗さや邪悪さなどの属性の程度において、鼠、永沢、五反田、ワタヤノボル、さきがけのリーダー、白いスバル・フォレスターの男などに憑依し分身し続ける。〈共鳴〉を求められる相手である「中国行きのスロウ・ボート」の彼女、「街と、その不確かな壁」の「君」は、直子、イズミ、クミコ、佐伯さん、すみれ、ユズ、その他の名前で呼ばれるだろう。そして、相手の側においても「影」的な陰陽の分身が現れる。緑と直子、すみれとミュウ、さくらと佐伯さん、白根柚木と黒埜恵理などのように。もちろん、すべての人物を図式的に配置するわけにはいかない。重要なのは、これらの物語においても、〈共鳴〉は、〈共鳴〉しない／できない状態と同値のものとして提案され続けることである。

　だが、やがてその純粋な世界は、洗脳的あるいは全体主義的に自我を抑圧し消滅させる力を持つことが分かり、さらにその邪悪なものは、決して向こう側だけのものではなく、自分の「心の闇」にも潜み、というよりも、自分の「心の闇」こそがその根源であったことに気づかされる。「ある意味では、あの地震を引き起こしたのは私だったのだ。あの男が私の心を石に変え、私の身体を石に変えたのだ」（「タイランド」）、「目に見えるものが本当のものとはかぎりません。ぼくの敵はぼく自身の中のぼくでもあります。ぼく自身の中には非ぼくがいます」（「かえるくん、東京を救う」）、「そして僕はユズを殺したかもしれない」（『色彩を持たない多崎つくると、彼の巡礼の年』）、「なぜなら彼は私自身の中に存在しているのだから」（『騎士団長殺し』）。これらの言葉が指し示しているのは、むしろ、自らの「弱くて暗い心」から逃げずに正面から取り組むことが必要なのだということである。これこそが、危機の文学としての村上文学の要諦である[20]。「なによりも怖いのは、その恐怖に背を向け、目を閉じてしまうことです」と「七番目の男」は述べている。そして彼らは、様々な意味、たとえば地方、夢、外国、地下などにおける東京の裏側（向こう側）から、不純で夾雑物に満ちた東京（こちら側）へと帰ってくる。こうして帰還した場所は、異郷でもある故郷にほかならない。日本近代文学における故郷の喪失、あるいは、現在地が常に異郷となることについては、小林秀雄の「故郷を失つた文学」に触れて既に論

20　詳細は中村三春（2015）「村上春樹―〈危機〉の作家」（前掲）参照。

じたところである[21]。

　「人の心と人の心は調和だけで結びついているのではない。それはむしろ傷と傷によって深く結びついているのだ。痛みと痛みによって、脆さと脆さによって繋がっているのだ」(『多崎つくる』)の類の両義的な言説は、以後のテクストのそこかしこに散見される。〈共鳴〉を阻むものは、〈共鳴〉を求める心そのものである。決して純粋を求めるのではなく、むしろ不純なものと自らを接続し、接続し続けることのみが、かろうじて〈共鳴〉への志向を持続させる。ただし、それは決して〈共鳴〉を保証するものではない。このような世界の二重性と心のあり方、それにまつわる両義的な構造は、既に「街と、その不確かな壁」において余すところなく提示されていたと言わなければならない。

　〈共鳴〉の保証は、なぜ存在しないのか。これは先述の山根による立項の第5点と第6点に関わる。「街と、その不確かな壁」は、言葉の効力についての言及が大枠を形作っている。この小説は、『風の歌を聴け』や『ノルウェイの森』と同様に、一種の回想手記形式とも見ることができる。それらの「僕」と同じように、彼もまた自らの身に起こった出来事を書いているのであり、また書くこと、すなわち言葉についての言及、テクストの自己言及が含まれている。この書くことへの注視についてもまた、山根が前掲論文において既に指摘している。しかし、『風の歌を聴け』の「自己療養へのささやかな試み」や、

21　中村三春(2015)「故郷　異郷　虚構」(前掲)参照。

『ノルウェイの森』における記憶を明確にし、書くことにより認識するのだという叙述に比べると、この短編における言葉への態度は極めて否定的なものである。冒頭で、瞬時に死んで死臭を放ち「僕」の体に臭いを移す言葉は無力であり、「無というものは偽善」であるから、言葉を呼び出すのは偽善だと語られる。「無というものは偽善だ、とことばは僕に言う。お前にそれがわからんわけもなかろう。深い土の底から俺を呼び起こしたものがあるとすれば、それはお前の中の偽善だ」。作中では「街」の壁もまた、「忘れた方が良い。お前がそこから得るものは絶望だけだ」、「ことばだよ」「お前の語っているのはただのことばだ」と、言葉で作られた「街」に何も期待してはならないと言う。無こそは、この短編の基調にほかならない。

　また、老人が夜に見た亡霊じみた女の横顔は、「何もない。無だ。完璧な無だ」と言われる。これは、いわば「顔のない女」である。無とは、死・絶望・手遅れの表徴である。言葉が無力であり、また無を言葉でとらえることができない以上、言葉を介在させた〈共鳴〉は決して完成されない。言い換えれば、直子の郷里の駅を訪ねても、オルフェウス的な冥界巡りを企てても、死者は死んだのであり、言葉によって死者と〈共鳴〉すること、ひいては、他者と〈共鳴〉することは見果てぬ夢でしかないのである。死者と他者が重ねられることが、「街と、その不確かな壁」のあの錯綜した構造のポイントであり、これが『ノルウェイの森』にも引き継がれている。しかし、保証のないことと、一切何もできないこととは違うだろう。否定的ではあっても、決して言葉を全否定することはできない。死

と生と言葉にまつわるそのような究極の、限界的な場所において、「街と、その不確かな壁」の言葉は発出されているのである。この短編を最大限に再評価しなければならない理由は、ここまでこの問題を突き詰めた村上の作品は、他にはないからである。

　ところで、『騎士団長殺し』（2017.2、新潮社）の「プロローグ」には、「顔のない女」ならぬ「顔のない男」とのやり取りが語られている。午睡から目覚めた時、「顔のない男」が現れ、肖像画を描くよう「私」に希望するが、「顔を持たない人の肖像」を描くことができないため、「私」は異界の川で彼に渡したまりえのペンギンのフィギュアを取り戻すことができない。「いつかは無の肖像を描くことができるようになるかもしれない。ある一人の画家が『騎士団長殺し』という絵を描きあげることができたように。しかしそれまでに私は時間を必要としている。私は時間を味方につけなくてはならない」（『騎士団長殺し』）。ここに言う「顔のない男」や「無の肖像」は、その三十七年前に発表された「街と、その不確かな壁」によって、「顔のない女」や言葉と無に関する行文として完璧に先取りされていた。そこにおける言葉に対する否定的な言説は、それが無と直接向き合っているがゆえのことだろう。

　繰り返すならば、無とは死・絶望・手遅れの表徴であり、取り返しのつかないこと、言い換えれば、死者と〈共鳴〉することはできず、死者の死に対する悔恨や自責の念は、決して救済されることはないことの表徴である。ただし、『騎士団長殺

し』は、「街と、その不確かな壁」の突き放した否定的な感触
とは異なり、そこにある種の可能性を付け加えている。確か
に〈共鳴〉は保証されない。だが、その志向を持続することは
できるはずだ。時間を味方につけるとは、無為にではなく生き
続けることである。「おまえが行動すれば、それに合わせて関
連性が生まれていく」とも、「顔のない男」は言う。行動には
言葉も含まれる。仮に言葉を断念するならば、それは有為の生
とはならない。要するに、〈共鳴〉のパラドックスは、それ自
体が持続されることを妨げないのであり、『騎士団長殺し』は
その点を冒頭のプロローグにおいて強調するに至ったのであ
る。冥界巡りの通過儀礼には癒やしの効果があり、『騎士団長
殺し』は、このような可能性の暗示を含めて、やはり癒やしの
小説なのだろう。とはいえ、筆者としては「街と、その不確か
な壁」における否定性を孕む言葉を、原初的な表現として重視
したい。村上春樹の営為の根底にあるのは、この四十年の時を
経ても、強力に持続されてきたこのようなパラドックスにほか
ならないからである。

　最後に、村上春樹を読む際に、キーワードとして広く見ら
れるある固定観念について触れておこう。それはいわゆる「デ
タッチメント」から「コミットメント」へ、の転回とされる事
態についてである。このことについては、比較的早い時期に指
摘したことがある[22]。村上自身が『村上春樹、河合隼雄に会い

22　中村三春（2011）「短編小説／代表作を読む」アエラムック『村上春樹
　　がわかる。』朝日新聞社。また中村三春「〈愛されない〉ということ」
　　（前掲）においても言及している。

いく』において述べている意識の変化については、作家の言として尊重しなければならない。だが、それ以前の村上の作品が「コミットメント」でないとは決して言えない。そもそも、"commitment" は "detachment" の対義語ではない。"Detachment"（無関心・冷淡）の対義語は "attachment"（愛着）であり、村上の描き続けてきた「愛着障害」（attachment disorder）こそが "detachment" の同義語に近い。加えて、「コミットメント」がサルトルの「アンガージュマン」（engagement）の訳語であるとしても、「アンガージュマン」は決して単純な社会参加を意味しない。

　平井啓之は「アンガージュマン」を、「人間の全体性、全体化にかかわる観念」と指摘した[23]。そこまで原義的な「アンガージュマン」ではないにしても、「デタッチメント」が現代人の生全体に関わる喫緊の課題であるとすれば、村上は彼自身の言う「デタッチメント」を描いていた時代にも、そのことによって、この上なく「コミット」していたと言わなければならない。「デタッチメント」は、人が人を愛することができず、人と人とが疎隔し、〈共鳴〉を志向しつつ〈共鳴〉できない状態、すなわち〈共鳴〉のパラドックスそのものを指すとすら言える。そのパラドックスが以上述べたように持続してきているとするならば、村上は現在に至るまで一貫して「デタッチメント」の作家であり、同時にそのことによって、「コミットメ

23　平井啓之（1992）「マラルメの責任敢取〔アンガージュマン〕―〈詩〉と〈自殺〉の観念について」『テキストと実存』講談社学術文庫 p.209。

ント」の作家でもあったのである。すなわち、「デタッチメント」は、それそのものが「コミットメント」でもあるのだ。ちなみに、後に加藤典洋は平井の論も引用しつつ、筆者とは違った観点から「デタッチメント」が「コミットメント」ともなることについて論じている[24]。

　「デタッチメント」から「コミットメント」へ、よりも、むしろ、「デタッチメント」から「エンターテインメント」へ、の方が、事態を正確にとらえられるだろう。つまり、「デタッチメント」の周囲を覆うように、小説を豊かに、複雑にする技能を身につけたということである。「デタッチメント」から「エンターテインメント」へは、すなわちまさしく「街と、その不確かな壁」から『騎士団長殺し』へ、という大きな流れに重なる。もちろん、「エンターテインメント」を否定的な意味で用いているのでは全くない。『ねじまき鳥クロニクル』や『1Q84』や『騎士団長殺し』は、誰にでも書けるというようなものではない。だがそれらの中にも、「デタッチメント」の要素は核心部分に存在するのだ。あえて言えば、村上の文学は初めから今まで変わっていない。村上春樹の文学が、〈共鳴〉のパラドックスを核心とするものであるとすれば、それは今でも「デタッチメント」の文学にほかならない。ただし、それが剥き出しのままにされ、それそのものが前面に出されていた初期作品ほど、村上小説の原初的な姿をまざまざと見せてくれるも

---

24 加藤典洋（2011）「序　井戸の消滅―『ねじまき鳥クロニクル』から
　『1Q84』へ」『村上春樹の短篇を英語で読む 1979 〜 2011』前掲、参照。

のはないのである。

＊

　「壁」は越えられるのか。否、それは決して越えることはできない。だが、越えようと志向することはできる。ただし、さらにその先の問いとして、〈共鳴〉をその不可能性において志向することに〈共鳴〉しうるのかという、より高次の課題が浮かび上がるだろう。それは、実に「中国行きのスロウ・ボート」以来の、村上春樹の文学の限界点を示唆する課題でもある。

【主要参考文献一覧】

中村三春（2015）『フィクションの機構2』ひつじ書房

中村三春（2018）「〈愛されない〉ということ─村上春樹『品川猿』など」『層　映像と表現』10 北海道大学大学院文学研究科映像・表現文化論講座

中村三春（2011）「短編小説／代表作を読む」アエラムック『村上春樹がわかる。』朝日新聞社

西田谷洋（2017）『村上春樹のフィクション』ひつじ書房

岡田尊志（2011）『愛着障害　子ども時代を引きずる人々』光文社新書

加藤典洋（2011）『村上春樹の短編を英語で読む 1979 ～ 2011』

講談社

山根由美恵（2007）『村上春樹　〈物語〉の認識システム』若草書房

加藤典洋（2006）『村上春樹イエローページ』1 幻冬舎文庫

平井啓之（1992）「マラルメの責任敢取〔アンガージュマン〕─〈詩〉と〈自殺〉の観念について」『テキストと実存』講談社学術文庫

和田博文（1988）「『世界の終りとハードボイルド・ワンダーランド』論─物語の核に埋め込まれた『現在』」『國文學　解釈と教材の研究』8 學燈社

村上春樹作品と日本語史の「共鳴」

―『騎士団長殺し』騎士団長の「あらない」再考―

金水　敏

1．はじめに

　村上春樹氏の最新長編小説『騎士団長殺し』（新潮社刊。第 1 部 現れるイデア編、第 2 部 遷ろうメタファー編、2017 年）には、「騎士団長」（＝イデア）というユニークなキャラクターが登場し、変わった話し方をする。特に、「ある」の否定形として「ない」ではなく「あらない」を用いるが、その着想をどこから得たのか、村上春樹氏は明らかにしていない。本講演では、日本語史の観点からこの騎士団長の台詞における「あらない」の淵源を探り、併せて役割語の観点から見た騎士団長の人物像について考察する。

　まず、『騎士団長殺し』の概要を述べる。肖像画家である「私」は、突如 6 年間共に暮らした妻（ユズ）に離婚を切り出され、家を出て自家用車で東北地方を放浪したのち、友人の雨田政彦の紹介で政彦の父の高名な日本画家、雨田具彦の小田原の谷間の家に住むことになる。この家で、具彦の未公開の「騎士団長殺し」と題された絵を発見し、また免色渉という謎めいた裕福な男性や、秋川まりえという 13 歳の少女と関わりを持つ。さらに、家の裏の祠に積まれた石を取り除いたことをきっかけに、具彦の絵の「騎士団長」の姿をした "イデア" や、「顔なが」の姿をした "メタファー" の出現を目にする。

2．騎士団長の特徴

騎士団長（イデア）の話し方を含めた特徴は以下の通り。

①身長60cmほど。絵に描かれた騎士団長と同じく、飛鳥時代の貴族階級の姿をしている。

②「私」と秋川まりえの目にしか見えない。

③自称は「あたし」、対称は単数でも「諸君」（複数は「諸君ら」）。

④非丁寧体で、終助詞としてしばしば「ぜ」を用いる。

⑤「いる」ではなく「おる」を使う。断定の助動詞は「だ」。

⑥形容詞「ない」の代わりに「あらない」という語形を用いる。

騎士団長の話し方の例を示す。

(1) 「良い質問だ」と騎士団長は言った。そして小さな白い人差し指を一本立てた。「とても良い質問だぜ、諸君。あたしとは何か？　しかるに今はとりあえず騎士団長だ。騎士団長以外の何ものでもあらない。しかしもちろんそれは仮の姿だ。次に何になっているかはわからん。じゃあ、あたしはそもそもは何なのか？　ていうか、諸君とはいったい何なのだ？　諸君はそうして諸君の姿かたちをとっておるが、そもそもはいったい何なのだ？　そんなことを急に問われたら、諸君にしたってずいぶん戸惑うだろうが、あたしの場合もそれと同じことだ」（第1部、p. 351）

3.「あらない」に関する日本語史

3.1 『おあむ物語』の「あらない」

「あらない」については、文部省（大槻文彦）(1917)『口語法別記』で『おあむ物語』に用例があることを指摘し、「「あらない」わ（ママ）珍らしい」と注記している（253 頁）。

(2) くびもこはいものでは。あらない。その首どもの血くさき中（なか）に。寝（ね）たことでおじやつた。(『おあむ物語』2 丁裏)

『おあむ物語』は、慶長 5 年（1600）の関ヶ原の役に、石田三成の大垣城で落城の悲惨な体験をした女性（山田去暦の娘、後に雨森儀右衛門の妻）の話を 8 〜 9 歳の折に聞いた者が後に筆録したもので、筆録者は不明。現存する写本はすべて、享保 15 年（1730 年）3 月 27 日付けの谷垣守の識語を付した系統のものばかりである。版本は、天保 8 年（1837 年）、浅川善庵が『おきく物語』と合綴して上梓したものである。(2) の本文も、天保 8 年の版本によっている（以下、天保八年版本と称する）。

橋本四郎（1959）では、『おあむ物語』に「あらない」の用例があることの指摘があるものの、歴史的な実体としての存在に疑問を呈している。

(3) (『おあむ物語』の) 口述者の老尼は、彦根で幼時を過ごした人である。現在の方言境界線が当時にもそのままあてはまるか否か直ちに断を下せないし、彼女の言語

環境も不明であるとしても、まず上方方言圏に育った人と見ておいてよかろう。その上方では、室町末期から江戸初期にかけては、全ての国語史概説書に説くように、ズ系統のもの及びナンダが用いられ、ナイは見られない。(中略) どの途アラナイという形の発生する蓋然性は極めて薄かったと考えざるを得ない。「おあむ物語」でも、否定の判断を表現しつつ名詞を述語化する手段として前掲の (1) があり、これに類した表し方が普通の語法であったと見てよい。

とすれば珍重されているアラナイの例は、筆者の誤りか、もしくは文字化する場合の規範化に伴うある種の回帰現象によるもので、一般性を持った語法としては認めがたいとせねばならない。依然としてアラナイはあらないと考えた方がよさそうだ。(pp. 318-319)

この点について、菊池 (1984) の解説に転載された、三谷栄一氏旧蔵本・明治 38 年写本 (以下、「三谷本」とする)『おあむ物語』に「首もこはひ物ではおりない」(下線は引用者による) とあることが参考になる。三谷本は天保八年版本より書写年代が遥かに下る訳であるが、『おあむ物語』の本来の姿を伝えている可能性は十分にある[1]。ことに「おりない」という表現は、16 世紀末から 17 世紀にかけての京阪の語形として「あらない」より遥かに相応しい語形である。なぜならば、「あらない」の

---

1 三谷本識語には次のようにある。「此書いつの頃誰が書し事を知らず今世に流布する本には言葉数多しそは後人の書加へたる物なり此書は谷垣守先生自筆を以て書写す」(菊池 1984、10 頁)

「ない」は動詞未然形に付く打ち消しの助動詞であり、大垣を含む近畿圏では当時用いられなかったはずであるのに対し、「おりない」は「お入りない」を語源に持つ表現で、「ない」は形容詞である。現に、同時代の狂言古本やキリシタン本には「おりない」の用例が多数見られる。また「おりない」と「あらない」は筆写の際に紛れやすいことも指摘できる。この推測に基づくならば、『おあむ物語』の「あらない」は「おりない」であった可能性が高い、ということになる。

3. 2　奴言葉の「あらない」

しかしながら一方で、天保八年版版本が作られた時点で、存在しない「あらない」という形態を版下の製作者が無条件採用することも考えにくい。版本の版下製作者、あるいはそれ以前のどれかの段階の、書写者の知識の中には「あらない」も存在していた可能性を考えなければならないだろう。ここで、以下のような近世浄瑠璃床本に「あらない」の用例が見えることが参考になる。

(4)　「身が切リ米イは十二文ンひんねぢ紙の灯明代。本社拝殿玄関前賽銭箱の皮覆。金紋大総（ぶさ）かくれあらない受領神にぶつ仕へる。鳥井の馬場先かゞとうしつかとぶんつけた。二合半の小豆飯色こそかはれ品こそかはれ。(「芦屋道満大内鑑」第四、角田一郎・内山美樹子（校注）『竹田出雲　並木宗輔　浄瑠璃集』新日本古典文学大系、119頁）

※　脚注に「前の「あらない」「ぶつ仕へる」も奴言葉。」とある（120頁）。

　このシーンは、「信田森二人奴の段」と呼ばれ、与勘平と野干平（後者は白狐が化けたもの）という二人の「奴」が活躍をして石川悪右衛門の手から葛の葉・晴明親子を守るという場面であり、二人の奴が使う「奴言葉」が聞かせどころである。奴言葉とは、当時武家に使えた中間らが用いたとされる、関東方言に影響を受けた威勢のいい言葉づかいで、「六法言葉」とも言われる。「蘆屋道満大内鑑」のこの段でも、「任せてをけろ」「奴がやらない」「さうださうだ」というような関東語脈を用いた台詞が用いられており、そのなかで「あらない」も自然に溶け込んでいる。このことを踏まえると、「蘆屋道満大内鑑」が上演された享保19年（1734年）以降であれば、武家にまつわる表現のなかに「あらない」があってもおかしくないという知識が存在したと言える。

3.3　関東方言としての「あらない」

　ここで、方言調査に現れた「あらない」について言及しておく。今日、「あらない」という語形を直接方言に求めることは困難であるが、神奈川方言において「仕方が無い」という意味である「ショーガンネー」という表現に「あらない」の痕跡が認めうることを田中ゆかり氏（日本大学文理学部教授）にご教示いただいた。例えば日野(1984)には次のようにある。

(5)　ショーガネーのような形はショーガンネー [ʃoːŋanneː]

34

として固定し、[n] が挿入されるが、これはもともと
[ʃoːŋaraneː] から変化したものらしい。(p. 288)

(6)　私の「昭和中期調査」で、神奈川県湘南地方にこの語形
（ショーガラナイ）が発見されている。日野資純・斎藤
義七郎『神奈川県方言辞典』（昭和四〇年）参照。

　これは極めて断片的な証拠だが、かつて関東方言に「あら
ない」という語形が存在していたことをうかがわせるものであ
る。ここに、奴言葉の関東語脈から方言への連続性が想像でき
るであろう。

3. 4　近代書き言葉の中の「あらない」

　一方で、上に見たような関東方言の文脈とは区別されるべ
き、近代書き言葉の一現象として「あらない」を認めることが
できる。橋本進吉（1939）『新文典別記口語篇』では「大家」の
「枚挙に遑あらない」という言い方を誤用であると指摘してい
る。

(7)　「ない」は右のやうに未然形につきますが、たゞ一つ例
外があつて、「ある」の未然形「あら」にはつきませ
ん。某大家の文に「枚挙に遑あらない」とありました
が、こんないひ方は正しくありません。かゝる場合に
は「遑がない」といひます。(橋本進吉 1939: 57)

　この「某大家」とは徳富蘇峰のことであるらしく、彼の筆癖
としてしばしば用いていたもののようである（岡島昭浩氏ご教
示）。

(8) 我国に於ても、聖徳太子以来、奈良朝、平安朝、鎌倉、室町時代に至るまで、寺院が庄園の主であり、市場の持主であり、専売特許権の所有主でありたる例は、固より枚挙に遑あらない。(蘇峰生 大阪毎日新聞 1932.6.23（昭和7））

　徳富蘇峰は肥後国上益城郡杉堂村（現熊本県上益城郡益城町上陳）の生まれとして知られているので、「あらない」が自身の方言の干渉であるとは考えにくい。おそらくは、新たな近代の言文一致体の文末表現として創出されたものであろう。

3. 5　近代戯曲の中の「あらない」

　次のような疑似キリシタンことばの用例が木下杢太郎の戯曲に見られる。

(9) 第一の童子　このお寺は唯のお寺ではあらない。

　　妹の順禮　唯のお寺や無いとて坊樣が住むお寺やろがな。

　　第一の童子　その坊樣は眞（まこと）の人間ではあらない。

　　妹の順禮　ほほ、眞の人間で無いのやら、そんなら天狗樣かいのう。

　　第一の童子　いやいや、天狗樣でもあらない。もつと怪（け）しいものぢや。

　　妹の順禮　分つた。そんなら、そりや狸やろが。

　　第一の童子　狸でもおじやらぬわい。

（木下杢太郎「南蛮寺門前」『木下杢太郎全集』第 2 巻 6
頁、岩波書店、1949）

　ここでは、南蛮寺の童子のことばとして「あらない」が用い
られている。木下杢太郎はキリシタン資料の収集・研究者とし
て知られているが、実際のキリシタン資料には「あらない」を
見いだすことはできないのであり、これは木下が創作した表現
であろう。古風でエキゾチシズムを感じさせる表現として採用
したのではないだろうか。

4．考察

　村上春樹氏が騎士団長の「あらない」をどのように着想した
かという点について、ご本人の証言が得られない今の段階では
単に推測の域をでないが、以上に見てきた資料から、いくつか
の仮説を立てることができる。一つは、村上氏は何も参照せ
ず、何の影響も受けず、ゼロからこの語形を作り出したという
仮説である。この説を否定するような証拠がない以上、仮説と
しては生き続けるであろう。

　一方で、何らかの文献からこの語形を見いだして、採用し
たという仮説もむろん有力であるが、問題はどのような資料に
触れたかという点である。現代関東方言にほそぼそと「あらな
い」の痕跡が生き残っていることは3.3 節で見たが、関西出身
で大学入学以降は主に東京で生活していた村上氏が生の方言の
「あらない」に触れた可能性は低い。また、『おあむ物語』や
「蘆屋道満大内鑑」のような古典的文献から採ったとするのも

仮定としても苦しいところがある。

　そうであるとすれば、近代以降の用例からこの語形の存在に気づき、小説に採用したとする仮説が最も蓋然性が高い。例えば徳富蘇峰の重々しい文体の中にある「あらない」は、威厳がありそうで、しかしどことなく滑稽な印象を読者に与えるのであり、この点では最も騎士団長のキャラクターに似つかわしい。一方、木下杢太郎の「南蛮寺門前」は、『騎士団長殺し』と北原白秋の色濃い関係（2017年村上春樹国際シンポジウムにおける高橋龍夫氏（専修大学）のご指摘参照）を考えるとき、白秋と同じ「パンの会」会員の木下杢太郎の作品に触れた可能性も十分ありえるのである。

　さて、騎士団長のキャラクターから、この「あらない」および他の表現がどのように関係してくるか、考えてみよう。「ある」の打ち消しが一般に「ない」であり、「あらない」という語形が事実上現代日本語の空隙となっている事実に気づくことができれば、「あらない」はありそうで実はほとんど存在しない空虚で奇妙な表現であり騎士団長という存在に誠に相応しいものではある。また、騎士団長の話し方は、典型的な〈老人語〉あるいは〈博士語〉（金水2003）には合致しないものの、類似のものであるとは言える。例えば騎士団長はしっかりあの絵の中で殺されかけておるよ。」（第1部350頁）「酒も飲まない。だいいち消化器もついておらんしね。」（第1部353頁）等の語法にその特徴が現れている。また、「あたし」「ぜ」は、東京（主に下町）では男性がよく用いたもので、こんにちでは老人語化した印象も与える。全体として、騎士団長の話し方は、

明治時代の東京における知識人の話し方を彷彿とさせるものがある。

　〈老人語〉〈博士語〉を話すキャラクターの典型的な機能は、「メンター」、即ち主人公に適切な助言を与え、冒険へと旅立たせる役目を持つキャラクターである（金水 2003, 2017）ことを考えれば、騎士団長の言葉が総体として〈老人語〉に近いものであるとするならば、『騎士団長殺し』における騎士団長のメンター的な位置づけに大変相応しい。村上氏の他作品を例に取るならば、『海辺のカフカ』の「カーネル・サンダーズ」に通じるものがある（金水 2018）。

5. さいごに

　騎士団長の「あらない」の情報源を詮索することにかかずらい過ぎることはさほど生産的とは言えないが、近世以降の日本語史の中でひょっこりと現れては消えていく、幻の植物のような「あらない」を見いだして、騎士団長という特異なキャラクターに割り当てたことは、その情報源が何であれ、村上氏の手柄と言うべきであろう。ここに、村上春樹作品と日本語史の「共鳴」を聞き取ることができる。「あらない」を含む騎士団長の奇妙な話し方は、この作品の大きな魅力となって私たちの前にあるのである。

　謝辞：本稿をなすに当たって、岡島昭浩氏、小野正弘氏、佐藤貴裕氏、田中ゆかり氏には資料のご教示等多大な恩恵を被った。記して感謝いたします。

参考文献

菊池真一 (1984)『おあむ物語・おきく物語』翻刻・解説、日本
　　文化資料センター.

金水 敏 (2003)『ヴァーチャル日本語　役割語の謎』岩波書店.

金水 敏（編）(2014)『〈役割語〉小辞典』研究社.

金水 敏（2018）「キャラクターとフィクション— 宮崎駿監督の
　　アニメ作品，村上春樹の小説をケーススタディとして—」
　　定延利之（編）『「キャラ」概念の広がりと深まりに向け
　　て』三省堂.

橋本進吉（1939）『新文典　別記　口語篇』冨山房.

橋本四郎（1959）「「あらない」はあらない」『女子大国文』9号
　　（『橋本四郎論文集　国語学編』角川書店、1986年刊に所
　　収。317-319頁）.

日野資純 (1984)「神奈川県の方言」飯豊毅一・日野資純・佐藤
　　亮一（編集）『講座方言学 5— 関東地方の方言』国書刊行
　　会.

文部省（大槻文彦）(1917)『口語法別記』大日本出版.

村上春樹文学における共鳴・
『騎士団長殺し』と神聖な「旅」

マシュー・ストレッカー

1. はじめに

　今年のテーマは「村上春樹文学における共鳴」ですが、「共鳴」という言葉には少なくとも二つの意味があります。一つは他人の考え、行動などに同感すること。これは英語で言えば「シンパシー」になります。もう一つの意味は「音」や「音楽」に関連します。辞書で調べると、「共鳴」は「振動体が固有振動数に等しい振動を外部から加えたとき、大きい振幅で振動すること」と書かれています。共鳴によって音楽の和音（コード）がより強く、より朗々（rich, resonant）としたものになる。そういう意味では、英語の chord よりも日本語の「和音」の方がより深い意味をもつ言葉ではないかと思います。つまり、共鳴によって音と音の間に調和が生まれ、より幅のある音になるということです。共鳴を「シンパシー」と解釈しても、あるいは、音楽の「振動」と捉えても、どちらも村上春樹文学とよく「共鳴」することに変わりはありません。

2. 心と心の共鳴

　音と音の間、振動と振動の間に共鳴という調和があれば、心と心の間の共鳴もあります。「心」は「魂」とも言えますが、村

上春樹の場合は「物語」と言った方がふさわしいかもしれません。これは特に『1Q84』の主人公川奈天吾と若手作家の「ふかえり」の関係に見られます。

　まだ 17 歳で、しかも読字障害を持つふかえりは、ストーリー性は優れているが文章力不足の小説を書き、優れた文章力を持つ天吾が、それを書き直すことで傑作が生まれる。しかし天吾が行ったのはただの「修正」ではなく、むしろ自らの物語とふかえりの物語の間に「共鳴」を導き出し、新しい物語、ひいては新しい「生命」まで作り出してしまう。ですからふかえりは天吾に、「わたしたちはひとつになっている・・・ホンをいっしょにかいた」[1] から「わたしたちはふたりでひとつだ」[2] と天吾に主張する。この「ホン」（本）は天吾とふかえりの間に生まれた子供になっていて、その子供というのは物語である。そしてその出産はまぎれもなくこの二人の間の「共鳴」から産み出されたものにちがいありません。

　2013 年に出版された『色彩を持たない多崎つくると、彼の巡礼の年』では、つくるが恋人「沙羅さん」に、高校の時のグループは「乱れなく調和する共同体」だったと述べる場面があります。[3] このグループの「調和」、いわゆる「ハーモニー」も共鳴の一つで、多崎つくると彼の高校時代の友人たちがやがて知るように、そのような「共鳴」は永遠に続くわけではない。

1　村上春樹（2009-10）『1Q84』第 1 巻 p. 426。
2　村上春樹（2009-10）『1Q84』第 2 巻 p. 270。
3　村上春樹（2013）『色彩を持たない多崎つくると、彼の巡礼の年』p. 20。

或いはそのような共鳴や調和というのは少し子供っぽいものだったと言えるかもしれない。人は成長する過程で、呑気な思春期を過ごし、やがて大人になる。ですからこの5人グループも必然的に解散してしまいます。

しかしながらこの小説の中で多崎つくるは大人になり、また他人との「共鳴_{きょうめい}」を作りたくなる。そしてここでは「物語」ではなく、駅を作る仕事をしているつくるに対して、再会した5人グループの一人が、次のように言う。

> まず駅をこしらえなさい。彼女のための特別な駅を。用事がなくても電車が思わず停まりたくなるような駅を。そういう駅を頭に想い浮かべ、そこに具体的な色と形を与えるのよ。[4]

いうまでもなくこの「彼女のための駅」は「物語」のメタファーだと考えられ、イメージとしては性的な、つまりセクシュアルな意味もあるかもしれないが、私が言いたいのは、多崎つくるという「駅」と沙羅という「電車」が一緒になったら、ふかえりが言うように、その共鳴によって「二人で一人になる」のではないでしょうか。

「共鳴」という観念を性的な観点から見ることも重要で、これは『ねじまき鳥クロニクル』の粗筋にも少し見られます。この小説の中で、失職した主夫の「岡田トオル」はとても奇妙な

---

4 村上春樹（2013）『色彩を持たない多崎つくると、彼の巡礼の年』p. 324。

仕事をすることになる。サングラスをかけて、真っ暗な部屋で身動きひとつせずに座って、「心の弱い」或いは「意志を奪われた」女性が、彼の頬っぺたにある不思議な「あざ」を撫でたり舐めたりする。

> やがて彼女は撫でるのをやめ、ソファーから立ち上がって僕の背後にまわり、あざの上に舌先をつけた。（略）その舌はいろんな強さで、いろんな角度で、いろんな動きで、僕のあざを味わい、吸い、刺激した。僕は腰のあたりにどろりとした熱い疼きを感じた。[5]

トオルは必ず勃起して、射精するのだが、彼のひたすら受動的な「無行動」によって、女性たちが「主体」として自らの意志を少し回復するようになる。この「仕事」はどういうことなのかというと、トオルの魂と女性たちの魂の間の「共鳴」を作り出すことではないかと思われる。そしてこの場合の「共鳴」は「シンパシー」ではなく「リゾナンス」（resonance）という意味になります。トオルの中には何か「余分な」ものがあり、女性たちの中には足りない、「不足」しているところがある。この「余分」なものと「不足」しているものが結びつくことで、共鳴がうまれバランスが保たれるようになるのです。

3. 心理学と「共鳴」

もちろんこの「余分」と「不足」のバランスは「共鳴」に関連

5　村上春樹（1994-95）『ねじまき鳥クロニクル』第3巻 p. 64。

性がないわけではありません。むしろ、このような対立は村上文学の中心であると言えるでしょう。心理学的観点から見ると、人間の「意識」と「無意識」も共鳴するように交流しなければなりません。意識の役割は、外の世界及び「外界」と直面し、新しい体験などを集めることで、その体験を無意識に保管する。無意識の役割は、その体験を「保管」することであり、必要な時に取り出して、意識の自己を支援することです。これはいわば共生の関係であり、意識と無意識の間の円滑なコミュニケーションが不可欠で、つまり人は内界のサポートで外界と直面して前向きに生きられるわけです。

　これもひとつの「共鳴」と言えるのではないでしょうか。一例として音楽のメタファーを挙げると、合唱団ではベースとテナーがアルトとソプラノの声を互いにサポートしながら「共鳴」しています。ここにも単純にバランスの問題が見られます。テナーがあまりにも強いとソプラノが聞こえない、というわけです。同様に、意識があまりにも強いと無意識の「声」が聞こえなくなり、外界で起きていることがどうしても理解できなくなるのです。

　ここで、『ねじまき鳥クロニクル』に戻ると、岡田トオルの仕事がもう少し分かりやすくなるでしょう。この女性たちが抱えている問題は小説では明らかにされていませんが、おそらくは意識と無意識が十分に結ばれていないのではないかと推測できます。そうだとすると、彼女たちの「意識の自己」は外界で迷ってしまう。村上の短編小説「品川猿」でも同様の現象が描

かれています。ある女はいつも自分の名前を忘れてしまう。な
ぜかというと自分の「体験箱」と言える無意識に接続していな
いから。彼女の無意識は学校時代の名札に象徴されているが、
名札を猿に盗まれてしまって、その時から自分の無意識とうま
く「共鳴」できなくなっているのです。

　岡田トオルの「顧客」もこのような感じなのではないでしょ
うか。彼の治療は「仮縫い」と言われ、「顧客たちが体内に抱
えている何かを『仮縫い』し続けて」いる。[6] この「仮縫い」と
は、意識と無意識をきちんと縫い合わせることを意味し、或い
は「体」（物質的な自己）と「魂」（精神的な自己）をうまく縫
い合わせることで、意識と無意識の「共鳴」を結び付ける作業
に他なりません。

4．宇宙の「共鳴」と神々の役割：『1Q84』

　人と人の魂及び心の間における共鳴が大切であるとすれば、
人間と神々の間の共鳴は一層重要であると言えるのかもしれま
せん。これに関しては『1Q84』と『騎士団長殺し』も例外では
ありません。特に「父親と息子」及び「王様と王子様」の関係
において顕著であり、その「王様・王子様」である登場人物を
「天国に選ばれた者」と見なさなければならないのです。

　村上春樹がこの「王様・王子様」及び「神様・神様の息子」
の関係を初めて取り上げたのは、2000 年に出版された短編小

6　村上春樹（1994-95）『ねじまき鳥クロニクル』第 3 巻 p. 209。

説「神の子どもたちはみな踊る」で、そこに登場する「善也」という人物は、他の大勢の村上作品の主人公たちと同様「アイデンティティ・クライシス」に襲われています。善也は母親と暮らしているが、父親が誰なのかよく分からない。母親の話によると、彼は神様の息子で、「特別な存在」である。善也はこの話をどうしても信じられないし、信じたくもないと思っているが、結局は父親と思われる人物を見つけ、あとをつけるとその人が野球場で目の前から消えてしまう。善也は一人でピッチャーズ・マウンドで宇宙の歌（風の歌！）に耳を澄ませて、「神様」と口に出して言う。[7] 彼は父親を呼んでいるのか、それとも自分の神聖なステータスを主張しているのか、読者自身が判断しなければなりませんが、いずれにしても善也はもはや自分が神様の息子であることを納得したと言えるでしょう。

* * *

『1Q84』という長編小説に登場する、主人公の「天吾」（天の吾）も神性の存在であるに違いありません。天吾を育てた父親はNHKの集金人ですが、本当の父はおそらく「さきがけ」という新興宗教の創立者「リーダー」でしょう。この「リーダー」はおそらく「オウム真理教」の麻原彰晃をモデルにした人物ではないかと思われますが、少なくとも神秘的な力を持っている人物というのは確かです。リーダーの役割は「リトルピープル」という、神々のような方々の声を聞いて、彼らのお告げを一般人に伝えることで、古代の預言者、神官に通じるかもしれません。

7　村上春樹（2000）『神の子どもたちはみな踊る』p. 95。

しかしリーダーの体が段々と弱くなっているのでそろそろ継承者を探さなければならない。それに、古代の伝統によるとまだ生きているままの「王様」を殺さないと、彼の魂を継承者に引き継ぐことができなくなるという、リーダーの説明もあります。

「どうして王は殺されなくてはならなかったか？その時代にあっては王とは、人々の代表として＜声を聴くもの＞であったからだ。そのような者たちは進んで彼らと我々を結ぶ回路となった。そして一定の期間を経た後に、その＜声を聴くもの＞を惨殺することが、共同体にとっては欠くことのできない作業だった。」[8]

言うまでもなく、「リーダー」が「惨殺」された後、天吾が新しい「声を聴くもの」になるのでしょう。

しかし「彼らと我々を結ぶ回路」になるのは一体どういう目的なのか。これに関しても「リーダー」がはっきりと説明しています。「地上に生きる人々の意識と、リトル・ピープルの発揮する力とのバランスを、うまく維持するためだ」と。この「バランス」というのはもちろん「共鳴」そのもの、つまり、人間と神様の間、「地上」と「天国」の間の「共鳴」と言えるでしょう。

5.『騎士団長殺し』

『騎士団長殺し』も「王様」と「王子様」の継承や「天国のお

8　村上春樹（2009-10）『1Q84』第2巻 p. 241。

告げ」といったテーマに触れています。この長編小説の主人公「私」は、天吾のような小説家ではなく画家ですが、作業は大体同じで、つまり神々のお告げを具体的に人間の理解できるフォーマットに置き換えることです。

　しかしながら、ここでは現在の「声を聴くもの」が認知症で段々弱っているのに、主人公の「私」はまだ継承する準備ができていない。ですからこの小説の粗筋の大切なポイントは「私」への「伝授」、いわゆる「イニシエーション」になるわけです。これは村上文学において非常に革新的な出来事だと私は思います。これまでの村上文学の主人公を考えると、ほとんど全員一つの共通点がある。すなわち、異世界、または死後の世界、あちら側などに行っても、基本的な「クエスト」（探求）には成功しますが、こちら側に帰ってから特に幸せにもならないし、あちら側からの「恩恵」（知恵、理解など）にも恵まれていない。村上の英雄（ヒーロー）はこちら側に戻ってきても必ず一人ぼっちで、離婚、失業、絶望という惨めな状態にあります。

　これは一体何故でしょうか。

　村上春樹はハッピーエンドが嫌いだと自身が度々述べているのですが、理由はそれだけではないと思います。よく考えてみると、「私」は異世界及び死後の世界の秘密をまだ「伝授」されていないからではないのか。しかも「伝授」と言っても、ただの「知識」ではなく、体験も大切な一部です。村上の主人公は何を理解しようとしているのかというと、「生」だけではな

く、その逆の「死」も理解したい。そして、「生」を理解するには生きれば良いとすれば、「死」を理解するには死ななければならない、ということになってしまう。これは40年にわたる村上春樹文学で最も重要な解釈なのではないかと考えています。

　そのような伝授を実現すること、それによって、主人公の「私」は「声を聴くもの」になれるのではないでしょうか。

　現在の「声を聴くもの」は「雨田具彦」という優れた日本画家で、若い時にウィーンに留学したが、1938年ナチスのオーストリア占領（アンシュルス）を体験。その後、恋人が暗殺事件で捕まり殺害されて、雨田具彦は強いショックを受ける。オーストリアから強制出国させられ、日本に帰国し、その後「騎士団長殺し」という絵を描く。この絵はモーツァルトのオペラ「ドン・ジョバンニ」の、主人公ドン・ジョバンニがドンナ・アンナの父親「騎士団長」（イル・コメンダトーレ）を殺害するシーンを描いたものである。

　小説の中では、現在、雨田具彦の家に住んでいる主人公の「私」も様々なトラウマを抱えている。初めに妻の「ユズ」から離婚を申し渡され、ショックを受けて東北地方へ長い旅をする。その途中で不思議な女性に出会い、ラブホテルへ行く。だんだん行為がエスカレートして、女性は「絞殺」してくれるように頼む。

　「ねえ、私の首を少し絞めてくれない」と少しあとで女

　は私の耳に囁いた。「これを使って」（略）そして女は枕の下からバスローブの白い紐を取り出した。きっと前もって用意しておいたのだろう。（略）「真似だけでいいから」と彼女は喘ぐように懇願した。[9]

　しかし第1部の終わりに私は妻のユズを絞殺するという、非常にリアルな夢を見て、そのラブホテルでの出来事を思い出し、こう考える。

　私は自分がその女（名前も知らない若い女）を最後の瞬間に本当に絞め殺してしまうのではないかと、心の底で恐れていたのだ。「ふりをするだけでいいの」と彼女は言った。しかしそれだけでは済まないかもしれなかった。[10]

　この出来事の後、さらに不思議な、白いスバル・フォレスターを運転する男に出会う。その「白いスバル・フォレスターの男」が目で「お前はどこで、何をしたのか分かっているぞ」と言っているように私には読める。雨田具彦の家でこの人物の絵を描くが、描きあげてしまうとその後はその絵を見たくない。

　私のもう一つのトラウマは妹に死なれたことである。私が15歳の時、「コミチ」という12歳の、とても愛しい妹が心臓麻痺で亡くなり、私は子供用の棺に収められた遺体を見て、激し

9　村上春樹（2017）『騎士団長殺し』第1巻 p. 442-443。
10　村上春樹（2017）『騎士団長殺し』第1巻 p. 504。

い閉所恐怖症に襲われる。今でもエレベーターに乗ることができず、それは妹の死をまだ受け入れることができないからだろうと思われる。つまり、妹を棺から救いたくても救えなかったから、主人公の私は「共鳴」（この場合は「シンパシー」）で自分のことも棺のような入れ物に閉じ込められていることを想像して、耐え難いほどの恐怖に襲われている。

このように様々なトラウマを抱えている私は、少なくとも今の所は、「声を聴くもの」になる可能性がゼロと言っていいでしょう。自分の精神、意識と無意識、現在と過去を整理して、バランス及び「共鳴」を身につけるまでは、「地上に生きている人」と「神々の発揮する力とのバランス」を、うまく維持することはできないからです。

6. 自己療法の「旅」

では、「私」は一体どうすればよいのでしょうか。『ねじまき鳥クロニクル』の岡田トオルのような「業者」がいない限り、悩みを全て自力で治癒しなければならない。そして結局はそうなるでしょう。ただし、この場合にその「療法」は「旅」であり、それもきわめて神話的な旅になります。私の悩みは「死」そのものであるため、「死」を理解するには自分も死ななければならないのです。

もう一度私の東北の旅を見てみましょう。なぜ私は、その不思議な女性を「絞め殺してしまうかもしれなかった」と考えているのでしょうか。勿論、その時はユズに対する怒りもある

し、自分自身の「傷」も強く感じている。東北への旅の時期、私の内的な自己はまさに「暴力」と「リベンジ」という気持ちに満ちていたのに違いありません。そしてその後の「白いスバル・フォレスターの男」の出会いも偶然とは思えません。この不思議な男は私の内的な自己、つまり私の魂そのものであったと考えられます。言い換えれば、私の問題の中心は、暴力を加えたくない「外的な自己」と、女性に対して暴力行為に及びたい「内的な自己」が存在し、その間に「共鳴」及び「バランス」を保つことができないことです。

　そうした「共鳴」を身に付けるには、やはりもう一度「旅」をしなければならないが、今度は東北ではなく、「死」そのものを理解するために「死後の世界」（アンダーワールド）へ突入しなければならなくなるのです。

　死後の世界へ旅するのは、村上文学では決して珍しいことではありません。『羊をめぐる冒険』の「僕」が友達「鼠」の北海道の別荘に行く場面をはじめ、『海辺のカフカ』の「田村カフカ」が四国の森に入ることなど、これは村上文学の特徴とも言えるでしょう。ただ、『騎士団長殺し』の場合には私の旅は普段より意味深いところがあります。何故かというと、この旅は先に述べた「伝授」及び「イニシエーション」になるからです。

　伝授には、どのような意味があるのでしょうか。神話的に言うと伝授は不可欠な出来事であると、神話学者ミルチア・エリアーデは述べています。『儀式と象徴』には次のように書かれています。

イニシエーション
伝授は世界の神聖な歴史を再現させる。この再現を通じて全世界が改めて神聖化される。伝授を授かる少年達は世俗的な存在としてこの世を去り、新たな世界に蘇る。それは、彼らが伝授で受ける啓示によって、世界を神聖なもの、神々の創造物として見ることができるようになるからである。[11]

　「私」の死後の世界への旅もこのような「伝授」として見なすことができると思います。詳しくみていくと、実にそのような流れがあるからです。私は最初地下に入って、地下の川に着く。長い旅で喉が渇いて、川の水を少し飲む。川辺に沿って歩くと渡り舟と「顔のない男」を見つける。顔のない男に川を渡してもらって向こう側に着く。荒地を歩いて森に入る。この森は田村カフカの森と異なり、迷宮ではありません。それは先ほど飲んだ川の水の力の影響であると思われる。森を通過したら洞窟に入って、それから狭い横穴に入る。そこで激しい閉所恐怖症に見舞われるが、死んだ妹「コミチ」の声に励まされ、最終的には雨田具彦の家の裏の「穴」から抜け出すことによって、その穴から「生まれる」わけです。

　この旅の一部始終を見ると、次のように考えられます。私が地下に行く時は象徴的な意味で「死ぬ」ということで、川に着いて水を飲む時は新しい生命を体に飲み込むことを意味します。川そのものは「生と死の境界」と見ればよいでしょう。

11　Eliade, M. (1958) *Rites and Symbols of Initiation: The Mysteries of Birth and Rebirth* p. 19。

従って、私が水を飲むのは「受胎」（コンセプション）で、川を渡るのは細胞分裂となります。荒れ地を彷徨うのは懐胎（ジェステーション）で、洞窟の狭い横穴に入る時は生まれる直前を指します。勿論雨田具彦の家の裏の「穴」から抜け出すことは、生まれるということです。つまりこの「穴」は地球のヴァギナになり、英語で言えば「birth canal」（産道）となりますが、「Earth canal」（地球産道）と解釈すればよいし、「地球」は「地宮」や「子宮」とも言えます。主人公の私もそう見ているらしいことがうかがわれます。私はその「穴」をスケッチして、次のように考えます。

> その穴は本当に生命を持っているように見えた。というか実物の穴より、より生きているように見えた。私はスツールから降りて、近くに寄ってそれを眺め、また違う角度からそれを眺めた。そしてそれが女性の性器を連想させることに気づいた。キャタピラに踏みつぶされたススキの茂みは陰毛そっくりに見える。[12]

　主人公の私は即座にこの読み方を「フロイト的解釈」で「くだらない」と退けるのですが、実はこれが正しい読み方なのではないかと思われます。むしろ、彼が新しい人間として生まれ変わるのはこの穴からであり、この穴は言うなれば彼の「実母」の性器であると考えられます。

12　村上春樹（2017）『騎士団長殺し』第2巻 p. 72。

7．終わりに：再生と「共鳴」

　この地球からの再生と「共鳴」はどのように関連するのかというと、主人公の私の再生によって、彼は以前のトラウマとこれからの道をある程度まではバランスを保つことが出来るようになったと言えるでしょう。私は妹の死と妻のユズとの別れに対する悲しみや怒りをなだめるために東北で女性を絞殺しそうになるが、その経験を経たことで、代わりに、生き物を守りたくなり、妻のユズと子育てをしたくなる。言い換えれば、私の死後の世界への旅によって、彼は内的な自己（怒り・悲しみ）と外的な自己（養育・希望）の「共鳴」を回復して、この世界でより積極的に、そしてより賢明に生きられるようになるわけです。彼は過去のトラウマを抱えながらも未来を向いて生きることが出来るようになるのです。そして同時に、彼はようやく「声を聴くもの」の「資格」を得られ、雨田具彦の「継承者」になる権利も取得出来るのではないでしょうか。これは私への「伝授」及び神聖な「旅」の「恩恵」（boon）となるわけで、このことは、村上文学の中でも非常に重要な出来事だと考えられます。

参考文献

Eliade, Mircea. (1958) *Rites and Symbols of Initiation: The Mysteries of Birth and Rebirth.* Translated by Willard Trask. New York: Harper Colophon Books.

村上春樹（1994-95）『ねじまき鳥クロニクル』全 3 巻　新潮社

村上春樹（2000）『神の子どもたちはみな踊る』　新潮社

村上春樹（2009-10）『1Q84』全 3 巻　新潮社

村上春樹（2013）『色彩を持たない多崎つくると、彼の巡礼の年』　文藝春秋

村上春樹（2017）『騎士団長殺し』全 2 巻　新潮社

ハルキ・ワールドの秘密の通路

清水　良典

1.

　多くの日本の現代作家の中で、村上春樹ほどの成功を収めた作家は他にいないといってもいい。1987年の「ノルウェイの森」以来、発表されるほとんどの著作がベストセラーにランクインしてきた。マラソン・ランナーでもある彼は自らを長編小説作家と自任し、2巻あるいは3巻となるような大長編を1988年の「ダンス・ダンス・ダンス」以来、ほぼ7年のスパンを置いて計画的に執筆してきた。そして待たれた新作の発売は常に社会現象といえるほどの期待をもって迎えられ、発売後わずかな期間で100万部を突破することも珍しいことではない。

　しかし一方で、村上春樹に対する日本国内の評価は1979年に「風の歌を聴け」でデビューして以来、必ずしも肯定的なものばかりではなかった。

　最初の評価の分かれ目は、彼の初期の作風にカート・ヴォネガット Kurt Vonnegut やリチャード・ブローティガン Richard Brautigan など、アメリカ現代小説の影響が著しく認められた点である。

　実例をひとつ示そう。次に引用するのは、村上春樹の「風の歌を聴け」の「21」である。

59

三人目のガール・フレンドが死んだ半月後、僕はミシュレの「魔女」を読んでいた。そこにこんな一節があった。

　「ローレンヌ地方のすぐれた裁判官レミーは八百の魔女を焼いたが、この『恐怖政治』について勝誇っている。彼は言う、『私の正義はあまりにあまねきため、先日捕えられた十六名はひとが手を下すのを待たず、まず自らくびれてしまったほどである。』」（篠田浩一郎・訳）

　私の正義はあまりにあまねきため、というところがなんともいえず良い。

　これに対して、次に挙げるのは、カート・ヴォネガットの「スローターハウス5　Slaughterhouse-Five」の一部である。

　クリスマスに、オヘアのところにその運転手からお祝いのカードが届いた。これが文面である——

　貴方様はじめ御家族の皆様ならびに御友人の方におかれましても、幸多きクリスマスと新年を迎えられんことをお祈り申し上げますとともに、偶然の気まぐれにより、私達がいつかまた平和で自由な世界のタクシーのなかで出会う日が来ることを心より待ち望んでおります。

　〝偶然の気まぐれにより〟というところが実にいい。（伊藤典夫訳）

引用の紹介から引用部分を挟んで、皮肉げなコメントをド

ライに付け加えるという様式とセンスが、ほとんど瓜二つである。

このような類似性について、群像新人文学賞の選考委員の一人であり、英米文学の翻訳者としても有名な作家の丸谷才一は、選評で次のように評している（丸谷は旧仮名遣い主義者なので、そのまま引用する）。

村上春樹さんの「風の歌を聴け」は現代アメリカ小説の強い影響の下に出来上がつたものです。カート・ヴォネガットとか、ブローティガンとか、そのへんの作風を非常に熱心に学んでゐる。その勉強ぶりは大変なもので、よほどの才能の持ち主でなければこれだけ学び取ることはできません。昔ふうのリアリズム小説から脱け出さうとして抜け出せないのは、今の日本の小説の一般的な傾向ですが、たとへ外国のお手本があるとはいへ、これだけ自在にそして巧妙にリアリズムから離れたのは、注目すべき成果と言つていいでせう。（「新しいアメリカ小説の影響」『群像』1979年6月号118ページ）

また発表以来、最も早い段階からこの作品を注目していた川本三郎は、次のように書いている。

選者の丸谷才一が指摘しているようにこの「風の歌を聴け」は、カート・ボネガット（最近、ジュニアがとれた）の影響が実に強く感じられ、ボネガット・ファンの一人である私などは〝ああ、同じようなボネガット育ちがいるのだなあ〟とそのことにまず共感した。

架空の作家デレク・ハートフィールドの設定など、
『ローズウォーターさん、あなたに神のお恵みを』の架空
のＳＦ作家キルゴア・トラウトを思い出させるし、「そう
いうことだ」「それだけだ」「そんなわけで鼠の父親は金
持ちになった」「そんな風にして僕たちは友だちになっ
た」というブッキラボウの結論・断定は、『屠殺場５号』
の「そういうわけだ（"So it goes"）」を知っているものな
らニヤッとうれしくなるところだ。（「二つの青春小説―
―村上春樹と立松和平」、『カイエ』1979年6月号）

　このように「ボネガット育ち」同士の共感から「ニヤッと」
する読者だけではなく、ただの模倣じゃないかと立腹する読者
もいることだろう。つまりアメリカ現代小説に親しい読者であ
ればあるほど、評価が両極端に分かれるリスクを「風の歌を聴
け」は潜めていたのである。

　ともあれ、まるでアメリカ現代小説の翻訳を読んでいるよう
な文体は、若者受けする新しいポップな文体を日本文学に導入
したが、伝統的な日本文学の格式を尊ぶ読者からは、軽薄で模
倣的と非難されたのである。

　もう一つの評価の分かれ目は、他でもない、彼が余りにも人
気作家になったところにあった。

　日本では長い間、シリアスな芸術的小説を指す「純文学」
と、読者が望むジャンル小説の商品を提供するエンターテイ
ンメントとは、発表される雑誌などのメディアや文学賞にお

いて区別されてきた。「純文学」はいうまでもなく商業的な成功よりも芸術的、文学的価値が問われる。その「純文学」を担う有力雑誌である文芸雑誌「群像」が主催する「群像新人文学賞」でデビューした村上春樹は、当初は「純文学」の若い世代のヒーローとして注目されていた。1949 年生まれの彼は、日米安保条約に基づきベトナム戦争の後方支援を引き受けた日本政府への抵抗運動がピークに達した 1969 年に成人を迎えている。若者たちの反政府運動は 1970 年の安保条約更新と、極左過激派グループが何度も引き起こした暴力テロ事件や、連合赤軍による凄惨なリンチ殺人事件によって国民の支持を失い、そのあと若者には急速な政治離れと、倦怠感や諦念、無力感が広がった。村上春樹はまさに、その新世代の精神的な風景を描いた純文学の旗手として共感を集めたのだった。

そんな彼が「100 パーセントの恋愛小説」と謳う「ノルウェイの森」を機に大ベストセラー作家となったことは、「純文学」の価値観や同世代の連帯感から彼を評価してきた読者を大いに惑わせた。結果的に、それまで彼を評価してきた多くの文芸評論家や知識人が、それ以降の彼の小説を商業的な成功を狙うポピュリズムへの転向であるかのように見做すようになった。

このように村上春樹に対する評価の分裂は、今日でも続いており、彼の小説の受けとめ方の実態はじつに千差万別である。

ここで私は、そんな村上春樹の文学に一貫している彼特有の世界観を指摘することによって、理解の一助にしたいと思う。

2.

　村上春樹の小説には、リアリズムでは説明できないような不思議な出来事がよく起こる。さらに、その謎は合理的な説明によっては決して解明されないまま終わる場合がほとんどだ。決して難解な文体や、前衛的な方法を駆使しているわけではない。むしろ平易な、若者向けの読みやすい文章で書かれていて、最後まですらすら読めるのに、なぜそうなるのかが理解できないままで残される要素が多々あるのだ。

　例を挙げると「ねじまき鳥クロニクル」（1994-5）の、失踪した妻の捜索である。30歳の岡田亨の2歳年下の妻久美子がある朝、出かけたきり突然帰ってこなくなった。その妻の行方を捜すために彼が取った行動は、まったく非合理的なものである。自宅の裏の路地の奥にある空き家の庭に涸れた古井戸があるのを彼は知っていた。その井戸の底に彼は3日間もこもって瞑想にふけることでヒントを見出そうとしたのだ。2日目の夜明け前に彼は不思議な夢を見るが、彼自身はそれを「たまたま夢というかたちを取っている何か」だと考える。「顔のない男」が出てきて、ホテルの208号室の暗い室内で謎の女とセックスをする。そして何者かが部屋をノックする不吉な音がしたとき、女に導かれるまま「壁抜け」をして戻ってくる。目覚めたとき彼の右頬には青い痣ができていて、それ以来、亨にはなぜか超自然的な能力が備わってしまうのである。

　「海辺のカフカ」（2002）で、奇妙なストーリー展開はもっと複雑になる。15歳の誕生日を迎えようとする深夜に家を出

たカフカ少年が、夜行バスで四国へ旅立ち、高松市内の私設の「甲村図書館」にたどり着く（カフカ少年の物語と並行して、やはり高松へやってきたナカタの物語もある）。そこで司書の大島青年のアドバイスを受けながら、少しずつ大人へ成長していくのだが、彼が甲村図書館を訪れてから10日目の夜に、父田村浩一が東京都内の自宅で何者かに殺害される。もちろん高松市内にいたカフカに手が下せるはずがない。にもかかわらず、その夜カフカは神社の林の中に倒れていて、夜明けに気が付くとシャツは返り血に染まっていた。もしもカフカ少年が犯人だとすれば、通常の小説なら、夜のうちに東京の自宅まで往復して父親を殺害するトリックが明かされなければならないところだ。しかしそんな謎解きは何ら書かれないまま、この物語では父親殺しと、夢の中での母親とのセックスが幻想的に描かれる。この小説の根底に神話的な「エディプス・コンプレックス」が仕掛けられているとこれまで解釈されているが、小説のストーリーとして出来事の因果関係を理解することはなかなか難しい。

　不思議な出来事が次々と起こるのをジェットコースターのように楽しむのが、村上春樹の小説の楽しみ方ではある。だが結局それが理解できないままで終わってしまう不完全感、未消化感を、ほとんどの読者は抱かざるを得ない。ところが他の作品を読むと、よく似た奇妙なことが書かれているので、それが解釈のヒントになると思えたりする。かと思うと、別の新たな謎が浮かび上がって、それについても考えざるをえなくなる。そうして次々と多くの作品を読み、ハルキ・ワールドに精通すれ

ばするほど、解明したい謎が増えていき、また新しい作品の発表を待ち望むようになる。そういう連鎖に取り込まれていく読者の状態を、私は『村上春樹はくせになる』と自著のタイトルにしている。このように不思議な展開に次々と接しながら、楽しみと疑問の迷宮に入り込んでしまうのが、村上春樹の愛読者の常なのである。

　つまり村上春樹の作品世界には、一度入り込むと抜け出せないような一種の「迷宮」がいつも仕掛けられている。

　「海辺のカフカ」で、じっさい迷宮という言葉が作品内で用いられている箇所がある。カフカ少年のアドバイザーとして登場する甲村図書館の司書、大島青年は「世界の万物はメタファーだ」というゲーテの言葉をカフカ少年に伝えたあと、迷宮とメタファーという言葉について、次のような象徴的な説明をカフカ（引用文中で「僕」）に与えている。

　　　「つまり迷宮というものの原理は君自身の内側にある。
　　　そしてそれは君の外側にある迷宮性と呼応している」
　　　「メタファー」と僕は言う。
　　　「そうだ。相互メタファー。君の外にあるものは、君の
　　　内にあるものの投影であり、君の内にあるものは、君の
　　　外にあるものの投影だ。」

　メタファー Metaphor は、日本の訳語では「隠喩」「暗喩」とも呼ばれる。文学作品において、ある対象のイメージを表現するために、そこにないまったく別の物を同一物として扱う比喩の方法である。だがここで大島が説明するのは、人生におい

て一見つながりがよく分からない出来事や人物が、当人の心の内側を投影したメタファーだということである。「ねじまき鳥クロニクル」に出てくる井戸の底で見る夢の世界も、このメタファーとどうやらつながっている。ここで大島が言うように、さまざまな奇妙な形や現象として現れるメタファーは、自身の内部にある迷宮がこの世に投影されたものであり、その迷路への通路が井戸の底や、森の奥や夢なのだ。

　大島の説明によっても、迷宮とメタファーの関係はなお抽象的で難解だ。しかし「海辺のカフカ」の発表後のインタビューで、村上春樹はずっと具体的で分かりやすい言葉を用いて説明している。「地下二階」という考え方である。

　　人間の存在というのは二階建ての家だと僕は思ってるわけです。一階は人がみんなで集まってごはん食べたり、テレビ見たり、話したりするところです。二階は個室や寝室があって、そこに行って一人になって本読んだり、一人で音楽聴いたりする。そして、地下室というのがあって、ここは特別な場所でいろんなものが置いてある。日常的に使うことはないけれど、ときどき入っていって、なんかぼんやりしたりするんだけど、その地下室の下にはまた別の地下室があるというのが僕の意見なんです。それは非常に特殊な扉があってわかりにくいので普通はなかなか入れないし、入らないで終わってしまう人もいる。ただ何かの拍子にフッと中に入ってしまうと、そこには暗がりがあるんです。それは前近代の人々がフィジカルに味わっていた暗闇—— 電気が

なかったですからね—— というものと呼応する暗闇だと僕は思っています。その中に入っていって、暗闇の中をめぐって、普通の家の中では見られないものを人は体験するんです。それは自分の過去と結びついていたりする、それは自分の魂の中に入っていくことだから。でも、そこからまた帰ってくるわけですね。あっちへ行っちゃったままだと現実に復帰できないです。
（中略）そういう風に考えていくと、日本の一種の前近代の物語性というのは、現代の中にもじゅうぶん持ち込めると思ってるんですよ。いわゆる近代的自我というのは、下手するとというか、ほとんどが地下一階でやっているんです、僕の考え方からすれば。（湯川豊、小山鉄郎によるインタビュー「村上春樹『海辺のカフカ』を語る」『文學界』2003年4月号16ページ）

　明らかに村上はここで地上二階地下二階の家の構造を、一種の文学モデルとして語っている。それぞれの階は、文学史上のジャンルの発展段階、あるいは階層として読み替えることができる。

　すなわち一階とは、家族団欒の茶の間を中心に展開される初期の大衆的なファミリー・ロマンスにあたる。まだ家族が個室を持たず、全員が同じ場所で描かれる。テレビドラマで描かれる家族のドラマも、リビングルームでのコミュニケーションを舞台としている。

　二階の個室とは、自我のプライヴェート空間であり、近代

文学で個人の心理や自我が描かれた「内面」空間を意味する。日本の近代小説では島崎藤村の「破戒」（1906）や田山花袋の「蒲団」（1907）がこの領域を開拓し、夏目漱石が最大限に発展させた。これによって家族にも明かさない心の葛藤や悩みが、小説の中で初めて自由に描けるようになり、個人の自我の確立が文学上の大きな主題とみなされるようになったのである。

　地下一階は、近代文学がさらに成熟していく過程で分化して現れた領域で、たとえば怪奇幻想小説のような非日常を描くファンタジーや、犯罪者の秘められた欲望を暴くミステリに結びつく。平穏な日常生活の奥底に隠されている秘密の内面の世界である。日常生活から乖離したものが、ここにはあふれている。「いわゆる近代的自我というのは、下手するとというか、ほとんどが地下一階でやっているんです」と村上が言うように、今日ジャンル小説と呼ばれる多くの分野のほとんどは、この地下一階に所属する。

　だが地下二階とは、そのいずれにも属さない特殊な超自然的領域である。内なる自我よりも、秘められた欲望よりも、さらに深い奥底の、「前近代の暗闇」にも通じる魂の「暗がり」のことだと村上はいう。その領域の「扉」を開くことができれば、従来の小説が描いてきた世界とは全く異なる領域へ参入することができる。そういう領域を、一種の秘密の通路のように利用する小説として、村上は自身の文学を規定しているのである。

　村上春樹の小説にたびたび描かれてきた井戸や森が、この

「地下二階」につながるメタファーであることは容易に想像できる。「ねじまき鳥クロニクル」で妻の行方を捜す「僕」が近所の空き家の枯れ井戸の底で瞑想するのも、井戸の底の「地下二階」的な領域を、真実を知るための通路と考えたからだといえる。

　近代的自我とリアリズムの制限を超えた領域が「地下二階」と名付けられることによって、通常の小説理解では解釈しがたい村上春樹の小説を読み解く鍵が、くっきり浮かび上がってくる。

　この「地下二階」は、たんに個人の潜在意識に留まってはいない。前近代の「暗がり」を通して、他者の潜在意識、さらにいえば人類共通の潜在意識とトンネルのようにつながっている。たとえば「海辺のカフカ」で行き詰ったカフカは、森の奥深くに籠もって瞑想にふけるのだが、その森の中で第二次大戦中の日本軍の兵士と会ったりする。

　つまり「地下二階」とは、自己の魂の「暗がり」から、時空を超えて人類全体の魂の「暗がり」とつながった地下茎状の異次元トンネルのような働きを持っていると考えられる。その点では、20世紀を代表するスイスの心理学者カール・グスタフ・ユング Carl Gustav Jung の用語の「普遍的無意識」の概念にきわめて近い。

　人類の普遍的で先天的な普遍的無意識が、神話や幻想や夢に反映して現れているとユングは考えた。逆にいえば、ある

種の物語は、読者の心の「暗がり」に眠っている普遍的無意識へ通じる扉を開くことができるのだ。物語の力によって、科学や医学によっても届かない人の心の奥底の不安や恐怖に触れ、ときには癒すこともできる。そのような物語の作り出す通路で人々の心と深くコミットすることが可能であるという予感が、村上春樹の内部で次第に自らの文学の独創性への確信に変わっていったと考えることができる。

3.

　このような「地下二階」というキーワードに接したのちに、村上春樹の作品を再検討してみると、過去の作品にさかのぼっても同様の表現を発見し直すことができる。たとえばデビュー作の「風の歌を聴け」で、語り手の「僕」が大きな影響を受けたというアメリカの架空の作家デレク・ハートフィールドの名が何度も出てくるが、そのハートフィールドの作品として「火星の井戸」という短編が挙げられていた。

　その「大まかな筋」は、次のように紹介されている。

　　それは火星の地表に無数に掘られた底なしの井戸に潜った青年の話である。井戸は恐らく何万年の昔に火星人によって掘られたものであることは確かだったが、不思議なことにそれらは全部が全部、丁寧に水脈を外して掘られていた。いったい何のために彼らがそんなものを掘ったのかは誰にもわからなかった。実際のところ火星人はその井戸以外に何ひとつ残さなかった。文字も住居

も食器も鉄も墓もロケットも街も自動販売機も、貝殻さえもなかった。井戸だけである。それを文明と呼ぶべきかどうかは地球人の学者の判断に苦しむところではあったが、確かにその井戸は実にうまく作られていたし、何万年もの歳月を経た後も煉瓦ひとつ崩れてはいなかった。

その井戸に「宇宙を彷徨う一人の青年」が潜り込んで歩き続けた。井戸の中では「下に降りるにつれ、井戸は少しずつ心地よく感じられ」「奇妙な力」が彼を包む。さらに井戸には横穴があり「横穴は別の井戸に結ばれていたのだ」。こうして長いあいだ潜っていた彼が、ようやく地上に出てきたとき、15 億年の歳月が経っていたことを風が教えてくれる。

のちの「ノルウェイの森」や「ねじまき鳥クロニクル」でも井戸はたびたび出現するのだが、すでに作家の出発点から登場しているこの井戸は、「地下二階」の説明で明らかにされた概念——すなわち、現実の時間や空間を超越した異世界であること、そして他の同じような世界とつながっていること——を、すでに十分宿していたことが分かる。はっきりと名指せないまま獲得されていた「井戸」のイメージが、二十年余りの作家生活を通して村上春樹の内部で徐々にオリジナルな世界観、文学観として確立されていったのである。まだ無自覚な独創性を試していた村上春樹が、その本質に気付き、自らの文学の最も重要な方法に育て上げていったのだ。その成果を、デビューから 30 年以上たって書かれた最新作「騎士団長殺し」

（2017）に見出すことができる。

　肖像画家の「私」が、妻から突然別れを告げられて家を出て、放浪の旅ののちに、友人の父の画家が暮らしていた山の上の家を借りる。その家で暮した7か月余りの数奇な体験談である。「騎士団長殺し」とは、その家の屋根裏部屋で発見した絵のタイトルであり、それを見たのをきっかけに不思議な出会いと出来事が次々と起こる。まず「免色」という男が現れる。彼は自分の娘と信じている13歳の少女「まりえ」と会うために「私」を利用する。一方、深夜に鈴の音が聞こえてきたことがきっかけで、「私」は家の裏の雑木林で古い祠と石で組まれた縦穴を見つける。免色と会ううちに、ある日まりえが行方不明となる。彼女を取り戻すために「私」は、ある神秘的な力を借りて地下世界へ潜入する。困難な試練を乗り越え「私」が祠の穴へ帰還したとき、ほぼ同時にまりえも無事帰宅するのである。

　神秘的な力と紹介したのは、この小説に出現する「イデア」と名乗る精霊のような存在の力のことである。彼は「騎士団長殺し」の絵から飛び出てきたような、身長六〇センチほどの「騎士団長」の外見をしていて、相手を「諸君」と呼び、「ない」を「あらない」などとしゃべる、かなりユーモアと茶目っ気のあるキャラクターである。

　さらにもう一人、やはり絵に描かれていた外見をしていて「私」が入り込む地下世界の案内役をする顔なが男がいる。捕まえた「顔なが」の素性を「私」が問い詰めると、彼は名を

「メタファー」と名乗り、次のように答える。

　　「起こったことを見届けて、記録するのがわたくしの職
　　務なのだ。だからそこで見届けていた。これは真実であ
　　ります」
　　「見届けるって何のために？」
　　「わたくしはそうしろと命じられているだけで、それよ
　　り上のことは分からない」
　　「おまえはいったい何ものなのだ？　やはりイデアの一
　　種なのか？」
　　「いいえ、わたくしどもはイデアなぞではありません。
　　ただのメタファーであります」
　　「メタファー？」
　　「そうです。ただのつつましい暗喩であります。ものと
　　ものとをつなげるだけのものであります。ですからなん
　　とか許しておくれ」

　物語に潜められた高次の主題が「イデア」だとすれば、そ
の「イデア」のしもべとして「メタファー」は、小説の内部に
配置されたさまざまな「ものとものとをつなげる」役割を果た
す。この説明は文学創作のエッセンスとしてよくできている。
と同時に、村上春樹の物語の中の「地下二階」性の本質をも凝
縮して言い当てている。まさにあらゆるメタファーは、本来別
の世界の「ものとものとをつなげる」役割を果たす井戸であり
通路なのだ。

　そして彼「メタファー」は、「わたくしの通ってきた道は＜

メタファー通路＞であります」と説明する。「私」が帰還した祠の竪穴につながっていたのがこの「メタファー通路」だったのである。

　もともと専門的な文学用語である「メタファー」が、超自然的な通路のまるでポップな異名のようにここでは扱われている。「井戸」から「地下二階」へと村上春樹が温め発展させてきた概念が、ここに至って、まるでテーマパークのキャラクターや施設のように軽妙な姿で利用されているのだ。

　おそらく「地下二階」の概念を自覚したときから、彼はそれをやがて最大限に利用する機会を待ち構えていたのだろう。このような大胆な用い方も、村上春樹が自らの文学的な方法に自信を深めたからこそ踏み込むことができた遊びだろう。

　こうして「私」は試練を経て、この世界へ戻る。そして人生の再出発に際して、彼はいったん別れを告げた妻が誰の子供か分からない妊娠をしていたという現実を、次のような解釈によって受け容れるのである。

　　「ぼくはかまわない」と私はいった。「そして、こんなことを言うとあるいは頭がおかしくなったと思われるかもしれないけど、ひょっとしたらこのぼくが、君の産もうとしている子供の潜在的な父親であるかもしれない。そういう気がするんだ。僕の思いが遠く離れたところから君を妊娠させたのかもしれない。ひとつの観念として、とくべつの通路をつたって」

常識的には「頭がおかしくなったと思われる」考え方だろう。しかしこれまで見てきたように、少なくとも村上春樹の読者には、これは理解可能な論理なのである。つまり、ここには「火星の井戸」以来の「とくべつの通路」が、人の心の「地下二階」でつながって、肉体や言葉が閉じ込められているディスコミュニケーションを乗り超えて、融和と理解をもたらす可能性が樹立されているのである。

　その名付けがたい不思議な「通路」が、「メタファー通路」という一種ポップな名称を名乗るのに、豊饒な作家人生においてさえこれだけの年月を要したという事実に、読者の一人として感慨を禁じ得ない。まさにそれは、村上春樹の文学の最も重要なメインストリートの名称そのものといえるだろう。

　村上春樹の小説が言語の壁を超えて世界中の読者に受け入れられる理由の一つに、彼の物語がどこか特別に、この自分にひっそりと届けられていると思えるような、ある親密性に満ちていることが挙げられる。誰にも言えない、自分でも言葉にならないような、心の奥底の秘密の部分に、現実の制約を超えた不思議な通路を抜けて、ひそやかに連帯と励ましが届いたような思いを、彼の小説は与えるのだ。その秘密の通路が築かれてきた遠大な流れを、ここで私は辿ってみた。

　70歳を迎えたものの、村上春樹はまだまだ筆力旺盛な現役の作家である。人類の魂の奥底につながる通路を開拓する冒険は、今後も続くはずである。それをこれからも見届けていきたい。

参考文献

川村湊『村上春樹をどう読むか』作品社、2006

加藤典洋『村上春樹は、むずかしい』岩波新書、2015

野中潤「海辺のカフカ」（研究史編）仙田洋幸・宇佐美毅編『村上春樹と二十一世紀』おうふう、2016

C・G・ユング/小川捷之訳『分析心理学』みすず書房、1976

A・ストー/河合隼雄訳『ユング』岩波現代新書、1978

『騎士団長殺し』における絵画への「共鳴」

──小田原滞在中に創作した4枚の絵を中心に

曾　秋桂

1.　はじめに

　村上春樹の『騎士団長殺し』(第 1 部、第 2 部、2017.2 新潮社) は、肖像画家を主人公に、第一人称の語り手「私」が妻と「二度の結婚生活」(第 1 部 P14) までの過去を振り返って語った物語である。その過去とは、2011 年 5 月連休明の「今」の時点で、一部の回想を除いて、2007 年 3 月半ばに遡るまでの 4 年間の出来事[1]だったと判明した。

　「肖像画を専門とする画家」(第 1 部 P25) の「私」が、「もう二度と営業用の肖像画は描くまいと自ら誓っ」(第 1 部 P108) て、「妻に去られたことを契機として、もう一度人生の新しいスタートを切ろうという気持ちになった」(第 1 部 P108) が、妻に別れられて残した「生々しい傷跡」(第 1 部 P275) の「痛みを忘れるための方法は、実質的にはひとつしかなかった。勿論絵を描くことだ」(第 1 部 P275) とも述べた。一見自己撞着のようだが、離婚を契機に、「営業用の肖像画」のためではなく、「自

1　詳しくは、曾秋桂「「女のいない男たち」の延長線として読む『騎士団長殺し』の「魅惑」― 東日本大震災への思いを馳せて―」沼野充義監修・曾秋桂編集 (2018)『村上春樹研究叢書村上春樹における魅惑』第五輯 TC005 淡江大学出版中心 P236 で推定した作中時間の論説を参照されたい。

分のための絵画を描く」(第1部P27) と考えるようになったのである。離婚後、小田原滞在中創作した「免色の肖像画」、「白いスバル・フォレスターの男の肖像画」、「雑木林の中の穴の絵」、「秋川まりえの肖像画」といった4枚がその成果である。ちなみに、依頼を受けて作画した「免色の肖像画」を描いていくうちに、「自分のため描いた絵」(第1部P281) と思うようになった点からは、自主的な創作と見られよう。また、免色から依頼された「秋川まりえの肖像画」も同様である。

　したがって、本論文では、この小田原滞在中創作した4枚の絵の創作プロセスを明らかにすることにより、その意図、「共鳴」する所以を究明することにするのである。

2.「共鳴」の定義について

　本題に入る前に、まず「共鳴」の定義について見てみよう。『日本語大辞典』では、「人の考えや態度などに同感すること。sympathy」[2] とある一方、「共感」も比較に挙げられている。念のために、同辞典での「共感」の項目を調べたところ、「考えや感情に親しみをもって、相手と同じように感じること。sympathy」[3] とある一方、同じく「共鳴」も比較に挙げられている。同じく「sympathy」と訳された「共鳴」と「共感」が類義語

2　梅棹忠夫代表監修 (1990・初 1989)『カラー版日本語大辞典』講談社 P504
3　梅棹忠夫代表監修 (1990・初 1989)『カラー版日本語大辞典』講談社 P495

として見られるかもしれない。しかし、作品中語り手の「私」が「自分が共感を抱けそうな要素を、クライアントの中にひとつでも多く見いだすように努めた」(第1部 P25) ことに触れ、「クライアントに対して、少しなりとも親愛の情を持つ」(第1部 P25) と言った作画態度を参考にすると、本論文では、「私」の言った「共感」をさらに敷衍し、「考えや感情に親しみをもって、相手と同じように感じること、響きあうこと」を「共鳴」と定義することにする。

3. 小田原滞在中に創作した4枚の絵の考察── その1

小田原滞在中に創作した4枚の絵については、「私」に言わせれば、「その四枚の絵はパズルのピースとして組み合わされ、全体としてある物語を語り始めているように思えた。(中略) ひとつの物語を記録している」(第2部 P169) のである。以下、完成順に論述する。

3.1 免色の肖像画──自分の声に導かれて、肖像画のタブーを打破

免色の肖像画の依頼が入り、今までと違った「実物の人間をモデルに絵を描く」(第1部 P23) 手法を採って、引き受けることにした。作画の途中、自分の坐ったスツールから「五十センチ」(第1部 P277) ほど動かされた所で免色の画を見つめ、「不在する共通性」(第1部 P278) に困惑したところ、誰かが「かんたんなことじゃないかね」(第1部 P278) と言った言葉が聞こえてきた。その時、「自分の声が聞こえるのかもしれない。それは私の心が意識下で発した声だったのかもしれない」(第1

部 P279) と認める一方、「たとえ意識下であろうがそんな変な
しゃべり方はしない」(第 1 部 P279) とも否定した。しかし、作
品中「かまうもかまわないもあらないよな」(第 1 部 P350) の
ような「奇妙なしゃべり方をする」(第 1 部 P349) 人物は、「騎
士団長」に限られる。確かにその時、裏の祠の穴から拾った鈴
を部屋の「スタジオに置くことにした」(第 1 部 P256)。だが、
その鈴が呼び出す「騎士団長」(第 1 部 P347) との初対面は、そ
の後のことであった。したがって、ここで「私」が変なしゃべ
り方をした可能性が高い[4] と認められよう。また、「私」以外に
「誰もいなかった」(第 1 部 P279) 家に、「メンシキさんにあっ
て、ここにないものをみつければいいんじゃないのかい」(第
1 部 P279) との言葉が、「一音一音が明瞭に聞こえる」(第 1 部
P279)。その声は間違いなく、「私」が発したものだと思われよ
う。

このように、自分で言った言葉に導かれて、免色の「白髪」
(第 1 部 P281) に気づき、それを絵に描きこんだ「私」は、「免色
渉という存在を絵画的に画面に浮かび上がらせることに成功し
ている」[5](第 1 部 P281)。その創作プロセスについては、「おそ
らく私自身だ。私が意識に椅子を動かして私自身に示唆を与え

4　普段初対面の免色や騎士団長には「です・ます」体と丁寧に応答して
　　いるが、「私」が自身自分に向かって、「とても簡単なことじゃない、
　　と私は自分に向かって言った」(第 2 部 P211) とくだけた言い方をした
　　ことがあるからである。
5　免色の書斎に飾ったその画については、「私」自身が「まるで免色そ
　　のものがそこに入り込んでしまったようにさえ見えた」(第 1 部 P391)。

たのだ。持って回った不思議なやり方で、表層意識と深層意識とを自在に交錯させ」(第1部P282)ると、納得のいくように説明を試みた。免色がその完成した絵を見たところ、「実に見事だ。(中略)これこそ、私の求めていた絵です」(第1部P298)と評価した。「その人物のネガティブな側面だけ描かないように(中略)できるだけ見栄え良く描くことを心がけ」(第1部P296)る今までの肖像絵を書くタブーを打破した結果、まさに免色が言った通り、描く方と描かれた方の「お互いの一部を交換し合うということ」(第1部P150)に成功した。その後、「近親感」(第1部P434)より高次元な「連帯感」(第1部P434)に高まり、免色に「共鳴」するようになったのである。

　周りの人[6]からも賞賛を得た免色の肖像画は、創作時間を普段の「二週間」(第1部P24)よりも早めて、10日間ぐらい[7]で完成した。

6　エージェントが言った「肖像画という領域を超えた作品だし、それでいて肖像画としての説得力を具えています」(第1部P427)。またまりえとその叔母がその絵を見て「深く感心していました」(第2部P129)。

7　「火曜日」(第1部P116)に免色が初めて来て、その週の「金曜日の午後一時半」(第1部P147)、翌週の火曜日「午後一時ぴったり」(第1部P194、原文第10章、11章の脈絡から火曜日と推定できた)、「自分から家の外に出て免色を迎えた」(第1部P284、第16章P268「明日の十一時にお目にかかりましょう」による推定)とあるように火曜日から翌週の金曜日までの10日間ほどかかって免色の肖像画が出来たのである。

3.2　白いスバル・フォレスターの男の肖像—— 隠蔽された「私」の性的願望の顕現

　2枚目の絵の人物の白いスバル・フォレスターの男[8]が作品中一番、「私」によく触れられている人物であり、無言のうち、語りかけてくる「おまえがどこで何をしていたかおれにはちゃんとわかっているぞ」の言葉が作品中で執拗に繰り返されている[9]。白いスバル・フォレスターの男の肖像を6日間の短い間[10]完成したことからも「私」がより意欲的にその男の肖像作画に臨んだと分かる。だが、せっかく「誰のためにでもなく、(中略)自分自身のために」(第1部P330)描いたこの「白いスバル・フォレスターの男の肖像画」は「騎士団長殺し」と一緒に火事のために、「失われること」(第2部P535)になったのである。

8　「中年の長身の男、(中略)黒い革のジャンパーを着て、ゴルフメーカーのロゴが入った黒いキャップをかぶっていた。(中略)髪は短く刈り込まれ、白髪が混じっていた。痩せて、まんべんなく日焼けしていた。額には波打つような深い皺が寄っていた」(第1部P314-315)として初登場して以来、第2部P533まで続いている。

9　その言葉が第1部P323、P328、P330、P358、P364と第2部P322、P376、P378、P381に出ている。

10　「日曜日の朝」(第1部329)に白いスバル・フォレスターの男の肖像にとりかかって、原文の第20章から27章に至って、その週の金曜日にやって来たガールフレンドが帰った後、「白いスバル・フォレスターの男の肖像の、描きかけの肖像画を眺めた」(第1部440)、「その絵は未完成なままで完成していて」(第1部441)とあるように、完成は同じく週の日曜日から金曜日までの6日間だと分かった。

84

3.2.1 性欲と関連して

　白いスバル・フォレスターの男に関しては 2 点ほど注意を促したい。一つは宮城県の港町でセックスした女性の後、初登場したことである。もう一つは、白いスバル・フォレスターの男と女の初登場が、人妻のガールフレンドの「セックスのあとの短い午睡」(第 1 部 P323) の間に「私」に思い出されたことである。いずれもセックスと関係している。

　さて、「私」が宮城県の港町で出会った男女のことだが、「岩手県との県境に近いあたり」(第 1 部 P310) のファミリー・レストランで夕食を取っている間に「一人の若い女」(第 1 部 P310) が断りなく向かいの席に坐り、「私」と会話をしている途中、白いスバル・フォレスターの男が店に入ってきた。その後、その女性は「私」と二人で店を出て、車でラブホテルに入ったが、翌朝いなくなってしまった。こういった「一部始終」(第 1 部 P323) を体験した後、「白いスバル・フォレスターに乗っていた中年男が、果たして彼女を追っていたのか、彼女がその男から逃れようとしていたのか」(第 1 部 P323) と勝手に想像するようになった。また、翌朝朝食のため、例のファミリー・レストランに入り、既にそこにいる白いスバル・フォレスターに見られた「私」はその顔に「非難の色さえうかがえた」(第 1 部 P323)。と同時に再び「おまえがどこで何をしていたかおれにはちゃんとわかっているぞ」(第 1 部 P323) と無言のうち、語りかけられ一夜の情事を見抜かれたように捉えている。

3.2.2　信用できない語り手の一面と手の入込んだ性的語り

　例の女性との性交について、「私」は「その長い旅行のあい
だ、ただ一度だけ生身の女性と性交したことがある」(第1部
P309) と言い、「その長い旅行(あるいは放浪)のあいだに持っ
た、唯一の性的な体験」(第1部P320) と語っている。そうする
と物語が始まったところで宣言した「妻と別れその谷間に住ん
でいる八ヶ月ほどのあいだに、私は二人の女性と肉体の関係を
持った」(第1部P17)[11] は修正すべきであろう。というのは、肉
体関係を持ったのは上述の例の女性を入れて、3名になるから
である。だが、わざわざ強調された「生身の女性」、「唯一の性
的な体験」の裏をさらに探ってみると、その「生身の女性」で
はなく、「私」の妻を青森で見た「淫靡な夢」(第2部P189) で
「レイプした」(第2部P190) という記述が「唯一の性的な体験」
の説を覆すことになり、4名の女性と交わることになったので
ある。ここでは信用できない語り手の一面と手の入込んだ性的
語りの2点に、まず気づかされよう。以下、それを隠蔽した真
意を解明しよう。

3.2.3　周縁と深化を兼ねた暴力の重層的構造

　「白いスバル・フォレスターの男の肖像」が「未完成なままで
完成していた」(第1部P441) 時、例の女性とセックスしている
最中、「彼女が真剣に殴打されることを真剣に求めていた。彼

11　この行動を取った「私」に言わせれば、「私が人妻たちと関係を持つよ
　　うになったのも、そんな時期のことだった。私は多分精神的な突破口
　　のようなものを求めていたのだと思う」(第1部P71-72) のことである。

女が必要としているのは本物の痛み」(第 1 部 P442) と、バスローブの紐で「首を少し絞めてくれない」(第 1 部 P442) という願いが「私」に思い出されている。と共に、この一夜の情事を「この男 (白いスバル・フォレスターの男・論者注) は知っていたのだ」(第 1 部 P443) と「私」が感づいた。要するに例の女性が性的暴力に走る傾向にあり、彼女との情事を白いスバル・フォレスターの男に総て見届けられていると言えよう。

　その後、例の性的暴力に走った女性を思い出す度、暴力の話題と係わっている。例えば、政彦と軍隊のような暴力的なシステムに触れた時 [12] にも、騎士団長を殺す場面にも、再度南京大虐殺に触れると共に、「宮城県のラブホテルで女の首を絞めたときのことを思いだした。(中略)。一瞬見いだしたのは、これまで覚えたこともないような深い怒りの感情」(第 2 部 P322) であった。このように、例の女性の登場はいずれも暴力と関わり、性的暴力、騎士団長殺し、さらに虐殺の国家暴力へと広まっていったように繋がっている。周縁へ広まっていく以外、性的暴力を基礎にした暴力の性質を深めていく重層的構造も見られよう。

3.2.4　性的暴力へと深まっていく重層的構造──「私」の持つ憤怒と念願

　性的暴力へと深化していく重層的構造を一重剥がすと、性的暴力へと繋がった「私」の持つ憤怒と念願の二面性が分かっ

---

12 「性行為の最中に私にバスローブの紐を手渡し、これで思い切り首を絞めてくれと言った若い女」(第 2 部 P101)

た。以下、「私」が旅中見た二つの「夢」を中心に検討すること
にする。人間が見た「夢」の性質は、宮城音弥に啓発された所
が大きい[13]。

3.2.4.1　不倫した妻へ迸り出る憤怒

　妻から手紙を受け取ったその夜、「私」は「長く暗い夢」(第
1部 P503-504)を見ていた。

　「長く暗い夢」に例の性的暴力に走る女性と白いスバル・
フォレスターの男がまた出てきた。その夢の中では、人物の置
き換えが行われている。「私」が「白いスバル・フォレスターの
男」に、例の女性が「妻」に、彼女と一夜を共にした「私」が
妻の不倫相手に、というように置き換えられた。夢の中で、白
いスバル・フォレスターの男である「私」が「妻を追い詰め、
その白く細い首をバスローブの紐で絞めた。(中略)これまで
経験したことのない激しい怒りが、私の心と身体を支配して
いた」(第1部 P503)。また、その夢から覚めた時、首を締め
る「ふりだけでは終らない要因は、私自身の中にあった」(第
1部 P504)とも「私」が気づいた。嘗て例の若い女に「首を絞め

13　例えば宮城音弥(1982・初 1972)『夢』岩波書店 P33 に触れた「ほんら
　　い、人間という動物は視覚的動物であるが、睡眠中には、視覚的でな
　　くなって、外界への適応は、目以外の感覚器官によって行なう」説と
　　符合するように、以下述べた二つの夢では主に感覚を重んじて語られ
　　ている。また、夢で振舞う暴力についての解釈だが、P52 では、「夢の
　　ような状態で、抽象的観念がみられないことは、社会的人格が瓦解し、
　　原始的な傾向が表面化したひとつの特徴」とあるような指摘も大変示
　　唆的である。

てくれ」と頼まれた時に「私の中にもともとそういう暴力的な傾向はない」(第1部 P442)と否定したが、ここでは実は「私」も性的暴力性を持っていることが分かる。ただし、小田原滞在中、人妻と出来た性的関係には性的暴力の傾向は見られないことから考えると、「私」の性的暴力は、あくまでも妻に向けたものと言える。こうして「長く暗い夢」での人物の置き換えにより、性的暴力の構造を通して、不倫をした妻に口には出せなかった憤怒が迸り出るようになったのである。

3.2.4.2 妻への愛の念願

憤怒を持つ反面、不倫した妻への愛の念願も込められている。それは友人の政彦に妻の「妊娠七ヶ月」(第2部 P187)のことを知らされて、初めて思い出した「四月十九日」(第2部 P189)に見た「淫靡な夢」(第2部 P189)から判明した。

夢では、広尾のマンションの部屋で眠り続けている妻と「ずいぶん久しぶりの性交」(第2部 P189)し、「射精は激しく、幾度も幾度も繰り返された」(第2部 P189)。夢から覚めた「私」は「実際に射精していることに気づいた」(第2部 P191)。と同時に「ちょうどその時期に、ユズは受胎したことになる。勿論ピンポイントで受胎日を特定することはできない。しかしその頃といってもおかしくはないはずだ」(第2部 P193)と推測した。そして、「そんな生々しい出来事がただの夢として終わってしまうわけはない―― それが私の抱いた実感だった。その夢はきっと何かに結びついているはずだ。それは現実に何かしらの影響を及ぼしているはずだ」(第2部 P194)と、連発した

「はず」からは伏線めいたものが感じられよう。いわば、妻が産んだ「室」が自分の子だということへの暗示なのである。

　この可能性を立証する前に、性的暴力を語る際に、語り手がよく目を眩ませるような語り方を取っていることに注意を促したい。例えば、語られた順番については、例の女性との情事が先で、「淫靡な夢」(第2部P189)がその後である。しかし、「四月も後半にさしかかった頃」(第1部P43)、寒い北海道をあとに「青森から岩手、岩手から宮城へと太平洋の海岸沿いに進んだ。(中略) そのあいだ私はやはり妻のことを考え続けていた」(第1部P43) という語りを根拠に見ると、「私」は青森から岩手へ、そうして岩手から宮城へという順路を辿り、東京へ戻った。ここから、宮城で起きた例の女性との情事は青森で妻をレイプしたことより後に起きたことのはずである。そうすると、宮城でバスローブの紐で「首を少し絞めてくれない」(第1部P442) と例の女性に頼まれた時に、「私の中にもともとそういう暴力的な傾向はない」(第1部P442)」と言い張ったことは、明らかに嘘である。というのは、先立って「淫靡な夢」の中で妻との性交をレイプだと認めた以上、暴力的傾向がないとは言えないからである。その性的暴力を意図的に隠蔽している姿勢は明確である。

　また、語り手が隠蔽した「淫靡な夢」(第2部P189)を語る契機は、政彦に妻の妊娠七ヶ月を知らされた時である。政彦の話によると、「私」が「家を出て行く半年くらい前」(第2部P177)、「去年の九月くらいのことだが、(中略) ふたり (妻と

不倫相手のこと・論者注) は時をおかず恋人の関係になった」
(第2部 P178) という。また、「私」が「三月半ば」(第1部 P28)
に家を出て、「私」が「生物学的にいえば、可能性はゼロだよ。
八ヶ月前にはぼくはもう家を出ている」(第2部 P179)。政彦
と「私」の語りの両方を合わせると、妻が妊娠した子供の親
は「私」以外の男のはずである。しかし、家を出た後、初めて
会った妻の、不倫相手が「その子供の父親だという確信」(第2
部 P523) を持っていないこと、また不倫相手の子供の受胎につ
いて、「もしそういうことがあったら、女の人にはなんとなく
わかるものなの」(第2部 P524) と否定した言葉、そして不倫
相手に「子供の親権」(第2部 P526) を与えないことの3点から
見ると、妻が妊娠している子は不倫した相手の子供ではなさそ
うである。とすれば、「私」が妻に言った「ひょっとしたらこ
のぼくが、君の産もうとしている子供の潜在的な父親であるか
もしれない。そういう気がするんだ。ぼくの思いが遠く離れた
ところから君を妊娠させたのかしもしれない。一つの観念とし
て、特別の通路をつたって」(第2部 P527) ということの可能性
がますます高まってくる。

　今までの流れを再度整理するが、政彦に知らされた時点[14]は
「私」が3月初めに家を出て既に8ヶ月となり、妻が妊娠して
7ヶ月となった。逆算すると、妻は4月に妊娠したはずであ

14　翌日の月曜日に続く「秋のなかば」(第2部 P69)からの一週間後のその
　　週の土曜日にやってきた政彦が妻の妊娠を「私」に知らせた。それは
　　11月の末と推定される。一方、4月に妊娠した妻が今が七ヶ月になる
　　とすると、今とは11月のはずで、時間的には一致している。

る。妊娠した子が不倫した相手の子でなかったら、家を出た「私」が「四月十九日」(第2部P189)に見た「淫靡な夢」[15](第2部P189)を通して妻に受妊させたことの可能性が考えられよう。前述の連発した「はず」を合わせて再度読むと、4月に「私は青森の山中にいて、彼女は(おそらく)東京の都心にいた」(第2部P194)にもかかわらず、「私」が「淫靡な夢」を通して妻に受妊させたことの可能性しか残されていない。そこには、離婚しようと言った妻を受妊させる[16]ことにより妻を繋ぎ止めようとした愛の念願があると言える。

3.2.5 白いスバル・フォレスターに乗った男の肖像画イコール「私」の自画像

政彦に「白いスバル・フォレスターに乗った男」の下絵を見せたところ、「この男は―― 男だよな―― 何かを怒っているのだろう?何を非難しているのだろう?」(第1部P336)と政彦が漏らした感想に続き、「ここには深い怒りと悲しみがある。でも彼はそれを吐き出すことができない。怒りが身体の内側で渦まいている」(第1部P336)と政彦が見ている。下絵にある「怒り」と「非難」は、かつて白いスバル・フォレスターの男に見られた「非難」(第1部P323)の表情であり、また「長く暗い夢」

---

15 この夢は妻からすると、「夢魔」、「邪悪な存在」(第2部P199)、「私自身の性的な分身である夢魔」(第2部P201)。また、これに関する語りからも、信用できない語り手の一面が伺える。第2部P199では、妻に同じ夢を見たかと確かめたかったが、第1部P55では、「彼女の夢の中に出てきた私のことを、私は別に知りたいと思わなかった」。

16 物語の終盤には、「私はもう一つの別の世界でユズを受胎させたのだ」(第2部P540)と説明している。

(第 1 部 P503-504) でも「私」に置き換えられ、表わした「激しい怒り」である。このように「白いスバル・フォレスターの男」の怒り、非難の心情を共有した「私」が描いた「白いスバル・フォレスターの男」の下絵を見ると、政彦はすぐに「ようやくおまえは自分の絵を描き始めた。自分のスタイルらしきものを見出すようになった」(第 1 部 P339) と言ってくれたのである。心情を共有し、それに共鳴しないと、肖像画を以って自分のスタイルらしきものの確立には縁遠いであろう。

また、「白いスバル・フォレスターの男」の肖像画を「未完成なままで完成していた」(第 1 部 P339) ことにし、「過去の記憶から起して描こうとしていたその人物は—— そこに提示されている今の自分の暗黙の姿に、既に充足しているようだった」(第 1 部 P441)。「私」と怒り、非難の心情を共有するだけではなく、共鳴もした白いスバル・フォレスターの男の肖像画を描いた「私」は、正に自画像を仕上げたと言えよう。後に、「地底の国を横断し、狭くて真っ暗な横穴を抜けて、この現実の世界」(第 2 部 P445) に戻ってきた「私」が再び「白いスバル・フォレスターの男」の肖像画を見た時に、その肖像画に「自分自身の投影を見ているだけなのかもしれない」(第 2 部 P445) と述べた。ここからも、「白いスバル・フォレスターの男」の肖像画が「私」の自画像であることを裏付けることが出来る。

「白いスバル・フォレスターの男」が「私」の「内なる影」[17]だ

17 浅利文子 (2018)「『騎士団長殺し』— 物語世界の新たな魅惑—」沼野充義監修・曾秋桂編集『村上春樹研究叢書村上春樹における魅惑』第五

という説もあろうが、綿密に分析した結果、語り手が自分の持つ性欲、妻に限って発露した性的暴力を隠蔽した姿勢、重層的構造の究明による「私」の持つ憤怒と念願、自画像が一つに繋がっていると分かった。

4. 小田原滞在中に創作した4枚の絵の考察― その2

4.1 「雑木林の中の穴」の絵―高揚した性欲の表れ

「風景画」(第2部P107)の「雑木林の中の穴」の絵は、まりえの肖像の作画中、同時に手掛けたものであり、19日間かけて完成された[18]が、救出の礼に免色に贈られた[19]。

「何か無性に描きたかった」(第2部P71)と描き始めたその絵は、「私はさっき見てきたばかりのその光景を頭に再現し、(中略)穴のまわりの地面を描き、(中略)穴を隠すように覆っていたススキの茂みは重機のキャタピラに踏みつぶされ、倒れ伏していた」(第2部P71-72)と描いているうちに、「雑木林の中の穴と一体化していくような奇妙な感覚に再び襲われた。その穴は確かに自らが描かれることを求めているようだった。(中略)それが女性の性器を連想させることに気づいた。キャタピラ

輯 TC005 淡江大学出版中心 P272 を参照されたい。

18 まりえが2回目に来た日曜日の翌日月曜日(第2部P67)から始め、さらに2回目の日曜日の翌週の金曜日(第2部P218)に完成したため、合わせて19日間となる。

19 「『雑木林の中の穴』を自分で簡単に額装し、免色に贈呈した。(中略)彼はその絵がとても気に入ったようだった」(第2部P518)

に踏みつぶされたススキの茂みは陰毛そっくりに見える」(第
2部 P72)。この点については、「私」自身が「フロイト的解釈
だ」[20](第2部P72)とし、「この地面に開かれた暗い穴は、作者の
無意識の領域から浮かび上がってきた記憶と欲望の表象として
機能しているように見受けられる」(第2部P72)と考えている
タイミングに、登場してきた人妻と性交することにより、女性
の性器を連想し高揚した性欲を解消してくれた。そして「雑木
林の中の穴」の絵の完成を「ある時点でその絵を完成し、もう
それ以上私の絵筆を受け入れなくなった。まるで性的にすっか
り満ち足りてしまった女性のように。」(第2部P218)と「私」
が、女性が性的欲望が満たされたことに比喩した所から見れ
ば、描き始めた時に触れた女性の性器、陰毛、欲望の表象と軌
を一つに性欲とかかわっている。作画態度については、表に
「これという意味もなければ目的もない。ただの気まぐれのよ
うなものだ」(第2部P219)と言ったが、裏には「気まぐれ」の
源が性欲にあることは確かである。雑木林の中の穴から性欲を
共感・共鳴しないと、恐らく高揚した性欲との連結が難しかろ
う。と同時にここでは、再び信用できない語り手の一面が見ら
れる。

---

20 たとえば、立木康介(2009・初2006)『フロイトの精神分析』日本文芸
　　社P174では、フロイトが「幼児性欲」と「性器性欲」を区別し、「性の
　　欲動」を纏めた後、さらに「欲動二元論」を提出したことが触れられ
　　ており、「性の欲動は、自分以外の対象に向けられた欲望、つまり欲
　　動の満足を求め続けることが多く、自我欲動は自分を守り生き延びよ
　　うとするために快原理よりも現実原理に従い、(中略)「生の欲動(エ
　　ロース)」に収斂してい」くと、フロイトの性欲説を説いている。

4.2 秋川まりえの肖像—— 妹により目覚めた性欲から未来への祈願

「秋川まりえの肖像」は、未完成のまま「三枚のデッサン」(第1部P496)、「十三歳のまりえの肖像をひとつのかたちとして残せたことを(中略)嬉しく思い」(第2部P521)、まりえに贈りものにした。作画中、「私の中で秋川まりえの姿と、妹のコミの姿とが一つに入り混じっていく感覚がある。(中略)少女たちの魂は奥深い場所—— 響き合い、結びついてしまったようだった」(第1部P496)と述べたが、妹だけではなく、「妻(ユズ)の姿が混じり込んでいるようだった。(中略)私は人生の途上で自分が失ってしまった大切な女性たちの像を秋川まりえという少女の内側に求めていた」(第2部P200)。妻、妹[21]、まりえの三者を意識的に関係付けている「私」は、女性の胸が気になり[22]、まりえとよく「胸」を話題に出している[23]。妹の死も、「その膨らみ始めたばかりの乳房はもうそれ以上膨らむことをやめていた」(第1部P166)と表現し、家族のいない時、妹の部屋に入り、「ベットに腰を下ろし、スケッチブックに彼女の絵を描き続けた」(第1部P169)。妹との関係を「こんなに親密な兄と妹の関係」(第1部P430)と認めている。このように、「他人に

---

21 「私」から見た妻と妹との関係は、第1部P44、P430で記述されている。

22 この記述が関係を持つ一人の女性(第1部P18)、妹(第1部P166、483)、ガールフレンド(第1部P173、第2部P74)、秋川笙子(第2部P9、10、74、436)に見られる。

23 まりえ失踪後始めて「私」にその経緯を説明した時だが、それに関係なく、「乳房がほんの少しだけ盛り上がっていることに気づいた」(第1部P459)が特異であり、第1部P482、483と第2部P436、451、459、520、536にも見られる。

見えないように、私自身の秘密の信号をその奥にこっそり描き込むこと」(第2部P201)と匂わせた箇所からも読み取れるであろう近親相姦の願望まで行かなくても、15歳の少年「私」は13歳の妹を異性と見ており、性的目覚めをした可能性は大いにあろう。

5. おわりに──「私」にとっての『ヰタ・セクスアリス』

　「私」の小田原滞在中に創作した4枚の絵を総合的に考察した結果は以下に纏められる。「免色の肖像画」により肖像画のタブーを打破した「私」は、それを突破口に内心に潜んだ性欲と向き合うことが出来た。『騎士団長殺し』は、不信なる語り手と手の入込んだ性的語りを意図的に使っても、性欲を共通項に露にした「白いスバル・フォレスターの男の肖像画」、「雑木林の中の穴の絵」、「秋川まりえの肖像画」をパズルとして組み合わされ、響きあい、「共鳴」する少年時代からの「私」にとっての、日本近代文豪の一人である森鴎外(1862-1922)にとっての『ヰタ・セクスアリス』(1909)ような意味を持つものだと言えよう。周知のように、『ヰタ・セクスアリス』は森鴎外が日本自然主義隆盛期に書かれた小説でおり、政府から卑猥な小説だと言われ、発禁処分を受けたが、主人公の哲学者金井湛が自分の性的目覚めから性的体験について述べた内容である。『ヰタ・セクスアリス』より前に書かれた田山花袋の『蒲団』(1907)が日本の自然主義の方向を決め付けたと言われて、『ヰタ・セクスアリス』と同じく中年の男性の性欲を描いたものだが、『ヰタ・セクスアリス』は、決して自然主義風の描き

方をされていないことを断っておきたい。

　繰り返しになるが、小田原滞在中に創作した「免色の肖像画」、「白いスバル・フォレスターの男の肖像画」、「雑木林の中の穴の絵」、「秋川まりえの肖像画」の４枚の絵が、響きあい、「共鳴」する少年時代からの「私」の性的目覚めから性的体験に至るまでの自己史だと言えよう。

テキスト

村上春樹 (2017)『騎士団長殺し』第 1 部、第 2 部新潮社

参考文献

懸田克躬 (1971・1957)『眠りと夢』岩波書店

宮城音弥 (1982・1959)『精神分析入門』岩波書店

宮城音弥 (1982・1972)『夢』岩波書店

懸田克躬責任編集 (1978)『フロイト』中央公論社

梅棹忠夫代表監修 (1990・初 1989)『カラー版日本語大辞典』講談社

立木康介 (2009・初 2006)『フロイトの精神分析』日本文芸社

川上未映子・村上春樹 (2017)『みみずくは黄昏に飛びたつ川上未映子訊く / 村上春樹語る』新潮社

大森望・豊﨑由美 (2017)『村上春樹「騎士団長殺し」メッタ斬り！』河出書房新社

清水良典 (2017)「自画像と「父なるもの」── 村上春樹『騎士団長殺し』論」『群像』講談社

曾秋桂 (2018)「「女のいない男たち」の延長線として読む『騎士団長殺し』の「魅惑」─ 東日本大震災への思いを馳せて─」沼野充義監修・曾秋桂編集『村上春樹研究叢書村上春樹における魅惑』第五輯 TC005 淡江大学出版中心

浅利文子 (2018)「『騎士団長殺し』─ 物語世界の新たな魅惑─」沼野充義監修・曾秋桂編集『村上春樹研究叢書村上春樹における魅惑』第五輯 TC005 淡江大学出版中心

『騎士団長殺し』
―「山上の家」における魂と魂の共鳴 ―

浅利　文子

1. はじめに

　本論では、村上春樹の最新長編『騎士団長殺し』[1]における主人公「私」と雨田具彦の魂と魂の共鳴― 深層意識のレベルにおける共感的交流― について、二つの点から考察を試みたい。第一点は、「私」と雨田具彦における魂と魂の共鳴が複式夢幻能[2]を彷彿とさせる点、第二点は、村上が 2009 年 2 月イェルサレム賞受賞スピーチ "Always on the side of the egg"[3] で触れた、亡父の戦争体験の記憶継承をめぐる問題である。

　作中で「私」は、意識の明瞭な状態の雨田具彦と一度も対面していない。しかし、雨田具彦が長年画作に打ち込んだ家に住み、屋根裏という異空間で世に知られぬ傑作「騎士団長殺し」

1　村上春樹（2017）『騎士団長殺し』新潮社
2　現実の人物をシテとし、現実的な時間経過に沿って展開する現在能に対し、シテが神や霊、草木の精などで、過去を回想する形をとるものを夢幻能と言う。夢幻能は、前後二場に分かれるものが多く、それらは複式夢幻能と呼ばれるが、シテが当初から霊的存在として登場するものは、単式夢幻能と呼んで区別する。本稿では、引用部分以外、夢幻能の典型的なあり方を示すという意味で、複式夢幻能という語を用いている。
3　村上春樹（2009）Jerusalem Prize acceptance speech "Always on the side of the egg"

を発見したことをきっかけに、雨田具彦の魂に触れる体験を重ねる。そして、息子・政彦も知り得なかった画伯の生涯の秘密の核心に迫り、戦争時代の苦悩から生み出された芸術の精髄を受け継ぐ決心をするに至る。こうした物語の展開を可能にしたのは、「私」と雨田具彦、二人の魂が、複式夢幻能さながら意識下において共鳴し共感的交流を果たした結果と言えよう。

　本論の第一点は、村上春樹の長編作品の物語構造に、第二点は、村上文学の原点に深く関わる問題である。最新長編『騎士団長殺し』において、この二点が相互に深く関連し、ほとんど切り離せないものとして表現されているところに、村上春樹が一人の人として、また芸術家として追求している生き方を読み取りたい。

2. 「山上の家」という境界領域で出会う二人の魂

　妻から離別を告げられた主人公「私」が、東北・北海道各地を放浪した約5カ月の後、ようやく身を落ち着けたのは、小田原市郊外の「山上の家」であった。「私」が妻のもとに戻るまでの約9ヶ月を過ごす「山上の家」は、1950年代半ばに高名な日本画家・雨田具彦が周囲の山地を含む広い敷地とともに購入し、半世紀にわたって画作に打ち込んできた場所である。

　作者は、第1部第1章の冒頭で、この家が「狭い谷間の入り口近くの山の上」にあり、海から吹き上げる「南西の風」のせいで、「夏には」「ひっきりなしに雨が降」る「谷の奥の方」と、「だいたい晴れてい」る「ちょうどその境界線あたりに建って」

いるとし、「山上の家」が気象変化の境界線上に位置すること
をまず紹介している。それは、認知症のため記憶と意識をほと
んど失い、刻一刻死に近づきつつある—まさに生死の境界線
上にいる—雨田具彦を連想させる。そして、山上他界を思わ
せる「山上の家」が現実世界と異界の境界領域に位置している
ことを示唆している。この文のすぐ後に、「まわりの山には低
く切れ切れに雲がかかった。風が吹くとそんな雲の切れ端が、
過去から迷い込んできた魂のように、失われた記憶を求めてふ
らふらと山肌を漂った」とあるのも、—「過去から迷い込んで
きた魂」がイデア[4]を、「失われた記憶」が名画「騎士団長殺し」
を暗示しているようで—雨田具彦が過去の記憶を封じ込めた

4 　第2部50章 p.305 で、伊豆高原にある高級養護施設の雨田具彦の部
　屋に現れたイデア・騎士団長は、「とにかくあたしを求めたのは雨田
　具彦氏だ。そしてあたしは、諸君の役に立ちたいと思えばこそ、こ
　こにいる」と言い、その後で、「あたしは諸君にいささかの恩義があ
　る。諸君ら（「私」と雨田具彦）があたしを地下の場所から出してくれ
　た。そうしてあたしは再びイデアとして、この世にはばかり出ること
　ができた」（下線部・括弧内論者）と言って、雨田具彦がメディアを
　求めた結果として、「私」がメディアを「地下の場所」から解放するこ
　とになったと説明している。なお、「諸君ら」という言い回しは p.304
　にもあり、そこでは「私」と政彦を指している。村上春樹は、川上未
　映子によるインタビュー集『みみずくは黄昏に飛びたつ』（2017 新潮
　社）p.160 で、『騎士団長殺し』に登場するイデアについて、「呪い師的
　な役割を持つ王様」「巫女的存在」に「近いものかもしれないと僕は
　思う」、「彼（騎士団長）は古代の無意識の世界からやって来たのでは
　ないかと僕は想像します。意識以前の世界から。（括弧内論者）」と述
　べている。『騎士団長殺し』において、多様な意味を合せ持つイデアと
　メタファーという二語が村上文学において重要な語であることについ
　ては、浅利文子（2018）「『騎士団長殺し』—イデアとメタファーをめ
　ぐって—」『異文化』19 論文編法政大学国際文化学部に詳述した。

畢生の傑作「騎士団長殺し」を「私」が発見し、それを契機として新たな物語世界が始まる伏線となっている。

妻を他の男に奪われた「私」が、あてどない放浪の末に辿り着いたこの「山上の家」は、トポス[5]— 存在根拠としての場所— を失った人間が行き着く、言わば＜どこにもない場所＞である。すべての意味が無に巻き戻されてしまうゼロ地点である。実際、『騎士団長殺し』の主舞台「山上の家」の周辺に住んでいるのは、「私」同様、人生の途上でかけがえのない存在を失い、トポスを失い、心のやり場を喪失した人々ばかり— 十数年前突然恋人に去られ、彼女の生んだ秋川まりえに血縁の可能性を求めつつ真偽を確認できないまま隠居同然の日々を過ごしている免色渉、6歳の時スズメバチの襲撃により母を突然亡くした秋川まりえ、失恋して秘書の職を辞し秋川家に戻って姪・まりえの世話に明け暮れる秋川笙子、妻の死後仕事も家庭も顧みず新興宗教に入れ込んでいる秋川良信（よしのぶ）— である。

論者は従来、村上春樹の物語世界は、境界領域から立ち上がって来ると考えている[6]。境界領域とは、本来、生と死、あるいは現実と虚構との境界領域を意味するのであるが、ここでは精神的な意味合い— 自身や親しい者の死に直面したり、病気

---

5 政治学者・中島岳志は、トポスとは「人間が人間でいられる領域」、「実存と深いレベルで結合」した「存在論的な基盤」としての地域や空間を意味すると発言している。（中島岳志 島薗進（2016）『愛国と信仰の構造— 全体主義はよみがえるのか』集英社 p .164）
6 拙著（2013）『村上春樹物語の力』翰林書房第一章6「境界領域から立ち上がる物語」に詳述。

や事故や天災等に遭遇したりして、従来身に着けてきた価値観や生き方を見失い、他との関係性において成り立っていた自己が根底から覆される危機的状況に直面した時に経験される内的世界という意味——も含めて用いている。それは、今まで自分を支えてきた物語が突然意味を失い、すべての価値が無化されてしまう時空間である。

こうした境界領域に逢着した旅人が、一見偶然と見える必然によって、この世に思いを遺して死んだ者の霊魂に出会い、その悲哀や怨念や苦悩に接し、慰撫と鎮魂を果たすドラマ形式として数百年にわたる伝統を保ってきたのが、世阿弥の創始した複式夢幻能である。作者自身意識しているかどうか明らかではないが、特に主人公が異界往還を果たす内的ドラマを描いた長編小説には、死者の魂との交流や鎮魂等、複式夢幻能を彷彿とさせる要素が数多く見受けられる。たとえば、『羊をめぐる冒険』[7]における「僕」と「鼠」の死霊との対話や、『海辺のカフカ』[8]におけるカフカ少年と佐伯の死霊との交流などの場面は、その典型である[9]。

『羊をめぐる冒険』について、内田樹はその劇的構成において、森正人は鎮魂という主題において、複式夢幻能に通じる要素を持つことを指摘している。内田樹は、「村上春樹はその小

7　『群像』1982年8月号掲載、村上春樹（1982）『羊をめぐる冒険』講談社

8　村上春樹（2002）『海辺のカフカ』新潮社

9　拙著（2016）「『海辺のカフカ』責任と救済——複式夢幻能の影響」『異文化』17 法政大学国際文化学部に詳述。

説の最初から最後まで、死者が欠性的な仕方で生者の生き方を支配することについて、ただそれだけを書き続けてきた」ことが「彼の文学の世界性を担保している」と断じ、『羊をめぐる冒険』は、「正しい葬礼を受けていない死者が服喪者の任に当たるべき生者のもとを繰り返し訪れるという話型」であり、「複式夢幻能と同一の劇的構成」を持つ『冬ソナ』と酷似した説話構成を持つ」と認めている[10]。森正人は、『羊をめぐる冒険』について、「複式夢幻能もその一種であるところの浦島型異境訪問譚として分析する視点が有効」であるとして、能『井筒』の展開と照らし合わせ、「妄執にとらわれている死者の霊魂を慰め、救済を図るのが夢幻能であるとすれば」『羊をめぐる冒険』の主題が」複式夢幻能と同じく「鎮魂にあることは明瞭すぎるほど明瞭である」[11]としている。

　ワキ方の能楽師・安田登は、「能の物語は、旅人であるワキが幽霊であるシテと出会う物語だ」と前提し、能に類似する小説として夏目漱石『草枕』『夢十夜』を挙げた上で、「人は異界と出会う物語を求めていて、それを提供する物語形式が実はたくさんある」とし、「現代においてそれを継ぐのは、多分、村上春樹だったり、つげ義春だったりする」と述べ、村上春樹の作品世界が能と親和性を持つことに言及している[12]。また安田

10　内田樹（2010）「『冬のソナタ』と『羊をめぐる冒険』の説話論的構造」『もういちど村上春樹にご用心』アルテスパブリッシングpp.101〜110

11　森正人（2015）『2015年度第4回村上春樹国際シンポジウム国際会議予稿集』淡江大学村上春樹研究センター

12　安田登（2006）『ワキから見る能世界』生活人新書ＮＨＫ出版 p.46 安

は、『能─650年続いた仕掛けとは』[13] で、夏目漱石をはじめ文学者には能の愛好家が多いことや、立原正秋の『薪能』、三島由紀夫の『豊饒の海』『英霊の声』などの作品に触れた後、「現代の小説家では、ご本人が意識されているかどうかは分かりませんが、梨木香歩さんや村上春樹さんの作品にも能を感じます。お二人の小説には、日常生活のすぐ近くにある異界への扉から出てくる人物が、ワキとしての主人公と交流する物語が多く、それは世阿弥が完成させた夢幻能の物語構造にとても近いものです」[14] と述べている。

　世阿弥が完成した複式夢幻能においては、この世に思いを遺して死んだ者［シテ］が往生し切れず、その魂が境界領域と見なされる古来の歌枕や名所旧跡等に留まっており、たまさか通りかかった旅人［ワキ］の前に、女性や老人など仮の姿をとって現れ［前ジテ］、その地にまつわる伝説や自らの身の上を他人事のように語る。ここまでが前場で、前ジテが退場して中入りとなる。そして、後場で装束を替えて改めて登場する死者の霊など［後ジテ］が、何のゆかりもない旅人［ワキ］に、死んでも死にきれない悲痛な思いや恨みを訴えて舞う。これを聞いた（多くの場合）諸国一見の旅僧［ワキ］は、死者の霊魂［シテ］が無事往生することを祈念し鎮魂の業を果たす、というのが複式夢幻能の典型的展開である[15]。

　田登（2011）『異界を旅する能─ワキという存在』ちくま文庫 p.55

13　安田登（2017）『能─650年続いた仕掛けとは』新潮選書

14　上掲書 p.61

15　霊的な存在が現れたのがワキの夢の中であったという設定から、夢幻

世阿弥の複式夢幻能の代表作とされる『井筒』が『伊勢物語』から題材を得ている[16]ように、『葵上』や『夕顔』は『源氏物語』[17]に、『清経』『敦盛』『鵺』『頼政』等は『平家物語』[18]に基づいている。これらの曲目が今日も度々上演され、多くの鑑賞者を得ていることは、『伊勢物語』『源氏物語』『平家物語』などの古典作品が、歴史上の人物や物語の登場人物の悲痛な運命を描く物語として現代人にも広く享受されている証と言える。このように、複式夢幻能が過去の人々の癒し難い記憶を引き継ぎ、魂のレベルで集合的記憶となり、後世に継承すべき物語の一形式として優れた普遍性を示している点には刮目を禁じ得ない。

　ちなみに、「夢幻能こそは世阿弥最大の『発明』である」[19]と喝破する増田正造は、主役であるシテが死者である所以について次のように述べている。

　　我々は今生きている。そしていつかは死ぬ。（改行）つまり「生」の地点に立って「死」を見ているのだ。「死」を原点にして「生」の時間を眺めたらどうなるだろう。こういう逆転の発想を日本の文学に持ち込んだのが兼好法師の『徒然草』である。永遠の命があったとしたらどうだろ

能という名称が付けられたとも言われている。

16　このほか『伊勢物語』に因む曲目には、『融』『小塩』『雲林院』『隅田川』『杜若』等がある。

17　このほか『源氏物語』に因む曲目には、『野宮』『浮舟』『半蔀』等がある。

18　このほか『平家物語』に因む曲目には、『忠度』『大原御幸』等がある。

19　増田正造（2015）『世阿弥の世界』集英社新書 p.44

う。「もののあはれ」などがありうるだろうか。（改行）「世
は定めなきこそいみじけれ」。「はじめに」で述べたように
開き直った無常観である。死があるからこそ生の時間が
輝く。無常だからこそ一瞬一瞬が尊いのだ。これが兼好
の提唱であった。（改行）世阿弥は兼好の一世代よりもう
少し後輩に当たる。私は大きな影響を受けていると思う。
（中略）世阿弥はさらに原点を死後何百年の位置におい
た。「死」をフィルターにしたのである。そこから自分の
人生を眺めるとどうなるか。例えば五十年の時間は極端
なまでに凝縮されるはずである。そうして生きている間
は見ることができなかった、自分を動かしていた「運命」
をも遠望できる時間的距離を占め得たのである。（改行）
これが今日「夢幻能」と呼ばれる、能のドラマの作り方で
ある。

（増田正造（2015）『世阿弥の世界』集英社新書 pp.43 〜 44）

『騎士団長殺し』を複式夢幻能に擬えるなら、数カ月の放浪
の末「山上の家」という境界領域に逢着した旅人「私」がワキ、
この地に言い知れぬ思いを遺しつつ今まさに逝こうとしている
雨田具彦をシテと見ることができる。雨田具彦は、物語の当初
は死者ではないが、『海辺のカフカ』の佐伯と同様、長年世間
に出ず「山上の家」で隠棲同然の生活を続けてきた。また、死
を目前にして意識も朦朧としており、あの世からこの世を見る
視点を獲得しつつあるという点から、シテと見なすことができ
よう。（あるいは、雨田具彦の魂の核心を表現した絵画「騎士
団長殺し」の発見を前ジテの登場と見なし、「生き霊」となっ

て「山上の家」に現れた雨田具彦や伊豆高原の高級養護施設の場面に登場する雨田具彦を後ジテと見ることもできよう）

　複式夢幻能のシテとワキは、偶然の出会いを契機として心の深層で親密な交流を体験することになるのだが、『騎士団長殺し』で「私」の魂と雨田具彦の魂が共鳴できたのは、両人とも、自己を支える価値観が無に帰すほどの深刻な挫折を経験し、トポスを失って境界領域に逢着し、画家として生きる道を再構築しようと苦闘するという経験が共通していたからだろう。特に注目されるのは、二人の苦悩が芸術家としての生き方というより、一人の人間としての生き方から生じている点である。「私」の苦悩は、妻から突然別れ話を持ち出された衝撃、雨田具彦の苦悩は、オーストリア併合（アンシュルス）の約半年後（1938年の秋の初め頃）、ナチ高官殺害未遂事件に連座しながら彼一人だけが日本に強制送還されるという形で助命され、1939年に帰国した後、南京に出征していた弟・継彦の自殺を知ったという戦争時代の過酷な経験から発している。

　それでは、二人はどのようにその苦難を生き抜こうとしただろうか。雨田具彦は、帰国後洋画の技法を捨て、戦後は日本画家として画壇に再デビューを果たした。そして、「口ではもはや語ることのできないものごと」となった戦争体験のトラウマを「ある時点で」「寓意として絵の形に」した。それが世に知られぬ傑作「騎士団長殺し」である。一方、偶然「騎士団長殺し」を発見した「私」は、免色やイデア・騎士団長の助けを得ながら、地下世界を往還する体験を経て、「騎士団長殺し」に込め

られた寓意を自らに通ずる物語として体得する。その結果、今まで意識しなかった内心——12歳で死んだ妹・小径の面影を求めるあまり妻・柚を理解していなかったこと、どこまでもつきまとってくる「白いスバル・フォレスターの男」とは「私」の内なるシステムの象徴であったこと、生活のために肖像画家の仕事をしているうちに画家としての意欲を失いかけていたこと——を悟る。そして、あらためて妻と正面から向き合い、システムに抗う一画家として雨田具彦の遺志を継ごうと決意するに至る。「私」は、雨田具彦の「生きた魂から純粋に抽出された」寓意を通じて、彼が戦争時代に負ったトラウマの実相を「生きた」物語として受けとめ、それを自らの人生に引き継ごうと決意したのである。

　「私」は、第2部59章で、秋川まりえに次のように語っている。「騎士団長殺し」とは、「邪悪なる父を殺す」という（雨田具彦が）「実際には成し遂げることができなかったこと」を「絵の中でかたちを変えて」「偽装的に実現させた」作品である。また、「自分（雨田具彦）自身のために、そしてまたもうこの世界にはいない人々のために」「流されてきた多くの血を浄めるため」「鎮魂のための絵」として描かれた作品でもある。この絵が「山上の家」の屋根裏に隠されていたのは、「世間のつまらない批評や賞賛」や「経済的報酬は彼（雨田具彦）にとってはまったく意味を持たない」ばかりでなく、「むしろあってはならないものだった」からだ。（括弧内論者）

　こうした言葉から、「騎士団長殺し」が公にされないまま、

「人が心を隠してしまうための場所」である屋根裏に隠されていたからこそ、作者自身の「魂を鎮め、落ち着かせ、傷を癒す」ことができたのだと分かる。屋根裏とは、継彦が自裁した熊本の実家の屋根裏に通ずる死者の世界であり、無意識に通ずる領域[20]でもあるからである。雨田具彦は戦後も表舞台には姿を現さず、「山上の家」という境界領域に「ほとんど世捨て人みたいに」引きこもって画作を続け、「ある時点で」危機に瀕した自己を持ち直すために「騎士団長殺し」を制作し、戦争時代に負ったトラウマを芸術作品として昇華しようと試みた。同時に、この絵を秘蔵することで、かつて彼と共に生き「もうこの世界にはいない人々」──ウィーンに残して来た恋人や反ナチ地下抵抗組織＜カンデラ＞の同志たち、復員後に自殺して果てた弟・継彦など、戦争時代にシステムの犠牲となり非業の死を遂げた無数の人々──に、彼らの「流されてきた多くの血を浄めるための」「鎮魂」の祈りを捧げ続けていたのだろう。そのようにして、雨田具彦は、危機に瀕した自己をなんとか持ち直そうと努めていたのである。

　したがって、第2部40章から41章において、死を目前にした雨田具彦が「山上の家」のアトリエに「生き霊」となって現れたのも、ここが長年の間創作の場であったというだけでな

20　第2部第59章 p.449 に、「私たちは暗黙のうちにこの家を分かち合っているのだ。昼に活動するものと夜に活動するものとして、そこにある意識の領域を半分ずつ分かち合っている」とあり、「私たち」の居住空間が昼の意識（＝意識）の領域、みみずくの住む屋根裏が夜の意識（＝無意識）の領域であることが示唆されている。

く、絵画「騎士団長殺し」に込めた強く深い思いが死を直前に
した彼の魂を引き寄せたのだと言えよう。それは、ナチ高官暗
殺に失敗した痛恨の念、システムに対する憤怒と怨念、システ
ムの犠牲となって悲惨な死を遂げた恋人、同志たちや弟・継彦
への哀悼の念、彼らを死なせて自分だけが生き残ったという自
責の念（サバイバーズ・ギルト）、それらを一切口にせず過ご
して来た日々の鬱屈等々が入り混じった情念である。

　「山上の家」という境界領域で、人生の挫折のただ中にあっ
た「私」が一幅の絵画「騎士団長殺し」を介して雨田具彦と偶
然の出会いを果たした結果、二人の魂は徐々に慰撫され、救済
に導かれて行った。それは、「騎士団長殺し」に込められた寓
意が紡ぎ出した物語の力によって惹起された現象であった[21]。
雨田具彦は、「騎士団長殺し」に、当局の圧力により口に出せ
なかった事柄や、言葉にしたくとも容易に言葉にならなかった
様々な思いを寓意として込めた。一方「私」は、「騎士団長殺
し」を偶然発見し、その寓意から起動された物語世界を体験す
ることを通じて、救済に導かれて行ったのである[22]。

21　「『騎士団長殺し』に込められた寓意が紡ぎ出した物語の力」について
　　は、拙著（2018）「『騎士団長殺し』─物語世界の新たな魅惑─」『村
　　上春樹研究叢書』第5輯 2018年6月に詳述した。

22　安田登は、「能（夢幻能）とは、ワキが異界の住人であるシテと出会
　　う物語だ。二人の出会いが実現されたとき、そこには異界が出現する。
　　そしてその出会いを実現するためには、ワキは自分の存在をなるべ
　　く無に近づけるための行為をする必要がある。（改行）それが旅だっ
　　た。しかも乞食の行としての旅だった。乞食の旅をその生にすること
　　によって、ワキは異界と出会い、新たな生を生き直す可能性が与えら
　　れる」と述べている。（安田登（2011）『異界を旅する能─ワキという

3. 仏壇という境界領域で出会う死者と生者の魂

　雨田具彦が日本画家として成功した戦後も表舞台に姿を現さず、半世紀にわたって「山上の家」に籠りきりで制作を続けていたのは、屋根裏に「騎士団長殺し」を隠してある「山上の家」が、戦争時代のトラウマを癒し、死者に祈りを捧げるのに最良の場所であったからに違いない。

　雨田具彦のこうした身の処し方から想起されるのは、村上春樹が 2009 年 2 月にイェルサレム賞受賞スピーチ "Always on the side of the egg" の一節で触れた、自身の父をめぐる記憶である。村上は、「壁と卵」と呼ばれるようになったこのスピーチで、小説を書く目的について、次のように述べた。

> 　私が小説を書く理由は煎じ詰めればただひとつです。個人の魂の尊厳を浮かび上がらせ、そこに光を当てるためです。我々の魂がシステムに絡めとられ、貶められることがないように、常にそこに光を当て、警鐘を鳴らす、それこそが物語の役目です。私はそう信じています。生と死の物語を書き、愛の物語を書き、人を泣かせ、人を怯えさせ、人を笑わせることによって、個々の魂のかけがえのなさを明らかにしようと試み続けること、それが小説家の仕事です。そのために我々は日々真剣に虚構を作り続けているのです。[23]

存在』ちくま文庫 p.126）

23　I have only one reason to write novels, and that is to bring the dignity of the individual soul to the surface and shine a light upon it. The purpose of a story is

（村上春樹 2011 年 1 月『雑文集』新潮社 p.79）

そして、この直後に前年 90 歳で亡くなった父の思い出に話
題が移る。

　私の父は昨年の夏に九十歳で亡くなりました。彼は引
退した教師であり、パートタイムの仏教の僧侶でもあり
ました。大学院在学中に徴兵され、中国大陸の戦闘に参
加しました。私が子供の頃、彼は毎朝、朝食をとるまえ
に、仏壇に向かって長く深い祈りを捧げておりました。
一度父に訊いたことがあります。何のために祈っている
のかと。「戦場で死んでいった人々のためだ」と彼は答え
ました。味方と敵の区別なく、そこで命を落とした人々
のために祈っているのだと。父が祈っている姿を後ろか
ら見ていると、そこには死の影が漂っているように、私
には感じられました。（改行）父は亡くなり、その記憶も
—それがどんな記憶であったのか私にはわからないまま
に—消えてしまいました。しかしそこにあった死の気配
は、まだ私の記憶の中に残っています。それは、私が父
から受け継いだ数少ない、しかし大事なものごとのうち

to sound an alarm, to keep a light trained on The System in order to prevent it
from tangling our souls in its web and demeaning them. I fully believe it is the
novelist's job to keep trying to clarify the uniqueness of each individual soul
by writing stories - stories of life and death, stories of love, stories that make
people cry and quake with fear and shake with laughter. This is why we go on,
day after day, concocting fictions with utter seriousness.（Haruki Murakami's
Jerusalem Prize acceptance speech "Always on the side of the egg" Mainichi
Japan March 3,2009）

のひとつです。²⁴

（村上春樹 2011 年 1 月『雑文集』新潮社 p.79）

　村上がこのスピーチで、「壁」と「卵」という比喩を用い、一作家としてシステムの前で全く無力な個の側に立つと宣言したことは、広く知られている。しかし、小説家の仕事とは、物語を書き継ぐことによって一人ひとりの魂がかけがえのない存在であることを明らかにし続けることだと述べた直後に、村上はなぜ亡父の思い出を語ったのだろう。

　村上が個人的な事柄を公にするのを常々忌避していることは、よく知られている。その村上が、2008 年から 2009 年 1 月のイスラエル国防軍によるガザ侵攻の直後、そもそも村上にイェルサレム賞受賞の意志があるのか、受賞する場合は本人がイェルサレムに赴くのかと世界の耳目を集めた末、毀誉褒貶の

24　My father passed away last year at the age of ninety. He was a retired teacher and a part-time Buddhist priest. When he was in graduate school in Kyoto, he was drafted into the army and sent to fight in China. As a child born after the war, I used to see him every morning before breakfast offering up a long, deep-felt prayer at the small Buddhist altar in our house. One time I asked him why he did this. He told me he was praying for the people who died on the battlefield. He was praying for all the people, he said, who died, both ally and enemy alike. Staring at his back as he knelt at the altar, I seemed to feel the shadow of death hovering around him./My father died, and with him he took his memories, memories I can never know. But the presence of death that lurked about him remains in my own memory. It is one of the few things I carry on from him, and ... one of the most important. (Haruki Murakami's Jerusalem Prize acceptance speech "Always on the side of the egg" Mainichi Japan March 3,2009)

渦中で行ったスピーチの中で、自ら進んで父について言及したのには、相応の理由があったはずである。村上はここで、亡父から受け継いだ、戦争体験の記憶にまつわる生々しい死のイメージが、日々小説を書き継いでいる自身のうちに抜きがたく存在していることを告白したのである。

比較宗教学者・町田宗鳳は、「宗教学であの世とこの世をつなぐ役割をしているものをヒエロファニー（聖体示現）と呼びます」「特別な神様がいると信じられる」「霊山」や、「教会や寺院もこの世に存在する建築物であり、人間が作ったものですがそこに神仏が降臨すると信じている人にとっては、ヒエロファニーとなります」と述べ、そのほか、お墓や仏壇も「あの世とこの世のつなぎ目としてのヒエロファニーです」と述べている[25]。

仏壇という「あの世とこの世のつなぎ目としてのヒエロファニー」、すなわち死者の世界に接する境界領域である仏壇の前に、毎朝正座して祈りを捧げていた父の後ろ姿にまとわりつく死の影の記憶を、村上は、父から受け継いだもっとも貴重な遺産と考えている。その村上が、父が生涯背負い続けた苦悩を、雨田具彦の帰国後の身の処し方に反映させたと考えても、そう不自然ではないだろう。戦後何十年も、敵味方の区別なく、無数の戦争犠牲者のために、毎朝仏壇の前で祈りを欠かさなかった父の姿と、その背後につきまとっていた死の影は、作

25　町田宗鳳 (2016)『死者は生きている―「見えざるもの」と私たちの幸福』筑摩書房 pp.157 ～ 159

家・村上春樹の原風景として、心に深く刻まれているはずだからである。

　京都大学の大学院生時代に徴兵された村上春樹の父・村上千秋氏は、中国戦線で経験した戦争について、一人息子である春樹にほとんど話をしなかったという。1996年に村上春樹にインタビューしたイアン・ブルマは、春樹から父親の戦争の記憶をめぐる貴重な発言を引き出すのに成功している[26]が、次の引用部分は、たしかに2009年のイェルサレム賞受賞スピーチの内容を裏づけている。

　　村上は子どもの頃に一度、父親がドキッとするような中国での経験を語ってくれたのを覚えている。その話がどういうものだったかは記憶にない。目撃談だったかもしれない。あるいは、自らが手を下したことかも知れない。とにかくひどく悲しかったのを覚えている。彼は、内証話を打ち明けると言った調子でなく、さり気なく伝えるように抑揚のない声で言った。「ひょっとすると、それが原因でいまだに中華料理が食べられないのかも知れない」（改行）父親に中国のことをもっと聞かないのか、と私は尋ねた。「聞きたくなかった」と彼は言った。「父に

26　このインタビューでは、個人的な事情や発言だけでなく「村上は父親のことを語るつもりはなかったのだろう。口にしてしまって心配になったらしい。翌日電話をかけてきて、あのことは書きたてないでくれと言った」と、その後の裏話まで紹介している。貴重なインタビューであるだけに、インタビュアーとインタビュイーの間に十分な信頼関係が成立していなかったのは残念である。

とっても心の傷であるに違いない。だから僕にとっても心の傷なのだ。父とはうまくいっていない。子供を作らないのはそのせいかもしれない」（改行）私は黙っていた。彼はなおも続けた。「僕の血の中には彼の経験が入り込んでいると思う。そういう遺伝があり得ると僕は信じている」（中略）「僕は事実を知りたくない。想像力の中に閉じ込められた記憶がどんな結果を生み出すのか、それだけにしか興味がない」

（「村上春樹 日本人になるということ」イアン・ブルマ石井信平訳 (1998)『イアン・ブルマの日本探訪』ティビーエス・ブリタニカ PP.92 ～ 93）

　父の「心の傷」を思いやってそれ以上聞かなかったというエピソードから、その時春樹少年が受けた心理的衝撃の大きさが想像される。彼は父にそれ以上尋ねれば、「口ではもはや語ることのできないものごと」に突き当たってしまうことを鋭敏に察していたのだろう。ここにこそ、父子両人の言葉にならない深い「心の傷」が感じられる[27]。春樹少年は、自分の「血の中に」遺伝として父の「経験が入り込んでいる」と考えるように

---

27 橋本明子、山岡由美訳（2017）『日本の長い戦後— 敗戦の記憶・トラウマはどう語り継がれているか』みすず書房第 2 章の「戦争は、絶対に起こしてはいけない」（pp.56 ～ 62）では、「沈黙を通して家族に伝わった戦争記憶の継承は、トラウマ体験をめぐる複雑な社会心理的現象の一つ」であり、「詮索を最小限にとどめなければ、暴力の記憶の重圧には耐えられないということを、子どもは親から敏感に感じとっている」等とあり、「家族への帰属意識と無力感の内面化」（pp.65 ～ 69）では、「戦後世代が広い視野に立たないのは」「家族の戦

なり[28]、このインタビューでも、事実を知るよりむしろ「想像力の中に閉じ込められた記憶がどんな結果を生み出すのか、それだけにしか興味がない」と答えている。つまり村上は、罪障感やサバイバーズ・ギルトなど「口ではもはや語ることのできないものごと」を背負ったまま、長年にわたり戦争犠牲者に鎮魂の祈りを欠かさなかった父と魂のレベルで共鳴し合い、言葉にならない深い「心の傷」を共有しつつ成長を遂げた。そして、自身の「想像力の中に閉じ込められた記憶」が「生み出」した「結果」が無意識のうちに物語として醸成される経緯によって── 本人の表面的意識はどうあれ[29]──なるべくして小説家になったと言えるのではないだろうか。

　とりわけ注目されるのは、「父親が」語った「中国での経験」のせいで、村上が「いまだに中華料理が食べられない」という言葉である。ここには、父の記憶が村上の心の深層に影響を及ぼし続けていることが端的に表れている。自分でもなぜ「食べられない」のか判然としないまま、身体が生理的に中華料理を受け付けないというのは、意識の深層レベルで反応しているからであろう。

　争体験談によって深い無力感を内面化し、戦争と軍事国家の現実が当事者にとってどんなに恐ろしいものだったかを理解するからなのかもしれない」と述べられている。

28　拙著（2013）『村上春樹 物語の力』翰林書房第八章２（歴史の忘却──「個人的な記憶」と「集合的な記憶」の連結）に詳述。

29　2018年８月５日に東京ＦＭラジオで放送された55分間の特別番組「村上RADIO 〜 RUN & SONGS 〜」の中でも、村上は、小説家や文章家になるつもりはなかったと２回ほど述べている。

　終戦後の1949年に生まれた村上春樹の文学の根底には、絶えず死のイメージと癒し難い喪失感がつきまとい、失われた生の本源を求めて過去の時間に向かって遡及する物語が繰り返されてきた。その原点には、春樹の父が戦争体験によって受けた「心の傷」——一人息子の春樹に向かってすら言葉にできないまま、平和を旨とする戦後数十年を生き抜いた亡父の魂の苦悩——が存在していると考えられるのである。

　このように見てくると、戦争時代のトラウマを抱えたまま帰国後60年余りの歳月を第一線の日本画家として生き抜いた雨田具彦の孤高の姿を描いた『騎士団長殺し』は、村上が亡父に捧げたオマージュであることが分かる。村上は、父との間で言葉になり得なかった「想像力の中に閉じ込められた記憶」を、雨田具彦が絵画「騎士団長殺し」に込めた寓意として表現し、芸術作品の持つメタファー、すなわち物語の力として昇華しようと試みた。そうすることによって、「私」が絵画「騎士団長殺し」を介して雨田具彦と魂と魂の共鳴を経験したように、作者である村上も物語『騎士団長殺し』を介して、亡父と魂と魂の共鳴を実感しているのに違いない。

　町田宗鳳[30]は、村上の「小説を書く、物語を書く、というのは煎じ詰めて言えば、『経験していないことの記憶をたどる』

30　町田宗鳳は、村上春樹がプリンストン大学の客員講師であった時期に、同大学の東アジア研究学部の助教授を務めており、個人的に話をした際に、小説執筆上のアドバイスを受けたこともあるという。(『ＮＨＫこころをよむ無意識との対話―身心を見つめなおす』pp. 9〜11)

という作業なんです」[31] という言葉を取り上げ、「『経験していないことの記憶をたどる』とは、無意識にある記憶のことだと私は推測しています。村上さんは、書くという作業を通じて、明らかに自らの内なる無意識と向き合い、対話をしているのです」[32] と述べている。

　　ふだんは忘れていても、時々ふいに心をよぎり、胸が痛む。まさにそのような記憶からは逃げようとしても逃げ切れないわけですから、正面から向き合うしかありません。むしろ、その記憶はそのまま受け入れて、何かに前向きに取り組んでいくうちに、昇華されていくのではないでしょうか。化学用語である昇華（sublimation）とは、「個体が液体を経ずに気化する現象」のことですが、まさにこれは無意識に落ち込んだ記憶が潜在意識を通り抜けて、意識化するということを表しているのではないかと考えられます。

（町田宗鳳（2017）『ＮＨＫこころをよむ無意識との対話—身

31 「特別インタビュー 村上春樹、『海辺のカフカ』について語る」（村上春樹（2003）『少年カフカ』新潮社 page33）
32 これに続けて、町田は、自らが雲水であった頃の経験をもとに、「呼吸を整え、同じ動作を繰り返す」ジョギングが「走る座禅」となって「『無心無我』の境地に入っていくことができる」、「走ることが大好き」で「プリンストン大学におられた時も、毎朝一〇キロのジョギングを日課にして」いた村上にとって、「走ることは、無意識の階段をおりていく作業となっているように思います」「長年、走り込んでいる村上さんは、その意識のメカニズムを頭ではなく、全身で理解しているのではないでしょうか」と述べている。（『ＮＨＫこころをよむ無意識との対話—身心を見つめなおす』pp.14 〜 15）

心を見つめなおす』ＮＨＫ出版 pp.16 ～ 17）

　町田宗鳳が指摘している通り、『騎士団長殺し』は、村上が亡父から受け継いだ「想像力の中に閉じ込められた記憶」をまさに「『経験していないことの記憶をたどる』」ことによって、物語として昇華させた作品と言えよう。

　村上は、従来の作品にも、戦争時代の体験によって心に傷を負ったサバイバーたちの運命を描き続けてきた。『羊をめぐる冒険』（1982）[33]の羊博士、長男を日露戦争で亡くしたアイヌ人の羊飼い、羊男、『ねじまき鳥クロニクル』（1994～95）[34]の本田さんや間宮中尉、『海辺のカフカ』（2002）[35]のナカタさん、『1Q84』（2009～2010）[36]のタマル等である。特に注目されるのは、今まで取り上げられてきたのが、ほとんど中国を戦場とした日露戦争と日中戦争に限られていることである。『ねじまき鳥クロニクル』で描かれたノモンハンやシベリヤ抑留も、旧満州地域の情勢と密接な関連があったことは言うまでもない。一方、現在の北朝鮮・韓国や台湾、東南アジア諸国や太平洋地域等については、戦争の記憶と直接結びついた形で取り上げられたことはなかった。

　デビュー作『風の歌を聴け』（1979）[37]の後、最初に書かれた

33　初出『群像』1982年8月号、同年10月講談社刊
34　第1部第2部1994年4月新潮社刊、第3部1995年8月新潮社刊
35　2002年9月上下2巻新潮社刊
36　BOOK1・2 2009年5月新潮社刊、BOOK3 2010年4月新潮社刊
37　1979年4月発表の群像新人文学賞受賞作、初出『群像』6月号、同7月講談社刊

短編「中国行きのスロウ・ボート」（1980）[38] にも、すでに中国と中国人に対する複雑な感情が表現されている。この短編作品に描かれた3つのエピソードで、作者は、在日中国人の気持ちを故なく傷つけながら、彼らの存在すら簡単に忘却してしまう現代日本人の無意識を描き出した。そして『アフターダーク』（2004）[39] では、ラブホテル内で19歳の中国人娼婦・郭冬莉に暴力を振るう白川という日本人エリート会社員を描いた。こうした設定が続く背景には、村上が父から受け継いだ「経験していないことの記憶」から発した、中国に対する抜きがたい加害者意識と贖罪を願う心情が指摘できる。村上春樹は、自らの作品の中に中国や中国人を取り上げることにより、中華料理が食べられないという形で身体的に刻印された中国に対するトラウマと「正面から向き合」い、物語として昇華する──「無意識に落ち込んだ記憶が潜在意識を通り抜けて、意識化する」──ことを試みてきたと言えるだろう。

4. おわりに

このように考えてくると、『騎士団長殺し』が第一人称「私」で書かれているのも、村上の内面でトラウマと化した記憶が作用しているのではないかと思われてくる。つまり、村上は従来多用してきた、社会的に未熟な若者という響きを持つ第一人称

---

38 初出『海』1980年4月号、「貧乏な叔母さんの話」「ニューヨーク炭鉱の悲劇」「カンガルー通信」「午後の最後の芝生」「土の中の彼女の小さな犬」「シドニーのグリーン・ストリート」とともに短編集『中国行きのスロウ・ボート』1983年中央公論社刊に所収

39 講談社刊

「僕」ではなく、より成熟した個人としての公的な意識を表現する「私」を使うことによって、村上と同世代、またそれ以降の世代の人々が、戦争の集合的記憶につながる日本人として、『騎士団長殺し』という物語を通じて「経験していないことの記憶をたどる」ことを追体験し、そこからより積極的な生き方を見出してほしいと考えたのではないだろうか。[40]

また、戦争に触れた従前の作品とは異なり、『騎士団長殺し』では、ヨーロッパにおけるナチスの暴虐と、弟・継彦が一兵士として体験した南京[41]の惨劇が雨田具彦において結びつけられている。ここにも、「経験していないことの記憶」を世界中の人々に共有して欲しいという意図と願いが読み取れる。

『騎士団長殺し』は、まず、作者・村上の亡父に対する鎮魂の物語である。また、親の世代が背負った戦争のトラウマを引き継ぎ、彼らの魂を慰めるべき戦後世代のための物語である。そして、幅広い世代の日本人に共有され、世界の人々にも共有

---

40 大変興味深いことに、河合俊雄は『騎士団長殺し』について、「全てのものはつながっているということを、『騎士団長殺し』は第三者を入れることで描いていると思われる」と前提した上で、「原理的には全てがつながっているからこそ、この小説は再び第一人称で描けたのだと思われる。「私」の中には既に全ての人が入っているので、敢えて俯瞰して第三人称で別の人を描く必要がなく、私から見ることは全てのことに関連しており、そのために何かのディティールが多少曖昧でも構わないのである（傍線論者）」と述べている。（河合俊雄（2017）「『騎士団長殺し』における絵画の鎮魂とリアリティ」『新潮』7月号）

41 南京については、『ねじまき鳥クロニクル』にも、浜野軍曹による「南京あたりじゃずいぶんひどいことをしましたよ」（（2003）『村上春樹全作品1990〜2000④』講談社p216）という言葉がある。

されてゆくことを目指して書かれた物語でもある。ここに、村上春樹の一個人としての生き方と、国境を超える影響力を持つ一人の作家としての姿勢が読み取れるのである。

テクスト

村上春樹（2017）『騎士団長殺し』第1部第2部新潮社

参考文献・書籍 (五十音順)

浅利文子（2013）『村上春樹 物語の力』翰林書房

イアン・ブルマ 石井信平訳(1998)『イアン・ブルマの日本探訪』ティビーエス・ブリタニカ

内田樹（2010）『もういちど村上春樹にご用心』アルテスパブリッシング

川上未映子 村上春樹（2017）『みみずくは黄昏に飛びたつ』新潮社

橋本明子山岡由美訳（2017）『日本の長い戦後─敗戦の記憶・トラウマはどう語り継がれているか』みすず書房

中島岳志 島薗進（2016）『愛国と信仰の構造─ 全体主義はよみがえるのか』集英社新書

増田正造（2015）『世阿弥の世界』集英社新書

町田宗鳳 (2016)『死者は生きている―「見えざるもの」と私たちの幸福』筑摩書房

町田宗鳳（2017）『ＮＨＫこころをよむ無意識との対話― 身心を見つめなおす』ＮＨＫ出版

村上春樹（2011）『雑文集』新潮社

森正人（2015）『2015 年度第 4 回村上春樹国際シンポジウム国際会議予稿集』淡江大学村上春樹研究センター

安田登（2006）『ワキから見る能世界』生活人新書ＮＨＫ出版

安田登（2011）『異界を旅する能― ワキという存在』ちくま文庫

安田登（2017）『能―650 年続いた仕掛けとは』新潮選書

参考文献・論文等 (五十音順)

浅利文子（2018）「『騎士団長殺し』― イデアとメタファーをめぐって」『異文化』19 論文編法政大学国際文化学部

浅利文子（2016）「『海辺のカフカ』責任と救済― 複式夢幻能の影響」『異文化』17 法政大学国際文化学部

浅利文子（2018）「『騎士団長殺し』― 物語世界の新たな魅惑」『村上春樹研究叢書』第 5 輯 2018 年 6 月

河合俊雄（2017）「『騎士団長殺し』における絵画の鎮魂とリアリティ」『新潮』7月号

村上春樹（2009）Haruki Murakami's Jerusalem Prize acceptance speech "Always on the side of the egg" Mainichi Japan March 3,2009）

村上春樹（2018）村上 RADIO 〜 RUN & SONGS 〜 TOKYOFM 2018 年 8 月 5 日 19:00 〜 19:55 放送

『1Q84』と死海文書の連関から辿る共鳴の起源

星野　智之

1. "雨の貯水池"の指標が示すもの

　村上春樹の作品の多くに共通して見られる特徴の一つに、"指標 (index)[1]" ともいうべきものの存在が挙げられる。ここでいう指標とは、いわば二つの異なる世界を結ぶ目印であって、例えば「直子」という指標によって、読者は "僕と鼠三部作 (初期三部作)" の世界と『ノルウェイの森』の世界が陸続きであることを理解する。あるいは「(四国の) 高松」という指標によって『ねじまき鳥クロニクル』と『海辺のカフカ』が地下深くで繋がっていることを予感する (『ねじまき鳥クロニクル』においては失踪中の妻「クミコ」から主人公に届いた手紙の消印が高松のものと思われ、また路地奥の井戸がある家に住んでいた一家が高松で一家心中をしている。一方、『海辺のカフカ』では主人公「田村カフカ」は高松の甲村記念図書館に辿り着く。さらに言えば『騎士団長殺し』では、免色という珍しい姓のルーツが高松を県庁所在地とする香川県にあるらしいことが、登場人物の「免色渉」によって語られる)。してみると村上春樹とは、そうした指標によって異なる小説世界を相互に接続させ、その結果、一つひとつの小説の背後に物語の始原ともいう

1　「指標」という語について村上春樹は「英語で『Style is an index of the mind』って言葉があるんですが、(中略)index っていうのは『指標』のことですね」(『みみずくは黄昏に飛びたつ』P232) と述べている。

べき空間が広がっていることを感取させる作家であるということができるだろう。

　そこでそうした視点をもって 2017 年に刊行された『騎士団長殺し』を見てみると、終幕近くで主人公が漏らすこんな独白が、ある特別な意味を持って立ち上がってくるような感覚を覚えることとなる。

　　　彼らのことを思うとき、私は貯水池の広い水面に降りしきる雨を眺めているときのような、どこまでもひっそりとした気持ちになることができる。私の心の中で、その雨が降り止むことはない。(『騎士団長殺し』第 2 部・P540)

　その感覚とは、いわば既視感である。この雨の貯水池という風景から、多くの読者はごく自然に一つの作品を思い出すことになるはずだからだ。

　　　雨は休みなく貯水池の上に降り注いでいた。雨はひどく静かに降っていた。新聞紙を細かく引き裂いて厚いカーペットの上にまいたほどの音しかしなかった。クロード・ルルーシュの映画でよく降っている雨だ。(『1973 年のピンボール』・P114)

　1980 年に出版された村上春樹の長編第 2 作『1973 年のピンボール』の一節である。先に引用した『騎士団長殺し』に示された「貯水池」の比喩の水源を、この場面に求めるのは、決して不自然ではあるまい。『騎士団長殺し』における「貯水池」と

いう表現は、同作品中に限ってみればその伏線となるような記述は見出すことができず、であるならば作品の世界に唐突に放り込まれたようにしか見えない雨の貯水池の風景とは、約40年の歳月を隔てて発表された二つの作品を結ぶ回路としてここに埋め込まれたのだと考えるよりほかには、その存在を解釈するのが難しい。

　ここで改めて上に引用した『1973年のピンボール』の場面を振り返ってみると、雨の貯水池は“死”や“葬送”につながるものとして、その世界の中に現れたと読める。主人公の僕は同居人である双子とともに死に瀕した配電盤を葬るために友人のフォルクス・ワーゲンを借りて貯水池に向かい、カントの『純粋理性批判』の一節を祈りの文句に代用して、配電盤を貯水池へと放り投げる。つまりこの作品における貯水池とは、墓地、すなわち死者が眠る場所である。そして『騎士団長殺し』に目を戻せば、その意味するところはこの作品にもほぼそのまま引き継がれている。冒頭に挙げた引用文に見られる「彼らのことを思うとき」というときの「彼ら」とは、騎士団長に代表される、この物語の中で失われていった者、死していった者たちを指しているわけで、そうした同一性の反復によって雨の貯水池の比喩が二つの作品を重ね合わせる指標の役割を果たしていることが読者にもごく自然に推察できるのである。

　また、『1973年のピンボール』で配電盤の葬送に際して主人公が引用したカントも、やはりこの二つの作品を結びつける指標として機能しているとも考えられる。『騎士団長殺し』では

主人公が絵のモデルとなった少女と二人きりになったとき、話の接ぎ穂を見つけることに窮して唐突にカントの話を始めるくだりがある。『1973年のピンボール』で主人公がしきりと目を通していたカントが『騎士団長殺し』で再び登場しているのだ。

　さらにこの二つの作品の比較で言えば、主人公が固有の名前を持たないという共通項も注目されていいだろう。長編作品を軸に考えてみると、村上春樹は初期三部作から『世界の終りとハードボイルド・ワンダーランド』(1985年)までの作品においては、人名も地名もおよそ固有の名前というものをできる限り排除する姿勢を示していた。主人公は「僕」(「ハードボイルド・ワンダーランド」では「私」)とのみ表記され、その他の登場人物は「左手に4本しか指がない女の子」「共同経営者」などと属性によって他者と識別される。辛うじて名前らしきものを与えられている者も存在はするが、それも「鼠」「ジェイ」といった形の記号化されたあだ名でしかない。ところが、以降の長編小説では一転、初期三部作の後日譚である『ダンス・ダンス・ダンス』(1988年)を除けば、主人公に名前が与えられていない作品は発表されなくなる。使われる頻度が高くはなくても、1992年に発表された『国境の南、太陽の西』では「始(ハジメ)」、同じく1992年に「新潮」への連載が開始された『ねじまき鳥クロニクル』では「岡田亨」という名前が用意されている。

　この変化は村上春樹の創作の過程の中でも、決して小さくな

い意味を持っている。仮に主人公の一人称に同じ「僕」を使っていたとしても、読者に対して固有の名前が提示されている人物が「僕」と自称するのと、「僕」以外の呼称が読者に明かされないのとでは、物語全体の性格に大きな違いが生じるからだ。名前を持った「僕」が語る世界とは、他者の視線にさらされることを前提とした名前というものが語り手に与えられている時点で、物語の中には語り手以外の視点が存在することがほのめかされ、物語は相対化される。『スプートニクの恋人』(1999年) において主人公は「ぼく」という一人称でしか語られていないが、失踪した友人の「すみれ」が書き残した手記の中には「K」という呼称が使われており、つまり「すみれ」の視線によって「ぼく」は「K」として客体化、相対化され、"見る存在" であると同時に "見られる存在" であることが明かされている。しかし語り手＝主人公が名前を拒絶した物語では、そこに現れる他者とはすべて語り手＝主人公の視界に入った存在であるに過ぎず、その語り手＝主人公を通して読者にもたらされる世界とは客観性が担保されることのないものとなるだろう。主人公に初めて「ワタナベトオル」という名前が採用された、1987年発表の『ノルウェイの森』に関して、村上春樹が「ラディカルでもシックでもインテレクチュアルでもポストモダンでも実験小説でもないただの普通のリアリズム小説」(「自作を語る『100パーセント・リアリズムへの挑戦』」村上春樹全作品1979〜1989⑥所収) と述べているのは、つまりこうした相対化された物語ということを指しているのであろう。

　しかし村上春樹は『騎士団長殺し』において、この『ノル

ウェイの森』以降、常に採用されてきた“名前を持つ主人公”というドラマツルギーを捨て、語り手＝主人公に「私」という一人称しか与えていない（「私」は「ぼく」を自称として用いている）。これもまた結果として初期三部作的な、相対化される以前の世界の像を読者に印象づける効果を担うことになったのではなかろうか。

　このように『1973年のピンボール』と『騎士団長殺し』という二つの作品は、周到とも言えるさまざまな指標や仕掛けによって重ね合わされているのだが、しかしそれでいて同時にそれぞれの作品で描かれる世界は、実は一面では対照的といってもいいほどに様相を異にしている。その対立軸となっているのが、つまりシンパシーの問題である。まず『1973年のピンボール』を見てみよう。主人公は自己と他者との連繋に関して、こんな宣言を行っている。

　　「殆ど誰とも友だちになんかなれない。」
　　それが僕の一九七〇年代におけるライフ・スタイルであった。ドストエフスキーが予言し、僕が固めた。
　　（『1973年のピンボール』・P44）

　村上春樹は自らの初期作品群に通底する姿勢を、1996年刊行の『村上春樹、河合隼雄に会いにいく』の中で「デタッチメント」という言葉で表現してみせたが、まさしくそれを端的に表現した一節だ[2]。事実、この作品において主人公は、雨の貯水

池での配電盤の葬儀を共にした双子とさえ、何ものをも分かち合うことなく、ただ別れを迎えている。

これに対し『騎士団長殺し』では、主人公は雨の貯水池の風景を思い浮かべながら「騎士団長はほんとうにいたんだよ」「きみはそれを信じたほうがいい」と、自らの傍で安らかに眠る子に語りかける。そう、ここでは確かに『1973年のピンボール』の世界には存在していなかったものがたち現れている。それは自分の体験や感情を伝達し、共有する対象だ。シンパシーを注ぐ存在である。

実際には、騎士団長が「ほんとうにいた」などと断言できる根拠を主人公は持っていない。物語の冒頭付近で主人公は「この時期のできごとを思い返すとき（中略）、ものごとの軽重や遠近や繋がり具合が往々にして揺らぎ、不確かなものになってしまう」（『騎士団長殺し』第1部・P15）と断っており、つまりその後に語られることがすべて不確かであることを自認している。前述のように語り手＝主人公に固有の名を与えず、物語の相対化が図られていないという小説の根本的な構造が、そうした不確定性を補強する。しかし、そんな物語の中にあってそれでもなお主人公は、「信じたほうがいい」と迷いなく口にする。「なぜなら私には信じる力が具わっているからだ。どのように狭くて暗い場所に入れられても、どのように荒ぶる曠野に身を置かれても、どこかに私を導いてくれるものがいると信じることができるからだ」（『騎士団長殺し』第2部・P540）と。

藤典洋による詳細な考証によって明らかにされている。

村上春樹はここで、シンパシーの本質について語ろうとしている。それは突き詰めて言えば、"共に信じること"であろう。それが事実であるか否か、それはロジカルであるか否か。そういった近代合理主義的な尺度を超えて、信じること、それを分かち合うこと。それこそがシンパシーと呼び得るものなのだと。そしてこの視点は『1973年のピンボール』には確実に存在していなかった。村上春樹自身、『騎士団長殺し』刊行後の共同インタビューにおいて「人が人を信じる力。これは以前の結末には出てこなかった」(読売新聞・2017年4月2日付)とも述べている。

ここまでを整理してみる。"雨の貯水池"とは、『1973年のピンボール』と『騎士団長殺し』とを結ぶ指標である。村上春樹は『騎士団長殺し』の中にこうした指標をちりばめることによって、この作品と自らの創作の歴程のスタート地点に位置する『1973年のピンボール』とを、合わせ鏡のように重ね合わせた。しかしその鏡像は似ているように見えて、実は決定的に異なっている。スタート地点の「僕」の手の中にはなかったシンパシーを、それから約40年が経過した場所に立つ「僕」は確かに携えているのだ。

もちろん、ここで問題にすべきはその変化がいつ起こったかということである。その地点が特定できれば、村上春樹におけるシンパシーのエッセンスを理解することにも大きく貢献するはずだからだ。

2.『1Q84』のタイトルの真の由来

　ここで注目されるのが、2009 年に発表された『1Q84』である。なぜ、この作品が村上春樹における共感や共鳴を考えるうえで重要視されるのか？　それはまず、このタイトルの中に重要なキーが秘められていると見られるからである。

　この『1Q84』というタイトルは、一般的には 1948 年に執筆されたジョージ・オーウェルの小説『1984 年』から想を得たものと受け取られている。事実、作中では『1984 年』がたびたび言及されており、また作品全体を貫く中心的なモチーフとして登場する「リトル・ピープル」が『1984 年』の世界を支配する存在である「ビッグ・ブラザー」との対比によって名付けられたものであることも示されている。

　　　「ジョージ・オーウェルは『一九八四年』の中に、君もご存じのとおり、ビッグ・ブラザーという独裁者を登場させた。もちろんスターリニズムを寓話化したものだ。そしてビッグ・ブラザーという言葉は、以来ひとつの社会的アイコンとして機能するようになった。それはオーウェルの功績だ。しかし (中略) この現実の世界にもうビッグ・ブラザーの出てくる幕はないんだよ。そのかわりに、このリトル・ピープルなるものが登場してきた。なかなか興味深い言葉の対比だと思わないか？」(『1Q84』BOOK1・P421)

　しかしそれを前提としながら、それでもこの『1Q84』とい

うタイトルの由来をジョージ・オーウェルの小説だけに求めるのは、やはり一面的であろうとも思う。それではあまりにストレートにすぎる。確かに1983年に発表された「納屋を焼く」(『蛍・納屋を焼く・その他の短編』収録)や、2005年に発表された「偶然の旅人」(『東京奇譚集』収録)のように海外作品のタイトルをそのまま翻訳、転用したタイトルの短編も存在はする(前者はフォークナーの「Barn Burning」、後者はアン・タイラーの「The Accidental Tourist」からの転用と考えられる)。しかし、『1Q84』ほどの長大な作品世界にあってはそれを下支えする哲学が絶対に必要であり、単なる借り物のタイトルではその哲学の重さとのバランスが取れない。そう考えたとき、作者自身は直接的には一切言及していないものの、ジョージ・オーウェルの小説と並んで、このタイトルを発想するうえで大きな啓示を作者に与えたのではないかと思われる存在がクローズアップされてくる。

　それは死海文書、あるいは死海写本と呼ばれる一群の古文書だ。

　死海文書は第二次世界大戦直後の1946年(または47年)に現地の遊牧民によってベツレヘム近郊の洞窟から偶然発見されたとされる、ユダヤ教の経典である。紀元前250年から紀元70年の間に、クムラン教団と呼ばれるユダヤ教の(エッセネ派と見られる)一派の手によって成立したものと考えられており、主としてヘブライ語で書かれた旧約聖書(「正典」のほかに「外典」あるいは「偽典」と呼ばれる文書を含む)写本と、クムラ

ン教団の規則や儀式などをまとめた宗教文書から成る。これら写本の存在自体は遊牧民による発見から間をおかず世界に知られることになったが、国際社会がこの写本が発見された正確な場所に辿り着いたのは、中東戦争の国際休戦監視部隊に属していたベルギー人将校がその洞窟を発見した1949年。以後、特定の教派によらない国際的な委員会によるクムラン教団の遺跡の調査が行われ、古文書を収めた洞窟が次々に発見される。1958年にエジプトがスエズ運河の国有化を宣言したことに端を発する第2次中東戦争が勃発し、当該地域がイスラエルの勢力下に入ったことで、この現地調査は中絶の憂き目を見るのだが、しかし調査期間中にベツレヘム周辺の11の洞窟から古文書が発見されている。

　ここで注目すべきは、この調査・研究における文書の整理方法である。洞窟は発見された順にナンバリングされ、洞窟を示すアルファベットのQをつけて1Qから11Qと呼ばれる。そしてそれぞれの洞窟から発見された文書は、例えばそれが旧約聖書の出エジプト記であれば"エクソドス"を表すExodという整理記号が振られる。第1洞窟から出土した出エジプト記であれば、それは「1QExod」と整理されるわけだ。そして断片的な文書にはこれと同時に整理番号がナンバリングされるのである。だから例えば、第1洞窟から発見された35番目の断片は「1Q35」と称される。ちなみに「1QExod」の別名は「1Q2」である。

　『1Q84』というタイトルの原点は、実はここにこそあるので

はあるまいか。第 1 洞窟から発見された断片は 72 片なので実際の死海文書には「1Q72」までしか存在しないのだが、この死海文書の整理番号と『1984 年』という小説が結びつくことによって、『1Q84』という作品タイトルが案出されたのではないか。

　むろん、そう考える根拠は数字とアルファベットの配列の相似だけではない。『1Q84』において、主人公の一人である「青豆」の両親はエホバの証人をモデルにしたと思われる宗教団体に属しているが、エホバの証人とはヤハウェの神、つまり旧約聖書の神を信仰する集団である。またもう一人の主人公に与えられた「天吾」という名も、どこか宗教的な色彩を帯びているように感じられる。天にあるヤハウェの神との類似性を示すからだ。神の子であるイエスのように直接の性交なしに受胎した子の父親であるという設定も、「あなたは何ものでもない」（『1Q84』BOOK2•P174）、「あんたの母親は空白と交わってあんたを産んだ」（同•P183）という父親の言葉も、この類似性を補強する。さらに、「タカシマ塾」「さきがけ」「あけぼの」あるいは「柳屋敷」内のセーフハウスなど、この作品には多くの集団生活を営むコミューンが登場するが、それらがクムラン教団のような宗教集団を想起させることも看過できない。

　実際、死海文書の学術的な研究書である『死海文書のすべて』（ジェームズ•C•ヴァンダーカム著／青土社•2009 年）を訳出した多摩美術大学名誉教授で聖書学者の秦剛平氏はこの点に関して、同書の「訳者あとがきに代えて」で「この集団（注•ク

ムラン教団のこと)にこいつら(注・オウム真理教のこと)の
サリン工場のひとつでももたせてやれば、二〇〇〇年前のオウ
ムじゃなかろうか、と想像したりしていた」と記し、クムラン
教団とオウム真理教との類似性に言及している。後述するが、
『1Q84』における「さきがけ」と「あけぼの」がオウム真理教
をモチーフとしていることは疑い得ない。

　さらに『1Q84』の作品内世界から視点を移しても、死海文書
と村上春樹作品には実は接点が多い。死海文書を発見したとさ
れるムハンマド・エッ・ディーブという名の遊牧民は羊飼いで
あり、死海文書のほとんどは羊皮紙に書かれていた。つまり死
海文書は"羊"と"洞窟"という村上作品に頻出する二つのメタ
ファーの交点に存在しているのである。

　そして羊皮紙に書かれていたという死海文書の特徴は、
ジョージ・オーウェルの『1984年』とも重なる。『1984年』の中
に、こんな一節を見ることができるからだ。

　　　日を追って、いや、一分刻みに過去は現在に改められて
　　　行った。(中略)あらゆる歴史はいくらでも書き直しのき
　　　く羊皮紙であった。(新庄哲夫訳)

　イギリス人のジョージ・オーウェルが『1984年』執筆時に死
海文書の詳細を知っていたという証拠はなく、この類似も偶然
の域を出ないかもしれないが、ジョージ・オーウェルがこの小
説を執筆したのは1948年から49年にかけて。死海周辺で古代
の聖書写本が発見されたという第一報が世界にもたらされたの

が 1948 年 4 月である。しかも、まだ確定していなかったとは
いえ、文書の発見場所は当時、イギリスの信託統治領に位置し
ていた。BBC の東洋部インド課に属し、宣伝番組の制作を担
当していた経験も持つジョージ・オーウェルが、このニュー
スに興味を惹かれなかったとは考えにくく、死海文書と『1984
年』との間に関連を疑うことをあながち牽強付会と片付けるこ
とはできまい。少なくとも、"歴史"と"羊皮紙"とが密接に結
びついているものだということは、留意すべきであろう。

　また死海文書の最初の断片「1Q1」に関しても興味深い点が
ある。この「1Q1」は創世記の写本であり"ジェネシス"を表す
Gen を付した「1QGen」という整理記号があてられているのだ
が、『ダンス・ダンス・ダンス』においては、主人公が札幌のホ
テルで出会った少女「ユキ」の T シャツに、このジェネシスの
文字が刻印されている。

　　　　ジェネシス—また下らない名前のバンドだ。

　　　　でも彼女がそのネーム入りのシャツを着ていると、そ
　　　れはひどく象徴的な言葉であるように思えてきた。**起
源**。(『ダンス・ダンス・ダンス』上巻・P67)

　このゴシック体で表記された「起源」という単語はこの後も
何度も繰り返され、作者がこれを一つのキーワードとして捉え
ていることが示される[3]。ここにも村上春樹の興味が向いている

3　「ジェネシス」=「起源」という語に着目した評論に『村上春樹・戦
　　記』(鈴村和成著／彩流社・P2009 年) 所収の「『1Q84』のジェネシス」
　　がある (死海文書への言及がなされているわけではない)。

方向と旧約聖書、あるいは死海文書との交錯[4]を垣間見ること
ができる。

3.「善き物語」と洞窟の関連

　『1Q84』という小説の出現は、作者の村上春樹によって予告
されていたと言っていい。

> 　いつかもっとずっと先に、この仕事で得たものが、僕自
> 身の遺跡として (あるいは) 出てくるかもしれません。
> でもそれはほんとうに先のことです。僕はこの本の取材
> をとおして、人生を大きく変えられてしまった人々の姿
> を数多く見てきました。(中略)僕はその人たちの身に起
> こったことを、そんなにかんたんに自分の『材料』にし
> てしまいたくないのです。たとえ生のかたちでないにせ
> よ。僕にとっての小説というのは、そういうものではな
> いような気がするのです。(『夢のサーフシティー』CD-
> ROM版)

　これは、オウム真理教が引き起こした地下鉄サリン事件の
被害者へのインタビューを通して執筆されたノンフィクション
『アンダーグランド』(1997年)の刊行直後、「村上朝日堂ホーム
ページ」に寄せられた地下鉄サリン事件をモチーフとした小説

4　『1Q84』には「彼は生まれつきのリーダーだった。イスラエル人を
　率いるモーゼのように」(『1Q84』BOOK1・P224) という叙述もある。
　『1Q84』と旧約聖書の創世記(ジェネシス)との接近を示す証左として
　注目される。

を書く可能性に関する読者からの問いかけに対して村上春樹が送った返答だが、ここで語られている「いつかずっと先に」「出てくるかもしれ」ない小説こそ、『1Q84』であることは疑い得ない。村上春樹自身、『1Q84』発刊直後の共同インタビューでこの作品について「オウム裁判が出発点」(読売新聞・2009年6月16日付)と明言している。また、村上春樹は『アンダーグラウンド』の中で、オウム真理教とは教組・麻原彰晃の「個人的欠損を(中略)ひとつの閉鎖回路の中に閉じこめた」「その瓶に＜宗教＞というラベルを貼り付けた」(『アンダーグラウンド』・P699)ものであると考察しているが、一方『1Q84』では、「さきがけ」の創設者の友人である「戎野先生」が「さきがけ」を評して「閉鎖された同質的な集団」(『1Q84』BOOK1・P420)と語っており、両者の同一性は明らかだ。であるなら「さきがけ」によって子宮を破壊され、生の継承の可能性を閉ざされてしまった少女「つばさ」とは、本来は自由であるべきなのに「閉鎖」されてしまった「回路」の象徴だろう。

　では、そんなオウム真理教の一連の事件をモチーフにして、村上春樹はどんな小説を描こうと考えたのか。『1Q84』とは、作家のどんな意志や世界観に立脚したものなのか。その点に関して村上春樹は、以下のように語っている。

　　完全に囲われた場所に人を誘い込んで、その中で徹底的に洗脳して、そのあげくに不特定多数を殺させる。あそこで機能しているのは、最悪の形を取った邪悪な物語です。そういう回路が閉鎖された悪意の物語ではな

く、もっと広い開放的な物語を作家はつくっていかなく
ちゃいけない。囲い込んで何かを搾り取るようなもの
じゃなくて、お互いを受け入れ、与え合うような状況を
世界に向けて提示し、提案していかなくちゃいけない。
僕は『アンダーグラウンド』の取材をしていて、とても
強くそう思いました。肌身に浸みてそう思った。(『み
みずくは黄昏に飛びたつ』・P336)

　昨年刊行された川上未映子との対話集での村上春樹のこの
発言は、『1Q84』が書かれた契機を考える上で非常に重要だ。
作家としての使命感ともいうべき動機から生まれたこの作品
は、閉鎖された回路の中で醸成される物語を乗り越えて編み上
げられる新しい物語、「物語を浄化するための別の物語」(『ア
ンダーグラウンド』•P691) である必要があった。そしてそれ
は「お互いを受け入れ、与え合うような」物語であることも
また必要とされた。それは言い換えるならばシンパシーの物
語、共感の物語としてである。『1Q84』の小説世界において、
自分なりの方法で回路が閉鎖された集団と対峙し、克服しよ
うと図る二人の主人公「天吾」と「青豆」の関係は、この概念
を体現したものにほかならない。「誰とも友だちになんかなれ
ない」という諦念を導く共感の不在の物語ではなく、「信じた
ほうがいい」と語りかける共感の希求の物語へ。その転回点
となったのは『アンダーグラウンド』と『約束された場所で―
underground2』(1998 年) という双子のノンフィクションから生
まれた『1Q84』という小説であったことが、この発言で明示さ
れているのだ。

さらにこの対話集では注目される発言が続く。「広い開放的な物語」が「回路が閉鎖された悪意の物語」に対峙でき得ると考えられる根拠を示した、次の言葉がそれだ。

　　そういう物語の「善性」の根拠は何かというと、要するに歴史の重みなんです。もう何万年も前から人が洞窟の中で語り継いできた物語、神話、そういうものが僕らの中にいまだに継続してあるわけです。それが「善き物語」の土壌であり、基盤であり、健全な重みになっている。僕らはそれを信用しなくちゃいけない。それは長い長い時間を耐えうる強さと重みを持った物語です。それははるか昔の洞窟の中にまでしっかり繋がっています。
　　(『みみずくは黄昏に飛びたつ』・P337)

　まさにここにこそ、『1Q84』という作品タイトルの意味は見出されなければならない。共感の物語とは、「遥か昔の洞窟」まで繋がる必要があった。だからこの小説は、遥か昔に洞窟に置かれ、そしてそこで長い時間を生き続けた死海文書と同じタイトルを冠される必要があったのだ。それが「善き物語」であることを世界に向けて示すために。

　さらにもう一度『1Q84』の作品世界に視線を移せば、物語それ自体にも、よりダイレクトに死海文書のつながりを想起させる場面が登場する。それも物語の中の最大のクライマックスとして。

　　稲妻のない落雷が窓の外でひときわ激しく轟いた。雨がばらばらと窓に当たった。そのとき彼らは太古の洞窟

にいた。暗く湿った、天井の低い洞窟だ。暗い獣たちと
精霊がその入り口を囲んでいた。(『1Q84』BOOK2・P292)

「青豆」が「さきがけ」のリーダーを暗殺する場面であるが、
この瞬間の描写は作品が「太古の洞窟」に連なっていること
を直截に主張しているではないか。そしてさらにこの場面と
まったく同じ時間に「天吾」が置かれていた状況は、以下のよ
うに記述されている。

　雷鳴は更に激しさを増していた。今では雨も降り始め
ていた。雨は怒りに狂ったみたいに横殴りに窓ガラスを
叩き続けている。空気はべっとりとして、世界が暗い終
末に向けてひたひたと近づいているような気配が感じら
れた。ノアの洪水が起こったときも、あるいはこういう
感じだったのかもしれない。(『1Q84』BOOK2・P295)

もちろんノアの洪水とは、旧約聖書の創世記(ジェネシス)
に描かれた物語である。その旧約聖書の最古の写本としてクム
ランの洞窟に眠っていたのが、死海文書なのである。

こうして見てくれば、『1Q84』というタイトルは「人が洞窟
の中で語り継いできた物語」を象徴するものとして捉えられる
必要が絶対にある。まさにその象徴として、作者は洞窟の中に
保管されてきた死海文書と同じ名前をこの作品に付したのであ
る。そう捉えてみて初めてこの作品は、作家が「お互いを受け
入れ、与え合う」世界の構築へと踏み出した地点を示す里程標
としての姿を現すのだ。

4. 『1Q84』と『騎士団長殺し』に見る"遺伝"への関心

「はるか昔の洞窟」から発見された死海文書と、同様の文書タイトルを付せられた『1Q84』。それを根底から支えた「継続してある」物語への信頼は、そのまま『騎士団長殺し』の世界にも引き継がれている。それを強く示唆しているのが、二つの作品に共通して現れる"遺伝"というテーマを語る登場人物たちの言葉の類似性である。

> 人間というものは、結局のところ、遺伝子にとってのただの乗り物であり、通り道に過ぎないのです。(『1Q84』BOOK1•P385)

> 自分はワンセットの遺伝子を引き継いで、それを次の世代に送る容れ物に過ぎない(『騎士団長殺し』第2部•P145)

前者は柳屋敷の老婦人が「青豆」に語りかけたもの、後者は「免色」の言葉を主人公の「僕」が反復したものだが、一見してわかる通り、まったく同一の内容である。この二作において、こうして"遺伝"への言及が反復される理由は、前章で見てきた村上春樹言うところの「善き物語」と歴史との関係を考えれば明らかだろう。「継続してある」ことを「『善き物語』の土壌」であると考える村上春樹は、その「継続」を象徴する概念として、"遺伝"に着目したのであろう。

この"遺伝"への関心は、上記のような直接的な言及以外にもさまざまな形で作中に提示されることになる。例え

ば『1Q84』において登場人物たちが繰り返し耳にするヤナー
チェックの音楽も、あるいはその一つではないかと考えられる
のだ。

> タクシーのラジオは、ＦＭ放送のクラシック音楽番組
> を流していた。曲はヤナーチェックの『シンフォニエッ
> タ』。渋滞に巻き込まれたタクシーの中で聴くのにうって
> つけの音楽とは言えないはずだ。(中略) 青豆は後部席の
> シートに深くもたれ、軽く目をつむって音楽を聴いてい
> た。(『1Q84』BOOK1・P11)

『1Q84』という長大な物語の冒頭、シンフォニーに喩えれば
"動機 (主題を形づくる旋律の断片)"のようにヤナーチェック
の名が提示される。これはなぜか？

いくつかの理由が考えられる。例えばこの冒頭部分でヤ
ナーチェックの『シンフォニエッタ』を「青豆」が耳にした、
その場所に意味があるのではないかという考え方。「青豆」が
世田谷区の砧で拾ったタクシーは用賀から首都高速 3 号線に乗
り、三軒茶屋の手前で渋滞にはまって動かなくなる。というこ
とは、車中のラジオからこの曲が流れ出したのは駒沢近辺とい
うことになるだろう[5]。当然、そこには駒沢オリンピック公園が
ある。

5　『1Q84』におけるヤナーチェクの存在の意味を、冒頭で青豆がその音
　　楽を耳にした場所から考察しようとする試みは『村上春樹『1Q84』を
　　どう読むか』(河出書房新社編集部・編／河出書房新社・2009 年)に収

この駒沢オリンピック公園とは、初のアジア開催となる
1940年の東京五輪のメイン会場となるはずだった場所だ。し
かしこの五輪は1937年に勃発した支那事変のために開催さ
れず、幻の大会となってしまった。『シンフォニエッタ』に
ついて『1Q84』の中では「あるスポーツ大会のためのファン
ファーレとして作られたもの」と説明されているが、こうした
ことから考えるとヤナーチェックが1926年に作曲した「小振り
なシンフォニー」が作品冒頭に置かれている意味とは、ファン
ファーレ→スポーツ大会→駒沢オリンピック公園→幻の五輪→
支那事変→ファシズム、という連想を起動させるためではない
かと推測することも可能だろう。

　事実、作中で「青豆」は『シンフォニエッタ』を聴きなが
ら、この曲が作曲された1926年が大正天皇崩御の年であるこ
とを思い出し、大正デモクラシーの終焉とファシズムの台頭
に想いを巡らせている。村上春樹は『みみずくは黄昏に飛びた
つ』において、「善き物語」と対置される「悪」について、「国
家とか社会とか制度とか、そういうソリッドなシステムが避
けがたく醸成し、抽出していく」(『みみずくは黄昏に飛びた
つ』・P329) ものと規定しているが、『ねじまき鳥クロニクル』
以降、村上春樹の作品中で繰り返し描かれるファシズムとそれ
を体現する旧日本軍とは、そうした「ソリッドなシステム」の
典型だ。

　しかし同時に、そうしたファシズムというテーマを浮かび

録された四方田犬彦氏「幻談」の中でもなされている。

上がらせるという役割とともにここで注目すべきなのは、ヤ
ナーチェックと"遺伝"との関係ではないだろうか。改めてこ
の音楽家の経歴を見直してみよう。レオシュ・ヤナーチェッ
クは 1854 年、チェコ・スロバキアの一部であったモラヴィア
に生まれていて、自らも音楽家であった父親が旧モラヴィア王
国の首都・ブルノにあったアウグスティノ会修道院の付属の学
校にヤナーチェックを入学させたことが、その音楽家としての
キャリアのスタートとなっている。彼はここで少年聖歌隊員と
なり、父親の弟子であった人物から音楽の手ほどきを受けるこ
とになるのだが、実はヤナーチェックが入学した当時、ある人
物が同じ修道院で司祭の任に就いていた。その人物とは、グレ
ゴール・ヨハン・メンデル。遺伝の研究で知られる、あのメン
デルである。ヤナーチェックが付属学校に入学したのは彼が
11 歳のときというので 1865 年前後。一方、メンデルが修道院
の中庭で遺伝に関する実験を繰り返していたのは 1853 年から
1868 年までとされる。ヤナーチェックが音楽を学んでいたと
き、同じ敷地の中でメンデルによる遺伝の研究がまさに行われ
ていたことになる。

　少年時代を遺伝の研究が行われていた修道院で過ごしたヤ
ナーチェック。そのヤナーチェックの作品がテーマ曲のように
頻繁にたち現れる小説の中で、登場人物たちが繰り返し遺伝に
ついて言及する。これを単なる偶然と片付けるのは不自然だろ
う。いや、さらにいえばこれを偶然ではあり得ないと考えるに
足る、有力な手がかりが『1Q84』の中には提示されてもいるの
だ。それは"青豆"というヒロインに与えられた奇妙な苗字で

ある。

　メンデルが修道院の中で遺伝の研究のために育てていた植物は何であったか。それはエンドウマメ、すなわちグリーンピース (緑豆) であり、そして一般に広く流布しているのはソラマメ (空豆) であったという説である。このように作者は登場人物の名前を通しても、ヤナーチェックというシンボルが帯びた意味を、読者に暗示しているのだ。

　そして『1Q84』におけるヤナーチェックのように、"遺伝"が作品の重要なテーマとなっていることを指し示している存在は、『騎士団長殺し』の中にも登場している。

　　叔父はまだ若く独身で (今でもまだ独身だ)、当時三十歳になったばかりだったと思う。彼は遺伝子の研究をしており (今でもしている)、無口で、いくぶん浮き世離れしたところはあるが、裏のないさっぱりした性格の人物だった。熱心な読書家で、森羅万象いろんなことを実によく知っていた。(『騎士団長殺し』第 1 部 •P370)

　このように「僕」の叔父は遺伝子の研究家と設定されている。つまり『騎士団長殺し』も『1Q84』と同様に、「システムが避けがたく醸成」してしまう悪と対峙する、「善き物語」たらんとしているのだ。それを示す重要なキーとなる"遺伝"というテーマを象徴させる存在として、ヤナーチェックの音楽や「叔父」の記憶は作品の中に置かれることになったのだろうと考えられる。

5. 『騎士団長殺し』におけるシンパシーの形態

　シンパシーという観点から、『1973 年のピンボール』から『騎士団長殺し』までの作品を見直すとき、その転換点となった作品は何かというテーマで書き起こされた本稿だが、そこでクローズアップされる『1Q84』は前章でも見てきたとおり、明らかに『騎士団長殺し』と極めて直接的に結びついている。

　もちろん『騎士団長殺し』においては、"システムから醸成・抽出される悪" として戦時下の軍国主義が強く示唆されている点に『ねじまき鳥クロニクル』や『海辺のカフカ』との同質性が示されているし、また騎士団長のキャラクターの造形には『海辺のカフカ』に現れたカーネル・サンダーズとの類似性が感じられもする。音楽に喩えれば『騎士団長殺し』という作品では過去のさまざまな作品の主題や動機が変奏曲のように繰り返されるわけだが、しかしその中にあっても『1Q84』とのつながりは強固だ。"遺伝" という共通するテーマを追求している点以外にも、まず主人公の職業の類似性が目を惹く。『1Q84』の「天吾」はゴーストライターで、『騎士団長殺し』の「私」は肖像作家。小説と絵画といった具合に分野こそ異なるが、いずれも高度なスキルを有しつつも強烈なエゴを持ち合わせないために独自の世界を創造するに至らず、依頼された仕事をこなすクリエイターとして生きている点は共通している。これも二つの作品を連結する一種の指標であろう。

　さらにそうした要素を超えて、この二つの作品の世界観の連続性を象徴するのが、『騎士団長殺し』において主人公の妻

「ユズ」が出産した子の名前、「むろ」ではないか。このやや奇妙な名が娘に付けられた経緯に関しては、作中では以下のように説明されている。

　　娘の名前は『室』といった。ユズがその名前をつけた。彼女は出産予定日の少し前に、夢の中でその名前を目にした。彼女は広い日本間に一人でいた。美しい広い庭園に面した部屋だった。そこには古風な文机がひとつあり、机の上には一枚の白い紙が置かれていた。紙には「室」という字がひとつだけ大きく、黒い墨で鮮やかに書かれていた。誰がそれを書いたのかはわからないが、とても立派な字だった。そういう夢だった。(中略)その字を書いたのはあるいは雨田具彦であったかもしれない。私はふとそう思った。(『騎士団長殺し』第2部・P531)

村上春樹が「物語の『善性』の根拠」として挙げた「歴史の重み」を形象化したシーンである。そして「室」とはむろん、主人公が暮らす雨田具彦邸の裏にある石室、つまり洞窟につながる。さらに言えば、主人公はこの女児を夭逝した妹と重ね合わせているが、その妹の名前である「コミ」が、巫女の音を逆転させたものであることも、このつながりを補強する。巫女の原型とされる天鈿女命(あめのうずめのみこと)とは石室の前で踊りを踊ることで世界に光を回復させた存在だからだ。ここで、冒頭で引用した『騎士団長殺し』の一節に戻り、これに続く部分を読み進めてみよう。

　　私はおそらく彼らと共に、これからの人生を生きてい

くことだろう。そしてむろは、その私の小さな娘は、彼らから私に手渡された贈りものなのだ。恩寵のひとつのかたちとして。(『騎士団長殺し』第2部・P540)

ここでいう「彼ら」を代表する騎士団長は、その石室、つまり洞窟を通って出現した。さらに言えば、騎士団長は自らを「イデア」と名乗る。もちろんイデアは“洞窟の比喩”を通じて洞窟と深く結びついている。つまり「彼ら」は「善性」の根拠となる「はるか昔の洞窟」に属する存在なのであり、だからこそ彼らから手渡された「むろ」を主人公は「恩寵」と感じることができるのである。

同じ遠隔受胎の指標が用いられている以上、『騎士団長殺し』におけるそんな「むろ」と、『1Q84』の世界に現れた「天吾」と「青豆」の子は同一の存在に違いあるまい。そして『1Q84』の終幕では胎児の存在を意識しながら「青豆」は「今はその微笑みを信じよう。それが大事なことだ」(『1Q84』BOOK3・P602)と考える。この独白は『騎士団長殺し』終幕での主人公の「信じたほうがいい」という言葉と明確に共鳴する。

さらに謎解きめいた考察を加えるなら、この二作には“雷”という共通のモチーフが出現する。先に引用した『1Q84』のクライマックス場面——「青豆」が「さきがけ」のリーダーを暗殺し、同時刻に「天吾」が「ふかえり」と交わる場面——では雷が重要な働きを担っていた。それは「青豆」と「天吾」それぞれのシーンのどちらにおいても、雷が神話性を表す符牒になって

いたということである。雷によって「青豆」は太古の洞窟にいる自分を意識し、「天吾」は創世記に想いを馳せた。いわば雷とは"神鳴り"という語源のとおり、『1Q84』においては神話の世界につながる回路としての機能を有していたわけだ。一方、今度はそんな"雷"という文字を分解してみれば、そこに現れるのが"雨田"の二文字。つまり「雨田具彦」とは、飛鳥時代に画題を採ったその作品に加え、自らの名をもって『騎士団長殺し』の世界と神話の世界との結びつきを示す存在となっているのだ。主人公が「室」という字を書いたのが雨田具彦だったのではないかと思ったのも、雨田具彦が神話の世界とつながる存在であり、それゆえ「室」とはその時代から引き継がれた名前であったためだ。

さらにもう一つ、「雨田継彦」という存在の問題もある。ピアニストを目指しながら召集されて大陸に渡り、南京事件に巻き込まれたこの男性とは、つまり誰なのか?

おそらく、この男性はオウム信者を原型に造形されている。というのも村上春樹はオウム真理教信者及び元信者へのインタビュー集『約束された場所で─ underground2』のあとがきにおいて、「唐突なたとえだけれど、現代におけるオウム真理教団という存在は、戦前の『満州国』の存在に似ているかもしれない」(『約束された場所で─ undergroud2』・P262) と語っているからだ。「ソリッドなシステムが避けがたく醸成し、抽出していく」悪を描き、それと対峙する「善き物語」の構築を目指した『1Q84』と『騎士団長殺し』。そこに出現する「ソリッドなシス

テム」とは、前者ではオウム真理教であり、後者では旧日本軍であった。であるなら、この「唐突なたとえ」を敷衍すれば、満州国の建国を画策した日本の軍部が引き起こした南京での虐殺とは、オウム真理教による地下鉄サリン事件に符合する。南京事件に巻き込まれて心に深い傷を負った「雨田継彦」には、サリンが撒かれる地下に向かって転落していくオウム真理教信者の姿が投影されているのだろう。つまりここでも、『1Q84』と『騎士団長殺し』との重なりが示されることになる。

こうして、この二作の間に村上春樹は何重にもリフレインを張り巡らせている。それによって、この長大な二つの物語が同じ洞窟に起源を持つ「善き物語」、共感を希求する物語であることを強く刻印するためである。そしてだからこそ、『騎士団長殺し』の「私」は『1973年のピンボール』の「僕」が持つことがなかったシンパシー＝共感の種子を、確かに手の中に握っているのだ。それは「はるか昔の洞窟」から引き継がれ、そして次の世代へと引き渡されるものである。「私」たちは「ワンセットの遺伝子を引き継いで、それを次の世代に送る容れ物に過ぎない」のだが、同時に引き継いでいくというそのことにこそ、"システムの悪"と対峙する「善き物語」が成立する可能性があるのである。

そうした認識に基づいて描かれた『騎士団長殺し』とは、だから村上春樹にとっては、死海文書が収められていた「はるか昔の洞窟」から発見されたもう一つの物語、おそらくは"1Q85"と呼ぶべき物語であるのかもしれない。

参考文献

『村上春樹をめぐる冒険』(笠井潔・加藤典洋・竹田青嗣著／河出書房新社 •1991 年)

『村上春樹イエローページ 作品別 (1979 — 1996)』(加藤典洋著／荒地出版社 •1996 年)

『村上春樹は、むずかしい』(加藤典洋著／岩波新書 •2015 年)

『村上春樹・戦記』(鈴村和成著／彩流社 •2009 年)

『村上春樹『1Q84』をどう読むか』(河出書房新社編集部・編／河出書房新社 •2009 年)

『死海文書のすべて』(ジェームズ •C• ヴァンダーカム著／青土社 •2009 年)

　本稿での村上春樹の作品からの引用に際して、引用文の出典ページ数はそれぞれの作品の単行本初版のページ数を記した。

長編小説の語りにおける村上春樹作品の共鳴

落合　由治

1. はじめに

　村上春樹が小説を書く場合、どのような文章構成を採るかは非常に興味深い問題である。多くの研究で、村上春樹が夏目漱石の作品との関係を意識して、物語や作品中の描写、設定などに漱石を記号的に、あるいは構造的に引用していることが指摘されている。[1]文学的内容面ばかりではなく、漱石の作品は日本語学や文章構成上から見ても、近世語から区別される近代語としての日本語が確立したひとつの指標になる業績で、興味深い特徴を持っている。[2]漱石は、その代表作と言える一連の前期三

1　多くの指摘がすでになされているが、一例として、渥見秀夫 (1992)「「近代文学」から見た「蛍」の諸相 -1- 村上春樹「蛍」と夏目漱石「こころ」」『愛媛国文研究』42pp.53-64、佐藤泰正 (2001)「村上春樹と漱石 :< 漱石的主題 > を軸として」『日本文学研究』36pp.57-66、半田淳子 (2002)「20 世紀の「時間」意識 : 夏目漱石と村上春樹」『専修人文論集』71pp.355-372、山根由美恵 (2007)「「螢」に見る三角関係の構図─村上春樹の対漱石意識」『国文学攷』195pp.1-12、Rubin,Jay 、小森陽一、根本治久 (2010)「対談『1Q84』と漱石をつなぐもの (特集村上春樹、世界文学への軌跡─『1Q84』英訳者と、世界デビューの契機を作った功労者が語る「ムラカミ文学」)」『群像』65-7pp.180-192、森正人 (2011)「鏡にうつる他者としての自己 : 夏目漱石・芥川龍之介・遠藤周作・村上春樹」『国語国文学研究』46pp.46-57、柴田勝二 (2012)『村上春樹と夏目漱石 : 二人の国民作家が描いた＜日本＞』祥伝社新書等を参照。

2　近代語は近世語と区別される概念で、時期区分には諸説があるが明治期から始まる点は共通している。明治書院（2015）『日本語学』23-11

部作、後期三部作で非常に多様な文章構成を試みているが、基本的には『三四郎』『それから』『門』『行人』の冒頭部分に見られる文章構成である「事件の話をする文章」を言語的により明確に構造化することを模索していたと思われる。[3]「事件の話をする文章」は、近代小説の発展した芥川龍之介、志賀直哉などが典型化した文章構成であり、近代以後の小説はそれをどう使いこなすか、あるいはそれをどう乗り越えるかを常に模索しなければならなかった言語構造上の規則に基づいている。[4]漱石の場合、「事件の話をする文章」を明確化する方向と同時に、それを乗り越える方向の模索も多様におこなわれていた。三部作

明治書院、日本語学会（2015）「特集：近代語研究の今とこれから」『日本語の研究』11-2 等を参照。漱石について文学作品としての文章構成の特徴を捉えようとした研究は、相原和邦（1965）「漱石文学における表現方法：『明暗』の相対把握について」『日本文学』14-5pp.369-379、相原和邦（1966）「漱石文学における表現方法(四):第三期の視点構造を中心として」『近代文学試論』1pp.12-24、相原和邦（1966）「漱石文学における表現方法―「道草」の相対把握について」『国文学攷』41pp.43-53 参照。また、大島憲子（1969）「夏目漱石における後期三部作の意味」『日本文學』33pp.35-47 参照。小池清治（1989）『日本語はいかにつくられたか』筑摩書房第 V 章は、漱石において近代日本語が誕生し、語彙、文型（文法）レベルから文章レベルでの変化の可能性を推測している。田島優（2009）『漱石と近代日本語』翰林書房は、夏目漱石の小説を資料にして、近代語の語彙的特徴を明らかにしようとしている。

3　夏目漱石の文章構成については、落合由治(2018)「近代日本語の確立者としての漱石―文章構成の視点から―」范淑文編『漱石と＜時代＞―没後百年に読み拓く』台大出版中心 pp.131-152 参照。

4　「事件の話をする文章」については、永尾章曹（1992）「描写と説明について」『小林芳規博士退官記念国語学論集』汲古書院参照。

以外の『吾輩は猫である』以降の中編、短編あるいは、後期三部作の『彼岸過迄』『こころ』には、「事件の話をする文章」にその他の表現構造を加えることで生まれた非常に多様性に富んだ文章構成が見られる。

　近代小説の典型的文章構成である「事件の話をする文章」とは、芥川龍之介『羅生門』『蜘蛛の糸』や志賀直哉『或る朝』『ある一頁』など、大正期以降の多くの作家の作品に普通に見られる文章構成であり、「一般的には、小説、童話、事件の報告をする記事等として見られ」[5]、「ある特定の時の、時の持続に従って、変転を続けている事件の話をする文章」[6]である。以下の図１のような明確な文章構成上の規則性を持っている。

芥川龍之介「羅生門」

図１　「事件の話をする文章」の文章構成

(注) ローマ数字は段落番号、丸数字は文番号、下線部は文型上の注目点。

5　同注 4p.717。

6　永尾章曹 (1993)「文章と語彙―表現語彙論のための一つの試み」山内洋一郎、永尾章曹編『近代語の成立と展開　継承と展開2』和泉書院 p.139。

一方、村上春樹の場合は、そのデビュー作『風の歌を聴け』や以降の『1973年のピンボール』『羊をめぐる冒険』に見られるように、「事件の話をする文章」をいかに乗り越えるかという点に作家としての表現の原点があると言え、その後も非常に多様性に富んだ模索を続けている。その文章構成は、「事件の話をする文章」を「語り手の思いを述べる文章」で包み込む額縁構造になっていることが多く、また、「事件の話をする文章」を並べることで、エッセイや評論などに使われてきた文章構成である「話し手の思いを述べる文章」を構成する手法もよく見られる。[7]本論文では、多様な文章構成を複合させることで成り立っている村上春樹の近代小説を超える文章構成上の試行を『騎士団長殺し』を例にして考察し、長編小説における文章構成の輻輳によって生まれる意味とモチーフの輻輳を共鳴として捉えていきたい。

2. 村上春樹による漱石の文章構成の応用とその超克

　最初に、漱石と村上春樹の文章構成上の関係について見ていきたい。

7　村上春樹の文章構成については、落合由治 (2016)「村上春樹作品のテクスト機能の両義性―文章構成と文法的要素の継承とその発展―」森正人監修『村上春樹における両義性』淡江大學出版中心 pp.313-338、落合由治 (2017)「文章における質的単位の秩序について―小説における「語り（ナラティブ）」の視点から―」沼野充義監修『村上春樹における秩序』淡江大學出版中心 pp.279-310 参照。

2.1 漱石による額縁構造の定位

　漱石は「事件の話をする文章」に語り手が語る前書きと後書きを加える額縁構造を作ることで、「事件の話をする文章」が読者に与える意味に方向性を与える試みを『坊つちやん』でおこなっている。[8]『坊つちやん』の中で、語り手である「おれ」の松山での教師生活を語る「事件の話をする文章」は「二」から始まるが、漱石はその前に「一」の前書きを加えて、「おれ」の生い立ちに関するいつくかのエピソードを並べ、下女の清の「おれ」の行動に対する「あなたは真っ直でよいご気性だ」などの評価を加えることで、「おれ」の性格について読者が理解する方向づけをおこなっている。「二」以降だけを読めば、教師としては役に立たなかった出来事が並んでいる松山での「おれ」への評価が「真っ直でよいご気性」となるかどうかは分からない。現代では、「おれ」の行動について社会的職業に適応できず挫折して定職から離れてしまった若者のライフストーリーとの類似性が指摘されている。しかし、「一」で「おれ」の性格への定位が読者に行われていることで、「二」以降での教師時代の様々な失敗や挫折への評価は読者の中で逆転されて「真っ直でよいご気性」の結果へと転位されるようになっている。[9] ここから言えることは、「事件の話をする文章」は、それ

8　落合由治 (2010)「語りにおけるメタ・テクストとテクストとの交響的関連―夏目漱石『坊つちやん』のテクスト構成への一考察」『台灣日本語文學報』27pp.149-174 参照。

9　『坊つちやん』の文章構成の詳細は注 3 参照。心理学から見た「おれ」の教師生活への評価については、大野木裕明 (2003)「教師『坊っちや

自体が固有の一定した意味を持つのではなく、語り手の語りを加えることで初めて読者に意味の方向性が提示され、読者はそれを手掛かりに、その事件の体験の語りを固有の一定した方向性での意味に解釈するということである。「事件の話をする文章」は「文脈の展開」によるストーリー（描写）によって「ある特定の時の、時の持続に従って、変転を続けている事件の話をする」ことはできるが、それ自体には実は固有の一定した意味はない。それに一定の意味（主題、価値、意義・・・）を与えるのは、語り手の語りとしてのプロット（考察、説明、意見、思い・・・）であり、それを加えることで初めて読者にストーリー（描写）の持つ意味の方向性が提示され、読者はそれを手掛かりに、その事件の体験の語り（描写）を固有の一定した意味に解釈するようになる。漱石の作品が近代以降の小説の中で極めて高い評価を受けている理由は、こうした物語の構造と機能を日本語文学の中で初めて定式化したからとも言えよう。村上春樹が夏目漱石を非常に明確に意識している理由のひとつもその点に求めることができるであろう。[10]

2.2 村上春樹『騎士団長殺し』における文章構成の多重的共鳴

　ここから見ると、前期の『風の歌を聴け』、『ノルウェイの森』また後期の『海辺のカフカ』のように『騎士団長殺し』も、

ん』の就職活動と転職（フリーター─その心理社会的意味）─（フリーター事始め）」『現代のエスプリ』427pp.19-31 等を参照。

10　村上春樹による漱石への評価は河合隼雄(1997)『河合隼雄対話集　こころの声を聴く』新潮社等を参照。

作品の最初の部分に前書きに当たる内容が表１のように第１部冒頭第１章から第６章まで入り、語り手の語りの枠の中に「事件の話をする文章」が包摂される初期の作品によくみられる文章構成を取っていることがわかる。この第１部冒頭第１章から第６章は「前書き」に当たる内容で、第２部の最後の第63、64章の「後書き」に当たる内容と呼応している。『騎士団長殺し』全体の文章構成は以下のようになっている。近代小説にも見られる典型的な額縁構造である。

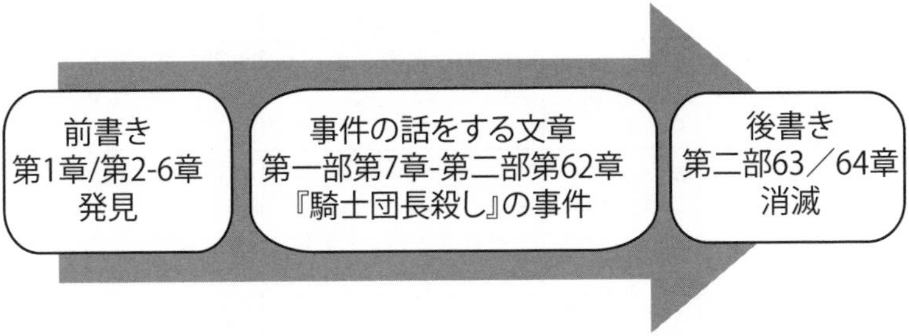

| 前書き
第1章/第2-6章
発見 | 事件の話をする文章
第一部第7章-第二部第62章
『騎士団長殺し』の事件 | 後書き
第二部63／64章
消滅 |

図２　『騎士団長殺し』の基本的文章構成

　しかし、今までの作品よりもさらに多重的な語りの枠が「話し手の思いを述べる文章」として一層目「プロローグ」、二層目「第１章」、三層目「第２、３章」、四層目「第４、５、６章」と構成されており、それぞれが第７章以降の「事件の話をする文章」の前書きとして以降の内容を包む額縁構造をなしていることはこの作品の大きな特徴と言えよう。

表1『騎士団長殺し』第1部前半の文章構成

区切り番号	章ページ	時の提示・話題	内容・記号	文章構成
0.	9 — 12	プロローグ	<顔のない男>との対話／肖像が描けず、ペンギンのお守りを預かっておくと言われる	○事件の話をする文章（対話）
1-1	第1章 13 — 19	その年の5月から翌年のはじめ	狭い谷間の入り口近くの山の上に住み、9ヶ月の間妻と離婚していた時の概要	▲話し手の思いを述べる文章（いつもの話）
	第1章 19 — 20	その年の5月から翌年のはじめ	8ヶ月の人妻2名との関係	▲話し手の思いを述べる文章（いつもの話）
1-3	第1章 20 ～ 27	美大に通っていた時代	西武国分寺線沿線の狭いアパートでの生活と肖像画の仕事の開始	▲話し手の思いを述べる文章（いつもの話）
4.	第2章 28-43	妻からの離婚の切り出し 3月半ばの日曜日の午後／4月に6回目の結婚記念日	妻から離婚を切り出され、プジョー205で東京を離れ、東北から北海道まで行き、4月に東北を通って東京に戻った経緯	△話し手の思いを述べる文章（縮約された事件の話をする文章）
5.	43—51	妻との出会い 30歳になる前	死んだ妹に目が似ている妻との出会いと、広尾のマンションで暮らした妻との生活の想起	△話し手の思いを述べる文章（縮約された事件の話をする文章）
6.	51 — 53	5月になったころ	宮城の温泉でのプジョー205の最期／第1章の時間に戻る	△話し手の思いを述べる文章（縮約された事件の話をする文章）

区切り番号	章ページ	時の提示・話題	内容・記号	文章構成
7.	第3章 54-60	5月に新しい家に移った後	妻へ電話して2日後私物を取りにいき、翌日、エージェントへの電話	△話し手の思いを述べる文章（縮約された事件の話をする文章）
8.	61-67	小田原の家に移った日	ステレオの話しと雨田政彦の父の話ウィーンに留学し、今92歳	△話し手の思いを述べる文章（縮約された事件の話をする文章）
9.	67-68	引っ越しの翌週 絵画教室と二人の人妻との不倫	当時の仕事や女性関係の説明と、数ヶ月後の、雨田具彦「騎士団長殺し」の予告	△話し手の思いを述べる文章（縮約された事件の話をする文章）
10.	第4章 69-71	五月も末に近いある晴れた朝 キャンバスを置く	雨田画伯のスタジオの不自然さに気づく（日本画らしくないシンク）絵がかけないことに気づく	△話し手の思いを述べる文章（縮約された事件の話をする文章）
11.	72-76	その頃の日常 人妻との関係	人妻とのセックスとリサイクルショップ、36歳になったこと	▲話し手の思いを述べる文章（いつもの話、縮約された話）
12.	77-82	ある日図書館で3冊の画集を見る	雨田画伯について知りたくなり図書館で画集を見て、キュービズムであるが「何かが欠けている」と感じる。日本画には「彼にしか描けない何か」があると思う。／履歴1936年から1939年ヒトラーの時代、1941年太平洋戦争、雨田具彦の経歴への疑問	△話し手の思いを述べる文章（縮約された事件の話をする文章）

区切り番号	章ページ	時の提示・話題	内容・記号	文章構成
13.	83-85	小田原の家／向かいの山の家の風景	住んでいる小田原の山の景色とこれから出会う「隣人」の予告	▲話し手の思いを述べる文章（いつもの話）
14.	85-86	一枚の絵に関する今後の話の予告	隣人や絵との出来事の今後の関係	▲話し手の思いを述べる文章（いつもの話）
15.	第5章 87-92	雨田政彦との会話	家に絵がない理由や雨田具彦の経歴 二人の電話での会話とその中での雨田具彦の紹介	△話し手の思いを述べる文章（縮約された事件の話をする文章）
16.	92-95	「騎士団長殺し」発見のいきさつ	部屋の発見の経緯 包み紙の発見	△話し手の思いを述べる文章（縮約された事件の話をする文章）
17.	95-103	「騎士団長殺し」の発見と絵の内容	包み紙を開いて見た、絵の情景・登場人物の描写／ドン・ジョバンニの連想／隠されていた事への疑問	△話し手の思いを述べる文章（縮約された事件の話をする文章）
18.	103-105	発見後の数週間	ドン・ジョバンニを聞きながら、絵を眺める	△話し手の思いを述べる文章（縮約された事件の話をする文章）
19.	第6章 106-115	夏の終わりを迎えた頃	エージェントからの絵の依頼の電話／「騎士団長殺し」を見ながら考える／絵を引き受ける電話をかける	△話し手の思いを述べる文章（縮約された事件の話をする文章）

区切り番号	章ページ	時の提示・話題	内容・記号	文章構成
20.	第7章 116-131	翌週の火曜日の午後	クライアントとの顔合わせで、午後1時免色の来訪（免色の風貌）／免色との会話（近くに住んでいる、絵の依頼内容）	●事件の話をする文章
21.	131-133	クライアントとの話の決着	20分ぐらい話して、免色が帰る／依頼の理由についての疑問／免色についての疑問	△話し手の思いを述べる文章（縮約された事件の話をする文章）
22.	第8章 134-142	水曜日の夕方	インターネットで「免色」を探すが、手掛かりがないので、雨田政彦への電話で免色について訊ねる／人妻の彼女からの電話で免色について訊ねる／雨田政彦からの電話で免色について話す。屋根裏部屋の話しをする。「Blessing in disguise」と言われる	●事件の話をする文章
23.	142-146	翌日の一時半	人妻の来訪。セックスに夢中になる／彼女の娘の話／二回目のセックス／免色の家を二人で見る	●事件の話をする文章

　（説明）分類できた文章構成の種類は1）事件の話をする文章：●印は提示された時の持続に従って変転する登場者等の描写による典型的な事件の話をする文章、○印は特定の動きを中心に描写するそのバリエーション。2）話し手の思いを述べる文章：▲印（いつもの話）は、ある期間にあったよくある事象や出来事を述べる典型的な話し手の思いを述べる文章、△印（縮約された事件の話をする文章）は、提示された時の持続に従って変転する登場者等の描写を一定の基準で選択して生まれる縮約

された描写による文章構成で、時の持続に従って変転する登場者等の描写である点では事件の話をする文章であるが、それが一定の基準で選択されて縮約されている点ではよくある事象や出来事を述べる話し手の思いを述べる文章の特徴を持っており、両者の中間的な文章構成と言える。

　以下では、今回の作品で文章構成に関わって、特異と思われる点を取り上げてみていきたい。

2.2.1 「プロローグ」の多義性による共鳴

　まず、冒頭の「プロローグ」は、「事件の話をする文章」として、以下のように「顔のない男」との対話を描いている。

　　例1　プロローグ

　　<u>今日</u>、短い午睡から<u>目覚めたとき</u>、〈顔のない男〉が私の前に<u>いた</u>。私の眠っていた<u>ソファ</u>の向かいにある椅子に彼は腰掛け、顔を持たない一対の架空の目で、私をまっすぐ見つめていた。(中略)

　　「肖像を描いてもらいにきたのだ」、<u>顔のない男</u>は私がしっかり目覚めたのを確かめてからそう<u>言った</u>。彼の声は低く、抑揚と潤いを欠いていた。

　　「おまえはそのことをわたしに約束した。覚えているかね？」

　　「覚えています。でもそのときは紙がどこにもなかったから、あなたを描くことはできませんでした」と私は言った。(中略)

　　あとには無人の椅子と<u>ガラスのテーブル</u>だけが残った。ガラスのテーブルの上には<u>ペンギンのお守り</u>は残されていなかった。(『騎士団長殺し』第1部 pp.9-10,p.12 下線部は

注目点で、論者に拠る。以下同様。）

　作品全体で見ると登場者の「顔のない男」は第2部第54章で雨田具彦の療養所から「私」が異世界の穴に入り込んで旅を続ける中で、川の渡し守の役目で登場した人物であり、川を渡す代償に「私」が「ペンギンのフィギュア」を手渡した相手である。また、ここに出ている「ソファ」「ガラスのコーヒー・テーブル」は雨田具彦の家のリビングにあるもので、ここから考えると、「プロローグ」での「顔のない男」との対話は、まだ小田原に住んでいたときの「穴」を抜けた第2部第56章以降から第62章までの場面の中で行われたことで、第63章で引っ越す前までの期間にあった雨田具彦の家での出来事だったと推測される。作品内での時間では、「事件の話をする文章」の一番最後に来るはずの出来事が、一番最初に来ていることになる。

読者が最初に読むとき「プロローグ」は全体の予告として読まれる	通常、小説では最初にある「プロローグ」は最後にある「エピローグ」と対応して作品の額縁	独立した前書きであるとともに、額縁としての機能
・ここでの対話やペンギンのフィギュアは以降の作品を理解する手掛かり	・『騎士団長殺し』には「エピローグ」はまだない ・額縁構造を変形	・同時に作品の「事件の話をする文章」内部での出来事
「プロローグ」の出来事＝作品で描かれた「事件の話をする文章」の後の出来事 ある点＝描かれた事件と描かれていないことの今後の展開の予告		
作品で描かれた「事件の話をする文章」が完結していないことを提示		
整合的対称的構造の近代小説の額縁構造を村上春樹は意図的に変形させて多義性を持たせ、新しい意味的共鳴を目指した		

図3　『騎士団長殺し』におけるプロローグの組み替え

しかし、読者が最初に読むときは、「プロローグ」は全体の予告として読まれるため、ここでの対話やペンギンのフィギュアは以降の作品を理解する手掛かりにもなる。また、通常、小説では最初にある「プロローグ」は最後にある「エピローグ」と対応して作品の額縁になっているが、『騎士団長殺し』には「エピローグ」はまだなく、額縁構造を変形させていることになる。「プロローグ」は、独立した前書きであるとともに、額縁としての機能を果たしながら同時に作品の「事件の話をする文章」内部での出来事でもあるという多義性を帯びることになる。特に、「プロローグ」の出来事が作品の第1部第7章から第2部第55章で描かれた「事件の話をする文章」の後の出来事である点で、そこでもまた今後の展開の予告をしていることになり、作品で描かれた「事件の話をする文章」が完結していないことを示していると言える。整合的で対称的な構造の近代の額縁構造を、村上春樹は意図的に変形させて多義性を持たせ、新しい意味的共鳴を目指したと考えられる。

2.2.2 「話し手の思いを述べる文章」による共鳴

村上春樹は長編、中編、短編を問わず、しばしば語り手が自己の思いを語り、また過去を語る内容の前書きを作品の最初に置く手法をよく用いている。デビュー作の『風の歌を聴け』の場合を例にとると、最初の額縁になる1,2,3,4節から、当時、「僕」と「鼠」がよくしていた会話が始まり、聴いていた曲が引用として描写される「話し手の思いを述べる文章」（5,6,10,11,13節）と「僕の回想」を述べる「話し手の思いを述べ

る文章」(7節) が交互に交錯し、その中に、その夏の1回限りの事件である、小指のない女とのその夏の朝の会話とその前日の様子を描いた「事件の話をする文章」(8,9,15節) とラジオ・ジョッキーとの会話 (12,14節) が入る文章構成になっている。異なる種類の文章構成を組み合わせる形で、読者に「事件の話をする文章」への様々な意味付けを提示していると言える。

表2『風の歌を聴け』の前半部分の文章構成

節	内容の概要	文章の種類＝「語り」の種類
1,2	前文：「僕」が小説を書く理由と本文の構成についての説明	▲話し手の思いを述べる文章（小説）
3	鼠とのよくある会話	●話し手の思いを述べる文章（いつもの話）
4	3年前の春の鼠との出会い	○事件の話をする文章
5,6	鼠とのよくある会話、ある女との会話	●話し手の思いを述べる文章（いつもの話）
7	少年時代の回想	■話し手の思いを述べる文章（回想）
8,9	小指のない女とのその夏の朝の会話とその前日の様子	○事件の話をする文章
10	ある30歳ぐらいの女との会話	●話し手の思いを述べる文章（いつもの話）
11	よくあるようなラジオ放送の引用	●話し手の思いを述べる文章（いつもの話）
12	ラジオ・ジョッキーとのその夏の夜の会話	○事件の話をする文章
13	歌詞の引用	●話し手の思いを述べる文章（いつもの話）
14	ラジオ・ジョッキーとの会話の顛末	○事件の話をする文章
15	Tシャツをもらった翌朝の小指のない女とのレコード店での会話	○事件の話をする文章

『騎士団長殺し』の場合も、表 1 の 1-1 から 1-3 のように第 1 章に、「狭い谷間の入り口近くの山の上に住み、9 ヶ月の間妻と離婚していた時の概要」、「8 ヶ月の人妻 2 名との関係」、「西武国分寺線沿線の狭いアパートでの大学生時代の生活と肖像画の仕事の開始」と大きくは三つに分かれる内容の「話し手の思いを述べる文章」が置かれている。これらの文章の特徴は、例 2 のように、ある期間はいつもそうであるという内容を述べている点にある。

　　例 2

　　その年の五月から翌年の初めにかけて、私は狭い谷間の入り口近くの山の上に住んでいた。夏には谷の奥の方でひっきりなしに雨が降ったが、谷の外側はだいたい晴れていた。海から南西の風が吹いてくるせいだ。その風が運んできた湿った雲が谷間に入って、山の斜面を上がっていくときに雨を降らせるのだ。家はちょうどその境界線あたりに建っていたので、家の表は晴れているのに、裏庭では強い雨が降っているということもしばしばあった。最初のうちはずいぶん不思議な気がしたか、やがて慣れてむしろ当たり前のことになってしまった。

　　まわりの山には低く切れ切れに雲がかかった。風が吹くとそんな雲の切れ端が、過去から迷い込んできた魂のように、失われた記憶を求めてふらふらと山肌を漂った。細かい雪のように見える真っ白な雨が、音もなく風に舞うこともあった。だいたいいつも風が吹いているせいで、エアコンがなくてもほぼ快適に夏を過ごすことができた。

（以下略）（『騎士団長殺し』第1部 p.13）

　第1章の最初は、「その年の五月から翌年の初めにかけて」「狭い谷間の人り口近くの山の上に住んでいた」ときに見える風景を描いているが、それは「ひっきりなしに」「だいたい」「いつも」「しばしば」など頻度を示す表現を伴っていることで、その期間の常の状態であったことが分かる。第1部冒頭のpp.13-14にはこうしたその期間にいつも見えた風景を描いた段落を4つ並べることで、作品全体に関わるひとつの気分を産み出していると言える。「話し手の思いを述べる文章」とは、基本的に「いつもそうであるという話し手の思い」を述べる文章構成であり、表現上の特徴として共通点を持つ複数の語、文あるいは段落を並べることで、一定の焦点を産み出す機能を持っている。[11]第1部第1章は、同じ文章構成が見られる第2部第63、64章と呼応して、作品全体の基底となる気分を産み出す額縁としての役割を果たしていると考えられる。

　しかし、『騎士団長殺し』は、「事件の話をする文章」の前に、第2章から第6章までの間で、もう一種類の「話し手の思いを述べる文章」として「縮約された事件の話をする文章」が用いられていることが大きな特徴と言える。「縮約された事件の話をする文章」は、ある程度長い時の経過によって、その間に起こった経過を述べる「事件の話をする文章」の変形であ

---

11 「話し手の思いを述べる文章」については、永尾章曹(1975)『国語表現法研究』三弥井書店、落合由治(2004)「文章の基本的構成について─基本的構成から次の段階の構成へ─」『台灣日本語文學報』19pp.195-220 参照。

り、同時に、出来事を選んで並べている点で「話し手の思いを述べる文章」と言える中間的な性格の文章構成である。第2章の例で見ると、妻が離婚を切り出した「三月半ばの日曜日の午後」からの一連の場面を描いた pp.28-40 は「事件の話をする文章」だが、その後の p.40 後半から p.53 までは過去の回想などを含む5月までの2ヶ月間を描いている。そこでは、以下の下線部のように、細かい時の経過で事件を描いている場面（「私は〜CDを〜取り出し、〜アルバムを入れた」）と、非常に大きく時の経過を区切って、その中から描くべき動きを選んでいる場面（「〜北に向かった」「新潟に着くと、〜海岸沿いを北上し、山形から秋田に入り、青森から北海道に渡った」）とが交互に折り合わされて構成されている。[12]

例3

　私はシェリル・クロウの CD をプレーヤーから取り出し、そのあとに MJQ のアルバムを入れた。『ピラミッド』。そしてミルト・ジャクソンの心地よいブルースのソロを聴きながら、高速道路をまっすぐ北に向かった。（中略）

　新潟に着くと、右に折れて海岸沿いを北上し、山形から秋田に入り、青森から北海道に渡った。高速道路はいっさい使わず、一般道をのんびりと進んだ。（中略）夜になれば安いビジネスホテルか簡易旅館を見つけて

12　落合由治 (2005)「ストーリーの変容―その要約、縮約および集約―」『淡江外語論叢』5pp.177-198 参照。

　チェックインし、狭いベッドに横になって眠った。(以下略)(『騎士団長殺し』第 1 部 p.40)

　特定の時の提示に始まり、時の経過に従って「私」に関する出来事を細く描いている部分と、大きく時の経過をとって経過を描きながら、その大きな期間にあったことや想起したり思考したりしたことを挿入している部分や場合に応じてまた出来事を細かく描いている部分が混じっているのが、第 2 章から第 6 章までの文章構成の特徴で、夏目漱石では、『夢十夜』の第一夜、第七夜や『彼岸過迄』「風呂の後」のような描き方である。漱石以外の近代作家でも志賀直哉『児を盗む話』などに見られる。村上春樹は短編でもしばしばこの構成を用いている。[13]こうした作品の中で描く出来事を、時の経過の刻みを細かくしたり大きくしたり変化させることには、時の経過が短くなったり長くなったりすることで、ある部分は詳細に、またある部分は概略的に、描いている対象の密度を変えることで読み手の気分を変調させる効果があると言える。同時に要素として、時の経過を止めて、回想、風景描写、いつもの出来事などを語る「話し手の思いを述べる文章」などを自在に挿入することができる。

13　村上春樹における「縮約された事件の話をする文章」については落合由治(2015)「近代から現代への〈メディウム〉としての表現史—村上春樹の描写表現の機能」森正人監修『村上春樹におけるメディウム 20 世紀篇』淡江大學出版中心 pp.177-204 参照。

『騎士団長殺し』前書きの機能	読み手の気分を変調させる効果
	話し手の思いを述べる文章などを挿入
	「私」という語り手の性格を読者に定位する
	雨田具彦の絵『騎士団長殺し』に関わる出来事の予告
	後日談に当たる第二部第63章、第64章と呼応して全体が額縁として機能

図4 『騎士団長殺し』における文章構成上の挑戦

　また、この長い「縮約された事件の話をする文章」は、夏目漱石の『坊つちやん』の「一」の前書きのように、画家で妻から突然の離婚を宣告された「私」という語り手の性格を読者に定位するために置かれたと思われる。さらに、繰り返し出ている雨田具彦の絵『騎士団長殺し』に関わる出来事の予告（p.68終わり、p.86終わり、pp.104-105終わり）のためと考えられる。そして、この部分と対応する雨田具彦の絵『騎士団長殺し』に関わる出来事の後日談に当たる第2部第63章、第64章と呼応して全体が額縁として機能していると言える。この額縁構造の部分にも、村上春樹は近代小説が試みたさまざまな機能を複合して持たせる多重的共鳴を産み出そうとする挑戦を試みたと言える。「事件の話をする文章」によって日本の近代小説は、非常に感覚的に緻密で鮮明に時の経過の持続の中で変転する事件の話や経験を描くことができるようになったが、中編、長編となった場合、たとえば志賀直哉『暗夜行路』がそうであるように、それを一作品として構成する困難を抱えるようになった。村上春樹の『騎士団長殺し』第1部における多重的前書きによる額縁構造の構成は、以降の「事件の話をする文章」

で描かれる多くの人物の「事件の話」を統一的に編上げる機能
を持っているとも言える。その点で、極めて優れていながらも
近代小説の抱えていた大きな困難に対する継承的発展が、こう
した文章構成として提起されたと言える。

2.2.3 「事件の話をする文章」の複合的共鳴

　では、「事件の話をする文章」についてはどうであろうか。
『騎士団長殺し』の中心的内容は、第1部第7章から第2部第
62章まで、その年の秋に始まり春の初めに終わる半年あまり
の「事件の話をする文章」によって書かれている。中には様々
な物語の線と要素が織りこまれているので、また機会を改めて
取り上げてみたいが、そうした物語の線と要素はさまざまな隠
喩、記号としても輻輳して用いられている。その点で現代日本
の文学作品の最高度の到達点のひとつと言えるであろう。[14]

---

14 紙数が尽きたので詳細は述べないが、隠喩と直喩という言語形式での
　比喩のほかに、車、小田原という土地、石室、音楽などの記号、絵画
　というモチーフや絵画を通じての芸術論、絵画をめぐる歴史的文脈、
　離婚や男女関係、311大震災など「事件の話をする文章」を縦糸とし
　て、横糸に織りこまれている要素は非常に多元的複合的で豊かな社会
　文化的背景への広がりを持っている。同時に、「私」と私の家族、雨
　田一族の各構成員、免色とその家族、秋川の家族、そしてイデアと異
　界に関わる存在群などそれぞれが「事件の話」として成立する多重的
　な「事件の話をする文章」が複合、潜在している。まさにミハイル・
　バフチンの「ポリフォニー」の物語であり、ドストエフスキーの比類
　ない作品の文章構成に匹敵する可能性を秘めているとも言える。さら
　に、「私」の異界への旅は、仏教の基本的課題であった人間の本質を
　捉えた善導『観無量寿経疏』の「二河譬」を髣髴とさせる。そうした、
　日本の精神文化的風土も作品の「ポリフォニー」を構成していると考
　えられる。

今回は、その中でひとつの表現要素に注目したい。『騎士団長殺し』は、雨田具彦の描いた『騎士団長殺し』の絵の発見から始まる「私」に関する出来事と、その過程で描いた四つの作品が物語の主要なモチーフになっている。その中で、作品中で繰り返し登場するモチーフが二つある。一つは、雨田具彦の『騎士団長殺し』とそれに関係した雨田兄弟のエピソード、関係する音楽、そして実体化したイデアである「騎士団長」である。これは第2部後半の雨田具彦の療養施設から始まる異世界の潜り抜けに連なる主要モチーフを形成し、また、「私」の小田原での六ヶ月間で最も重要な相手となる免色からの肖像画の依頼と、そこから始まる四つの自分の創作に照応するモチーフでもあり、同時に免色と出会ってから出現した石室にまつわるモチーフや、やはり繰り返し登場する免色の娘・秋川まりえに関するモチーフを引き出す契機にもなっている。雨田具彦の描いた『騎士団長殺し』の絵の発見とそれに連なるモチーフは、『騎士団長殺し』の物語の文脈を作る新しい記号的構造を引き出す、主旋律と変奏による共鳴を形成している表のモチーフである。

　もう一つは、「私」の妻ユズに関わる記憶と密接に関係している「白いスバル・フォレスターの男」である。『騎士団長殺し』の絵の発見から始まるモチーフの系列がユズとの離別後の小田原での「私」の経験を構成しているのに対して、「白いスバル・フォレスターの男」は、小田原での「私」の経験以前の「私」に関わって現れてくるモチーフである。しかも、その現れ方は錯綜している。「白いスバル・フォレスターの男」だけが

他の絵の存在と異なって、第1部第19章 pp.310-323 で、ユズと
離別後に出かけた東北・北海道の旅の帰り道に宮城で出会った
一人の女との出会いとセックスに関わる想起されたエピソー
ドの中で登場している。この女性との関係は、最初にユズと離
別後に出かけた東北・北海道の旅が語られた第2章では登場せ
ず、免色の絵が完成してから「私」が初めて想起している。そ
して、「私」は、女と一夜を過ごしたその想起の最後に以下の
ように男の存在を認識している。

例4

（前略）車を駐車スペースに停めようとしたとき、少し
先に白いスバル・フォレスターを見かけた。（後略）

私は店の中に入った。店はやはりがらがらだった。予
想したとおり、昨夜と同じ男がテーブル席で朝食を食べ
ていた。（中略）私がそばを通りかかったとき、男は顔を
上げて私の顔を見た。その目は昨夜見たときよりずっと
鋭く、冷たかった。そこには非難の色さえうかがえた。
少なくとも私にはそう感じられた。

おまえがどこで何をしていたかおれにはちゃんとわ
かっているぞ、と彼は告げているようだった。（『騎士団長
殺し』第1部 pp.322-323）

「私」が宮城での見知らぬ女との一夜を想起した後、この
「白いスバル・フォレスターの男」の絵を私は描こうとして（第
20章）、以後、繰り返し、この絵を思い、男についての想起

し、テレビで見かけている。[15]特に、「おまえがどこで何をしていたかおれにはちゃんとわかっているぞ」と「私」が読み取った男の心の声は、第1部 p.323 以後 p.328,330,358,364 と繰り返し反復され、第2部でも p.322,376,378,381 と繰り返し「私」に響いている。そして、作品の終わりの第2部第64章で 311 大震災の後、小田原の家が火事で焼け、『騎士団長殺し』と『白いスバル・フォレスターの男』の絵が消失したことで、再び「私」は絵を思い、またテレビで「男」の姿を目撃するようになる。ここから見ると、『騎士団長殺し』の絵の発見から始まるモチーフの系列が表になっている物語の帰着点は『白いスバル・フォレスターの男』とそれに関わるユズとむろの「私」の家族の現状にあり、それが裏のモチーフであり、また今回の物語を語る「私」が見出した帰着点となっている。このように、常に同じモチーフが物語の随所に登場し、まったく同じ表現が物語のそれぞれの場面の最後で反復されている点が『騎士団長殺し』の第1部第7章から第2部までの一連の「事件の話をする文章」の大きな特徴である。[16]「白いスバル・フォレスターの

---

15 「白いスバル・フォレスターの男」に関係した内容は以下の各頁に出ている。 第1部 359,368,386,438,440,530、 第2部 101,283,284,285,322,444,445,447-448,532,533,534,535。

16 このようなさまざまな出来事がいつも同じ結果になる文章構成である「唯一の帰着点を持つ文章」については、永尾章曹(1991)「唯一の帰着点を持つ文章について―その文章構成に関する基本的な問題を求めて」『文教国文学』27pp.13-22 を参照。近代以降の韻文によく見られる形式であるが、夏目漱石『夢十夜』、佐藤春夫『田園の憂鬱』、川端康成『青い海黒い海』などの小説にも見られる。『騎士団長殺し』の舞台・小田原ゆかりの詩人・北原白秋の作品もこの形式をよく用いている。

男」に関わるモチーフは、歌曲のリフレーンのように『騎士団長殺し』の「私」の意識に関わる探索のテーマに共鳴していると言えよう。

『騎士団長殺し』の「事件の話をする文章」は、『騎士団長殺し』の絵に纏わる人物群の物語の時の経過と同時進行で進み、また組み込まれていく表のモチーフと、物語以前の私に関わって繰り返し想起される「白いスバル・フォレスターの男」に纏わる裏のモチーフの共鳴によって成り立つ、「ポリフォニー」の物語である。そこでは、異なる表のモチーフの事件の話の中に、常に同じ裏のモチーフが随所に登場し、「私」を含めて、それぞれ異なる人物の事件の話が進行し、語られながら、その中にまったく同じ表現が物語のそれぞれの場面の最後で反復されている点が『騎士団長殺し』の第1部第7章から第2部までの一連の「事件の話をする文章」の大きな特徴である。

この作品で村上春樹が試みた文章構成上の挑戦は、日本の近代小説の潮流を活かしながら、その閉塞性を超える「ポリフォニー」獲得の試みと言えよう。ミハイル・バフチンは、ドストエフスキーの小説を以下のように評している。

　　それぞれに独立して互いに融け合うことのないあまたの声と意識、それぞれがれっきとした価値を持つ声たちによる真のポリフォニーこそが、ドストエフスキーの小説の本質的な特徴なのである。彼の作品の中で起こっていることは、複数の個性や運命が単一の作者の意識の光に照らされた単一の客観的な世界の中で展開されてゆく

といったことではない。そうではなくて、ここではまさに、それぞれの世界を持った複数の対等な意識が、各自の独立性を保ったまま、何らかの事件というまとまりの中に織りこまれてゆくのである。実際ドストエフスキーの主要人物たちは、すでに創作の構想において、単なる作者の言葉の客体であるばかりではなく、直接の意味作用をもった自らの言葉の主体でもあるのだ。（中略）

　　ドストエフスキーはポリフォニー小説の創造者である。彼は本質的に新しい小説ジャンルを作り出したのだ。[17]

　村上春樹の『騎士団長殺し』は、近代日本文学の文章構成上の基礎を新しい時代にふさわしい「ポリフォニー」を描き得るスタイルに変換し、現代日本文学として新しい分野、対象への表現可能性に再練成したフロンティア的作品と言えよう。まさにその文章構成上の多重性は多声性を産み出す機構であり、多声の共鳴する構築なのである。

3. おわりに

　以上、村上春樹の新作長編小説『騎士団長殺し』の文章構成について、従来の近代小説と村上自身の作品の文章構成との関係から考察してきた。今後、第三部が出る可能性も考えられるが、現時点での文章構成をまとめると以下のようになるであろう。

17　ミハイル・バフチン／望月哲男・鈴木淳一訳 (2006)『ドストエフスキーの詩学』ちくま学芸文庫 pp.15-16 参照。

　物語の主旋律をなす『騎士団長殺し』の絵に関する「事件の話をする文章」を複数の機能を持つ額縁構造で包み、さらに「私」の意識の流れを象徴する「白いスバル・フォレスターの男」のモチーフを第1部の後半から随所に挿入することで、「私」の現在につづく問題を提示している。多様な要素を輻輳して編み上げた高度の言語作品であり、その点ではまさに近代を乗り越えようとしてきた村上春樹の言語表現上の技法の集大成になっていると言えよう。

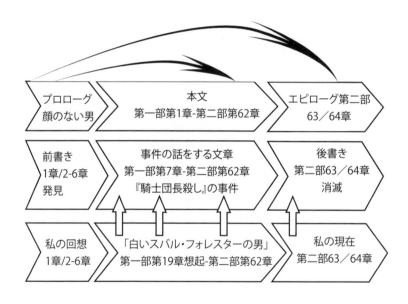

図5　『騎士団長殺し』の全体的文章構成

　このような文章構成によって、近代小説を閉じこめてきた私小説的な日本の文学の「モノローグ」性は、その表現上の価値を損なうことなく「ポリフォニー」性に変換できる可能性が示

された。『騎士団長殺し』によって、日本語文学には新しい現代文学としての表現の器が創造されたのである。その器をどう活かすか、日本の創作文化の各分野の担い手のそれぞれが今後問われていくことになる。

注記

本論文は、2018年5月の2018年第7回村上春樹国際シンポジウムでの発表論文に加筆訂正をおこなったものである。査読委員の丁寧なご意見に御礼申し上げる。また、科技部研究案 MOST 105-2410-H-032 -074-MY2 －の研究成果の一部である。

参考文献

相原和邦（1965）「漱石文学における表現方法：『明暗』の相対把握について」『日本文学』14-5pp.369-379

相原和邦（1966）「漱石文学における表現方法（四）：第三期の視点構造を中心として」『近代文学試論』1pp.12-24

相原和邦（1966）「漱石文学における表現方法―「道草」の相対把握について」『国文学攷』41pp.43-53

渥見秀夫(1992)「「近代文学」から見た「蛍」の諸相-1-村上春樹「蛍」と夏目漱石「こころ」」『愛媛国文研究』42pp.53-64

大島憲子（1969）「夏目漱石における後期三部作の意味」『日本文學』33pp.35-47

大野木裕明 (2003)「教師『坊っちやん』の就職活動と転職 (フリーター─その心理社会的意味) ─ (フリーター事始め)」『現代のエスプリ』427pp.19-31

落合由治 (2004)「文章の基本的構成について─基本的構成から次の段階の構成へ─」『台灣日本語文學報』19pp.195-220

落合由治 (2005)「ストーリーの変容─ その要約、縮約および集約─」『淡江外語論叢』5pp.177-198

落合由治 (2010)「語りにおけるメタ・テクストとテクストとの交響的関連─夏目漱石『坊つちやん』のテクスト構成への一考察」『台灣日本語文學報』27pp.149-174

落合由治（2015）「近代から現代への〈メディウム〉としての表現史─村上春樹の描写表現の機能」森正人監修『村上春樹におけるメディウム 20 世紀篇』淡江大學出版中心 pp.177-204

落合由治 (2016)「村上春樹作品のテクスト機能の両義性─ 文章構成と文法的要素の継承とその発展─」森正人監修『村上春樹における両義性』淡江大學出版中心 pp.313-338

落合由治 (2017)「文章における質的単位の秩序について─ 小説における「語り（ナラティブ）」の視点から─」沼野充義監修『村上春樹における秩序』淡江大學出版中心 pp.279-310

落合由治 (2018)「近代日本語の確立者としての漱石─文章構成

の視点から一」范淑文編『漱石と＜時代＞一没後百年に読み拓く』台大出版中心 pp.131-152

河合隼雄 (1997)『河合隼雄対話集 こころの声を聴く』新潮社

小池清治（1989）『日本語はいかにつくられたか』筑摩書房

佐藤泰正 (2001)「村上春樹と漱石：＜漱石的主題＞を軸として」『日本文学研究』36pp.57-66

柴田勝二 (2012)『村上春樹と夏目漱石：二人の国民作家が描いた＜日本＞』祥伝社新書

Rubin,Jay 、小森陽一、根本治久(2010)「対談『1Q84』と漱石をつなぐもの (特集 村上春樹、世界文学への軌跡一『1Q84』英訳者と、世界デビューの契機を作った功労者が語る「ムラカミ文学」)」『群像』65-7pp.180-192

田島優（2009）『漱石と近代日本語』翰林書房

永尾章曹 (1975)『国語表現法研究』三弥井書店

永尾章曹 (1993)「文章と語彙一表現語彙論のための一つの試み」山内洋一郎、永尾章曹編『近代語の成立と展開　継承と展開 2』和泉書院

永尾章曹（1991）「唯一の帰着点を持つ文章について一その文章構成に関する基本的な問題を求めて」『文教国文学』27pp.13-22

永尾章曹（1992）「描写と説明について」『小林芳規博士退官記念国語学論集』汲古書院

日本語学会（2015）「特集：近代語研究の今とこれから」『日本語の研究』11-2

半田淳子 (2002)「20 世紀の「時間」意識：夏目漱石と村上春樹」『専修人文論集』71p.355-372

バフチン，ミハイル / 望月哲男・鈴木淳一訳 (2006)『ドストエフスキーの詩学』ちくま学芸文庫

明治書院（2015）『日本語学』23-11 明治書院

森正人 (2011)「鏡にうつる他者としての自己：夏目漱石・芥川龍之介・遠藤周作・村上春樹」『国語国文学研究』46pp.46-57

山根由美恵 (2007)「「螢」に見る三角関係の構図―村上春樹の対漱石意識」『国文学攷』195pp.1-12

『羊をめぐる冒険』における喪失の共鳴

―母と成熟の拒否をめぐって―

三宅　香帆

1. 村上春樹作品における「母」の不在

　村上春樹作品研究において、しばしば「父」をめぐる議論がなされてきた。例えば内田樹氏[1]は「村上文学には「父」が登場しない。だから、村上文学は世界的になった」と述べ、村上作品における父という役割の不在を強調する。加藤典洋氏[2]は長らく父が不在であった村上文学において『海辺のカフカ』に至ってやっと「父なるものの影」が登場したことを指摘したが、逆に宇野常寛氏[3]は「父になること／ならないこと」という問題に村上文学が拘泥することを批判する。これらの議論を承け、内田康氏[4]は村上文学における「秩序としての父」をめぐる諸問題を検討した。が、以上のような先行研究において議論されてきた「父」とは、「家族の中の父」というよりも、内田樹氏が「社会の秩序の保証人」と述べるような「権威的な父性」のことである。これについては村上春樹氏自身も「父性というの

1　内田樹（2007）『村上春樹にご用心』アルテスパブリッシング p37

2　加藤典洋（2009）『村上春樹　イエローページ(3)』幻冬舎文庫 p328-329

3　宇野常寛（2015）『リトル・ピープルの時代』幻冬舎文庫 p130-147

4　内田康（2017）「村上春樹文学と「父になること」の困難―「秩序」としての〈父〉をめぐって―」『村上春樹における秩序』淡江大学出版中心 p367-396

はつねに大事なテーマでした。現実的な父親というより、一種のシステム、組織みたいなものに対する抵抗力を確立することは、大事な意味を持つことだった」[5]と明瞭にその重要性を述べている。

　では、村上作品の「家族の中における父」はどのように扱われてきたのか。これについて市川真人氏[6]は、村上作品の主人公が子供を持たず、父親になろうとしてこなかった点に注目した。市川氏は村上作品の主人公はずっと父になることを回避しており、「蜂蜜パイ」においてはじめて父になることを引き受けることができたと論じている。

　たしかに市川氏の述べる通り、「父にならない主人公」というテーマは特に初期村上作品において顕著であった。例えばデビュー三作目である『羊をめぐる冒険』において、主人公の「僕」は「子供は欲しくない」とはっきりと述べ、父になりたがらない様子を見せる。

　　「子供は作らないの？」とジェイが戻ってきて訊ねた。
　　「もうそろそろ作ってもいい年だろう？」
　　「欲しくないんだ」
　　「そう？」
　　「だって僕みたいな子供が産まれたら、きっとどうして

5　「村上春樹ロングインタビュー」『考える人』2010年夏号 No.33 新潮社 p61
6　市川真人（2010）『芥川賞はなぜ村上春樹に与えられなかったか』幻冬舎新書 p242-244

いいかわかんないと思うよ」（『羊をめぐる冒険』p119）[7]

　上の場面だけでなく、離婚することになった妻との会話においても、僕は「子供は欲しくない」旨を述べている。本作において僕は、一貫して父になることを拒否する姿勢を見せる。

　　「子供欲しかった？」

　　「いや」と僕は言った。<u>「子供なんて欲しくないよ」</u>

　　<u>「私はずいぶん迷ったのよ。</u>でもこうなるんなら、そ
　　れでよかったのね。それとも子供がいたらこうならな
　　かったと思う？」

　　「子供がいても離婚する夫婦はいっぱいいるよ」

　　「そうね」と彼女は言って僕のライターをしばらくい
　　じっていた。「あなたのことは今でも好きよ。でも、
　　きっとそういう問題でもないのね。それは自分でもよく
　　わかっているのよ」（p34-35）

　下線部にある通り「子供なんて欲しくない」と発言した僕は、はっきりと父になることを拒否する。しかし一方で、彼の妻は子を持つことについて「ずいぶん迷った」と発言する。つまり父になることを望まない夫「僕」に対して、彼の妻は母になるかどうかを迷っていた、ということになる。それゆえに彼女は上の引用部においても「もし子供がいたら」という仮定を

7　本文での引用は、村上春樹（1990）『村上春樹全作品1979～1989②
　　羊をめぐる冒険』講談社による。下線部は筆者が加えた。単行本『羊
　　をめぐる冒険』は1982年に講談社より出版されたが、本稿の引用にお
　　いては改稿後の『村上春樹全作品1979～1989②』を使用する。

述べてしまうのであろう。このように「父／母になること」を
めぐって意見の異なる二人は、ついに別れることとなる。

　　「本当のことを言えば、あなたと別れたくないわ」とし
　ばらくあとで彼女は言った。
　「じゃあ別れなきゃいいさ」と僕は言った。
　「でも、<u>あなたと一緒にいてももうどこにも行けないの</u>
　<u>よ</u>」（p38）

　子供を持つことを迷っていた妻は「あなたのことは今でも
好きよ」と述べつつも、子供を持つことを拒否する僕と「一緒
にいてももうどこにも行けない」という理由で別れることを決
める。この「どこにも行けない」という発言は、彼女の選択を
考慮すると、「あなたと一緒にいたらできないこと」つまりは
「子供を持てないこと」を指したのだと考えられる。というの
も「子供が欲しくない」と述べる僕は、自分たちが子供を持っ
て父／母になることを望んでいない。しかし自身が子供を持
つかどうか迷っていた妻は、そんな僕を見て、「あなたと一緒
にいても、これ以上次のステップへ進むことはない」、つまり
は「子供を持つという次の段階に進むことはない」と感じてし
まったのであろう。その気持ちを彼女は「どこにも行けない」
と表現したのだと考えられる。

　夫婦において、夫が父になることは、同時に妻が母になるこ
とでもある。村上初期作品が「父になろうとしない主人公」を
描いてきたのならば、それは同時に「母になることのない妻・
恋人」が描かれてきたということでもある。実際、村上作品に

おける主人公の妻・恋人は、ほとんど母にならない。この点に
注目してみると、村上氏のデビュー作『風の歌を聴け』におい
ては、一度は妊娠するも堕胎する女の子が登場する。彼女の子
どもの父親は主人公ではないが、村上氏がデビュー作で「母に
なることを拒否する女性」を描いたことは確かであろう。更に
村上初期作品においては登場人物たちの「母」そのものもあま
り登場しないが、『風の歌を聴け』の堕胎した女の子が「お母
さん……。」と呟く場面があり、「自分が母になることを拒否
したうえで（堕胎）、自分の母を求める女性」という女性人物
を描いたこともあった。

　また1981年に出版された村上龍氏との対談本『ウォーク・ド
ント・ラン』[8]において、自身が子どもを持つか否かという話題
について村上春樹氏は以下のように発言する。

> 　うちもね、そろそろもうつくろうかなとは考えているん
> だけど、どうなるのかな。たださ、子供作るのって女房
> が家で待ってるよりもっとヤバいって気はするな、少
> し。これ以上関わりあう人間増やしたくないとも思っ
> ちゃうね。（『ウォーク・ドント・ラン― 村上龍 vs 村上春
> 樹』p110）

　村上氏が1981年時点で父になるか否か決めかねている様子
が伺えるが、『羊をめぐる冒険』は『ウォーク・ドント・ラン』
出版の1年後に発表された小説であり、ともすると当時の村上

8　村上龍・村上春樹（1981）『ウォーク・ドント・ラン― 村上龍 vs 村上
　春樹』講談社 p110

氏自身の逡巡が作品に投影されたとも考えられる。勿論、作家の思想と小説の中の価値観を無闇に重ねることは避ける必要があるが、「村上作品における父／母になること」というテーマを考察する上で『羊をめぐる冒険』を検討することは肝要であろう。

　本稿は「父になることを拒否する主人公」を起点に、彼の周囲を取り巻く「母になると拒否される」女性たちを考察する。その上で「父／母になること」をめぐる葛藤が『羊をめぐる冒険』にどのように共鳴しているのか明らかにすることを目指す。

2.　妻の喪失

　前述した通り『羊をめぐる冒険』において、物語の冒頭で主人公は離婚を決める。妻は離婚について話をするために僕の部屋に戻って来ていた。この時彼女は「台所」のテーブルに伏せていた、という記述がある。

　　　彼女は<u>台所</u>のテーブルにうつぶせになっていた。（p28）

　話し終わった後、妻は部屋から出てゆく。妻がいなくなった部屋で僕は「台所」に向かう。妻がいなくなり、もう「誰もいない台所の椅子」を見て、僕は「自分が小さな子供」であるという錯覚を覚える。

　　　そして<u>台所に行って</u>残りのコーヒーをあたためなおした。テーブルの向い側にはもう誰も座ってはいなかっ

た。誰も座ってはいない椅子をじっと眺めていると、<u>自分が小さな子供で</u>、キリコの絵に出てきそうな不思議な<u>見知らぬ街に一人で残された</u>ような気がした。（p35）

　単なる小さな子供ではなく「一人で残された」子供とは、親から置き去りにされた子供、つまり「親を失った」子供と解釈できる。彼の中で「台所に誰もいない」風景は、「子供が親を失った」風景と重ねられている。ならば彼にとって「台所」とは、「親」の影を感じるところであると考えられるのではないか。

　この仮説をもとに本作品の「台所」に注目すると、台所でスリップがかけられた椅子を僕が思い浮かべる場面がある。というのも、妻に去られた僕は、親がいない子供と自分を重ねたうえで「食堂」の椅子にスリップを掛ける話を思い出す。その後、今度は妻の私物であるスリップを「台所」の椅子に掛けられた状態で思い浮かべたのである。

　　無人の椅子をぼんやり眺めているうちに、昔読んだアメリカの小説を思い出した。妻に家出された夫が、<u>食堂の向いの椅子に彼女のスリップを何ヵ月もかけておく話</u>だった。（p35）

　　それから僕は妻のスリップについてもう一度考えてみた。しかし僕にはもう彼女がスリップを持っていたかどうかさえ思い出せなかった。<u>スリップが台所の椅子にかけられたぼんやりとした実体のない風景</u>だけが、僕の頭の隅にこびりついていた。（p64）

35 ページでアメリカの小説の小道具として思い浮かべられたスリップは、64 ページで妻のものとして再度僕の頭に浮かぶ。スリップは、アメリカの小説で「食堂」に掛けられ、僕の頭の中で「台所」に掛けられていた。どちらも料理を食べる・作る場所である。

　従来研究において小島基洋氏[9]がスリップを妻の幻想として注目していたが、上の場面を見ると、不自然なまでにスリップが「食堂」や「台所」の中で存在することが分かる。前述した通り僕にとって台所や食堂といった「料理にまつわる場所」が「親」を連想する場所ならば、「スリップ」は妻の幻想であると同時に、「母親」の幻想である、と解釈できよう。

　すると僕が耳の女の子にスリップについて訊ねる場面がある。一見たわいない恋人同士の会話に見えるが、ここにも実は僕の「母をめぐる葛藤」が覗く。

　　「ねえ、君はスリップを着ないのかい？」と僕はこれという意味もなくガール・フレンドに訊ねてみた。
　　彼女は僕の肩から顔を上げて、ぼんやりとした目で僕を見た。
　　「持ってないわ」

9　小島基洋（2015）「午前 8 時 25 分，妻のスリップ，最後に残された五十メートルの砂浜─村上春樹『羊をめぐる冒険』における〈再・喪失〉の詩学」『人間・環境学』（24）は、僕がスリップを思い浮かべる場面を「〈喪失〉した妻を換喩的に〈再帰〉させる方法として、彼女が身につけていたスリップにしばらく想いをめぐらす」と解釈した。

「うん」と僕は言った。
「でも、もしあなたがその方がもっとうまくいくっていうんなら……」
「いや、違うんだ」と僕はあわてて言った。「そういうつもりで言ったわけじゃないんだよ」
「でも、本当に遠慮しなくてもいいのよ。私は仕事上そういうのには結構なれてるし、ちっとも恥かしくなんかないのよ」
「何もいらないんだ」と僕は言った。「<u>君と君の耳だけで本当に十分なんだ。それ以上は何もいらない</u>」

　彼女はつまらなそうに首を振って僕の肩に顔を伏せた。
（p64-65）

　「あなたが着て欲しいなら、私はスリップを着てもいいよ」と言う耳の女の子に対し、僕は「それ以上は何もいらない」と返す。前述したようにスリップが「母」の幻想であるとすると、スリップを着なくていいと僕が言うのは、彼女に「母にならなくていい」ことを告げているのだと解釈できる。すると「君と君の耳だけで本当に十分」で「それ以上は何もいらない」という発言はつまり、「君がいればいいし、子供はいらない」という意味に取れる。以上のように考えると、僕の「それ以上は何もいらない」という台詞には、どこか元妻が発した「あなたと一緒にいてももうどこにも行けないのよ」という台詞の面影が伺える。

　スリップは持っていないが着てもいいという耳の女の子の発

言は、今のところ自分は母親になりたいと思っていないが、も
し僕が子供を欲しいって言うなら母になってもいいのよ、とい
う意味の台詞として解釈できる。しかし僕は慌ててスリップを
着ることを拒否する。一見この場面は妻の面影があるスリッ
プを拒否するのみに見えるが、ここで僕は「それ以上は何もい
らない」と述べる。これは僕が彼女にスリップを着せないこと
で、彼女を「母にすること」を避けているからである。余計な
もの、つまり子供はいらないんだよ、と暗に述べているのだと
考えると、突然挿入された「これという意味もなくガール・フ
レンドに訊ねてみた」スリップについての会話の指す意味が伺
える。

　このように『羊をめぐる冒険』の「台所」には、「母」のイ
メージが重なる。妻は僕の家に来た際「台所」でうつ伏せに
なっていた。そして子供を欲しがらない、つまり父になりたく
ないと思う僕は、同時に恋人が母親になってほしくないという
願望も持つ。離婚することになった妻に対しても、「じゃあ別
れなきゃいいさ」と言うように妻のことは愛しているものの、
「子供を持ちたくない」点つまり「妻が母になる」ことについて
は葛藤を抱いている。その結果、妻は僕といても子供を産めな
いことを悟り、僕は妻を喪失することになったのである。

3.　耳の女の子の喪失

　『羊をめぐる冒険』においては、妻だけでなく様々な人間が
「僕」の前から姿を消す。中でも「耳の女の子」は、唐突に物語

から姿を消す。従来研究[10]において、なぜ彼女はこのように不自然に退場するのかという点が疑問視されてきた[11]。本稿はこの問いについて、前章で見てきた「台所」に注目する。すると耳の女の子が最後に姿を消した場所は、偶然にしてはあまりにも出来すぎているが、「台所」なのである。

> 「で、午後に女が一人出てった」
>
> 「それも見てたんだね？」
>
> 「見てたんじゃなくて、おいらが追い返したんだ」
>
> 「追い返した？」
>
> 「うん、<u>台所のドアから顔を出して</u>、あんた帰った方がいいって言ったんだ」（p315）

　上の場面で台所のドアを使っているものの、通常、耳の女の子は滅多に台所に入らない。というのも普段、耳の女の子は家の中で食事をしないからである。

> 僕はレジのわきにある電話ボックスに入り、立派な耳のガール・フレンドに電話をかけてみた。彼女は彼女の部屋にも僕の部屋にもいなかった。ただどこかに食事に出

10　これについて加藤典洋（2006）『村上春樹　イエローページ(1)』幻冬舎文庫は「不器用な失踪」（p131）「不自然きわまりない消え方」（p138）と述べている。

11　小島基洋（2015）「午前8時25分，妻のスリップ，最後に残された五十メートルの砂浜— 村上春樹『羊をめぐる冒険』における〈再・喪失〉の詩学」『人間・環境学』（24）は『羊をめぐる冒険』を通底する「〈再・喪失〉する法則性」による引力が、耳の女の子をストーリーの自然な展開から外れて喪失させたのだと説明している。

ているのだろう。彼女は絶対に家の中では食事をしない
のだ。（p167）

　家で食事をしない彼女は、普段ほとんど台所に近づかない。
例えば彼女がやかんで湯を沸かす場面では「隣の部屋」に移動
している。これは無意識に台所にいることを拒否するためと考
えられる。

「コーヒーでも飲まない？」
「いいね」と僕は言った。
彼女はビールの空缶とグラスを下げ、やかんで湯を沸
かした。湯が沸くまでのあいだ彼女は隣りの部屋でカ
セット・テープを聴いていた。（p173）

　しかし二人が鼠の家へ向かった際、彼女は突然「台所」から
現れる。

しばらくたってからぱちんという小さな音がして電灯が
点き、台所から彼女が現われた。（p300）

　そして本章冒頭でも述べた通り、彼女は鼠の家の「台所」へ
消え、そのまま物語から退場する。この際なぜ彼女が台所へ消
えたかと言うと、家で食事をしないはずの彼女が「クリーム・
シチュー」を作っていたからである。

僕はソファーから立ちあがってフロア・スタンドのス
イッチを点け、台所に行って冷たい水をグラスに二杯飲
んだ。ガス台の上にはクリーム・シチューの入った鍋が

のっていた。鍋にはまだ微かな温もりが残っていた。灰
皿にはガール・フレンドの吸ったはっか煙草の吸殻が二
本押しつぶされたような形で立っていた。

　僕は本能的に彼女が既にこの家を去ってしまったこと
を感じとった。彼女はもうここにはいないのだ。（p305）

　僕の前から姿を消す以前、彼女は「眠りなさい」と僕に毛布
をかけ、クリーム・シチューを「台所」で作っていた。

　「眠りなさい。そのあいだに食事の用意をしておくか
　ら」

　彼女は二階から毛布を持ってきて、僕にかけてくれた。
そして石油ストーブを用意し、僕の唇に煙草をはさんで
火をつけてくれた。
「元気を出して。きっとうまくいくわよ」
「ありがとう」と僕は言った。
そして彼女は台所に消えた。
　一人になると体が急に重くなったようだった。（p304）

　前章で見て来た通り「台所」が母親のイメージと重なるなら
ば、上の引用部分もまた彼女と「母」のイメージが重なってい
ることが分かる。僕が以前「スリップをつけなくていい」と述
べていたように、僕は彼女が「母」になることを望まなかった
のだが、ここで台所に立った彼女は「母」的な振る舞いをして
しまう。

　彼女はこの後、物語から退場することになる。台所に立つこ

とで象徴的に「母」になってしまった彼女は、彼女が母になることを望まない僕の前から喪失されてしまうのである。しかし単に台所に立ったからといってそれは母になることとして解釈できるのか、という疑問も当然残るであろう。これについて、彼女のことを今後僕が好きになることはない理由を鼠が僕に直接述べる場面がある。

> 「彼女は大丈夫だよ。元気だよ」と鼠は言った。「<u>ただ彼女はもう君をひきつけることはないだろうね</u>。可哀そうだとは思うけれどね」
> 「何故？」
> 「消えたんだよ。彼女の中で何かが消えてしまったんだ」
> 僕は黙り込んだ。
> 「君の気持はわかるよ」と鼠は続けた。「<u>でもそれは遅かれ早かれいつかは消えるはずのものだったんだ</u>。俺や君や、それからいろんな女の子たちの中で何かが消えていったようにね」（p358-9）

いなくなった耳の女の子について、鼠は「何かが消えてしまった」と述べる。彼の述べる「消えてしまった何か」とは、「いつかは消えるはず」のものであり、「俺や君や、それからいろんな女の子たちの中で」消えていったものである。つまり大人になって時間が経つにつれて消えるもの、「成熟するとともに消失してしまうもの」を指している。これまで見てきた「母」をめぐる僕の葛藤を考慮すると、台所に立ち「母になる

ことを受け入れる」という成熟を遂げてしまったがゆえに、彼女は「何か」を消失してしまい、もう僕の前に姿を現すことはないのだという意味として解釈できる。

つまり耳の女の子が物語から突然消えた理由は、「耳の女の子が母になってしまったから」だったと考えられる。耳の女の子が消えたのは、鼠の別荘へ来て、それまで料理をしなかった彼女が突然僕のために料理をしてからのことである。僕に毛布をかけ、台所に消えた彼女は、僕にとっては拒否せざるを得ない「母になることを受け入れた女性」であった。そのことを指して鼠は「彼女はもう君をひきつけることはないだろうね」と言う。僕にとって耳の女の子は、台所で料理もせず、スリップも着ない、「母にならない」女性だったからこそ惹きつけられた。その成熟しない耳の女の子が、母になってしまった今、僕の前からは立ち去らなくてはならないのだろう。

ここで料理というテーマを思い返してみると、冒頭で家に来た妻は、僕のためにサラダを作っていた。サラダを作った場所は台所であろう。このサラダについて僕は「トマトといんげんは影のように冷やりとしていた。そして味がない。クラッカーにもコーヒーにも味はなかった」（p31）と述べるが、これは僕は妻が「台所」に立って作った料理を僕は受け入れることができなかった、つまり妻が母として作った料理を拒否したと解釈できよう。そして耳の女の子が消えた後、僕は誰もいない台所に一人で立ち、多くの料理をつくる。それはスリップのない台所で彼が親のいない子供であると感じたのと同様に、料

理をしてくれる人のいない「母のいない子供」の姿と重なる。

　以上のように「父」になること、つまり成熟を拒否する男たちのそばで、「母」になることを受け入れた女たちは喪失されなくてはならない。『羊をめぐる冒険』という物語には、そのような法則が共鳴しあっている。

4. 鼠の喪失

　以上で見てきた通り、僕は子供を欲しがっていない。父になること、成熟を拒否している人物である。そして鼠もまた放浪生活を続けている様子から、社会的な責任を負うことを拒否する人物であることが分かる。鼠は僕に以下のように「僕と一緒に飲むビール」を「弱さ」の象徴として挙げる。

　　　「俺は俺の弱さが好きなんだよ。苦しさやつらさも好きだ。夏の光や風の匂いや蟬の声や、そんなものが好きなんだ。どうしようもなく好きなんだ。君と飲むビールや……」鼠はそこで言葉を呑みこんだ。「わからないよ」
　　（p356）

　そして僕は「鼠」という呼び名について「子供っぽすぎる」と言う。

　　　「なんて呼んだんですか？」
　　　「名前で呼んだわ。誰だってそうするんじゃない？」
　　　言われてみればそのとおりだ。鼠というのはあだ名にしても子供っぽすぎる。（p132）

　鼠という名には「子供」であるという意味が含まれていることが分かる。つまり僕と鼠は、「弱さ」や「子供」であることを共有している。それは妻が「彼はなんていうか……　十分に非現実的だったわ」（p132）と述べるように、現実で時間を経てゆくものではないのだろう。

　しかし鼠は首を吊る。場所は「台所」である。

> 「<u>台所</u>のはりで首を吊ったんだ」と鼠は言った。（p350）
> 「簡単に言うと、俺は羊を呑み込んだまま死んだんだ」と鼠は言った。「羊がぐっすりと寝込むのを待ってから<u>台所</u>のはりにロープを結んで首を吊ったんだ。奴には逃げ出す暇もなかった」（p352）

　これまで見てきた「台所」が「母」の象徴であるとすれば、村上氏は鼠を「台所」という「母」の胎内で自死させることで、永遠に成熟しない鼠のイメージを成立させている。羊を拒否し弱さを抱えたまま自死する鼠は、成熟を永遠に拒否する少年であり[12]、「母」の胎内に永遠に引きこもることを選択する。

12　内田樹（2017）「村上春樹文学の系譜と構造」『村上春樹における秩序』淡江大学出版中心 p105-131 は「鼠」のことを「主人公の分身、アルターエゴです。このアルターエゴの特徴は、弱さ、無垢、邪悪なものに対する無防備、それらの複合的な効果としての不思議な魅力」であり、「主人公が「今のような自分」になるために切り捨ててきたもの」と述べたうえで、『羊をめぐる冒険』は「本質的にはおのれ自身の穏やかで満ち足りた少年期と訣別し、成熟への階梯を登り始めた「元少年」たちの悔いと喪失感を癒すための自分自身との訣別の物語」として説明する。

「羊は彼を利用して強大な権力機構を作りあげた」「先生が死んだあとに君を利用してその権力機構を引き継ぐことになっていたんだね」（p355）と言われる羊は、「父」の象徴として解釈することもできる。鼠は父の持ち物である家（「うまく感情表現できないまま年老いてしまった巨大な生き物のように見えた」（p297））へやって来て、その家を爆破するよう僕に頼む。つまり鼠は「羊」と一体になること＝父になることを拒否し、父の持ち物である家の「台所」＝母の胎内で死ぬ。そのような行為として、鼠の自死は捉えることができる。

　鼠と別れた後、僕が時計のコードを接続して鼠の家を爆破する。これは母の幻想を爆破することで、僕が鼠と異なった「まとも（p372）」に現実を送り、母の胎内に引きこもらずに成熟せざるを得ない状況になるからだろう[13]。

　そして鼠と耳の女の子を失った僕は、ひとりでジェイのバーを訪ねる。鼠の家から帰ってきた僕は、バーの共同経営者になることを申し出る。

　　「どうだろう、そのぶんで僕と鼠をここの共同経営者にしてくれないかな？配当も利子もいらない。ただ名前だ

13　今井清人（1990）「『羊をめぐる冒険』ミメーシスされる＜物語＞」『村上春樹―OFF の感覚』国研出版 p165-200 は『羊をめぐる冒険』を「不在の母殺し」の物語として読む。本稿の主張と同様に今井氏は鼠の家を「母」として見ており、『羊をめぐる冒険』に「母」の影を見ている。また今井氏は「鯨の切り離されたペニス」に共感を覚える描写に、僕の成熟拒否が見られると指摘しており、重要な先行研究であると言えよう。

けでいいんだ」

「でもそれじゃ悪いよ」

「いいさ、そのかわり僕と鼠に何か困ったことが起きたらその時はここに迎え入れてほしいんだ」

「これまでだってずっとそうして来たじゃないか」

僕はビールのグラスを持ったまま、じっとジェイの顔を見た。「知ってるよ。でもそうしたいんだ」

ジェイは笑ってエプロンのポケットに小切手をつっこんだ。「あんたがはじめて酔払った時のことをまだ覚えてるよ。あれは何年前だっけね?」

「十三年前」

「もうそんなになるんだね」

ジェイは珍しく三十分も昔話をした。ぱらぱらと客が入ってきたところで僕は腰を上げた。

「まだ来たばかりじゃないか」とジェイは言った。

「しつけの良い子は長居をしないんだよ」と僕は言った。(p375)[14]

---

14 物語中におけるこの時点 1978 年の「十三年前」は 1965 年である。『羊をめぐる冒険』は 1969 年から始まるため物語には関係ないように思えるが、1965 年時点で作者・村上春樹の実年齢は 16 歳であり、高校生である。村上氏はエッセイ集『村上ラヂオ』で「恋をするのに最良の年齢は 16 歳から 21 歳」(村上春樹(2003)『村上ラヂオ』新潮文庫 p172)と述べている。とすると、16 歳で僕が初めて「酔っ払った」のは、本当に飲酒したというより、女の子と付き合った、更に深読みすれば『ノルウェイの森』に登場する直子と「恋をした」年齢ではないだろうか。妄想めいた憶測に過ぎないが、ここに言及しておく。

ジェイはこの作品において、「台所」に立ち、僕と鼠を受け入れる役割を果たす。つまり、ジェイは彼らの「母」として機能している。彼らは自身の恋人や妻が母になることは拒否しつつも、自分たちの母のことは拒否せずむしろ自分たちを「迎え入れてほしい」と望むため、ジェイは「台所」に立ちつつも、耳の女の子や僕の妻のように喪失されることはないのである。

　しかし下線部の「しつけの良い子は長居をしない」という台詞が指すように、彼らは母のいる場所でずっと子供のままいることはできない、と自覚している。が、同時に僕は「何か困ったことが起きたらその時はここに迎え入れてほしい」とも述べる。ここには、母のもとから離れつつも、母のもとへ帰ってきたい、という彼らの願望が読み取れる。自分の妻や恋人が母になることを拒否しながら、自分の母である相手にはできるだけ自分を受けて入れていてほしい、という成熟をめぐる葛藤を抱えたままの主人公の姿が、『羊をめぐる冒険』には描かれている。

おわりに

　本稿では『羊をめぐる冒険』において、父になることを拒否する男たちと、その周りで母になることを受け入れると喪失される女たちの姿を、「台所」[15] を基点として見てきた。

15　村上氏は、意識的に言及を避けているのではないかと考えられる程に、自身の母親について発言しない。しかし唯一「ちらし寿司」について綴ったエッセイにおいて「前日に母親が桶の中に炊きたての寿司ご飯

　村上春樹作品における「父／母になること」をめぐる問題は『羊をめぐる冒険』以外にも潜伏しており、また『羊をめぐる冒険』以降の作品にも続いてゆく。しかしその葛藤の共鳴は、既に『羊をめぐる冒険』において内包されていたのだと言えるだろう。

主要参考文献

市川真人（2010）『芥川賞はなぜ村上春樹に与えられなかったか』幻冬舎新書

今井清人（1990）「『羊をめぐる冒険』ミメーシスされる＜物語＞」『村上春樹─OFF の感覚』国研出版

内田樹（2007）『村上春樹にご用心』アルテスパブリッシング

内田樹（2017）「村上春樹文学の系譜と構造」『村上春樹における秩序』淡江大学出版中心

内田康（2017）「村上春樹文学と「父になること」の困難─「秩序」としての〈父〉をめぐって─」『村上春樹における秩序』淡江大学出版中心

宇野常寛（2015）『リトル・ピープルの時代』幻冬舎文庫

を入れて広げて、扇風機をかけて冷ましているのを見るのは心愉しいものだった」（村上春樹（2003）『村上ラヂオ』新潮文庫 p126）と母とのエピソードについて言及する。ここからも村上文学における料理と母親、ひいては台所と母親の連関が見られる。

加藤典洋（2006）『村上春樹　イエローページ(1)』幻冬舎文庫

加藤典洋（2009）『村上春樹　イエローページ(3)』幻冬舎文庫

小島基洋（2015）「午前8時25分，妻のスリップ，最後に残され
　　た五十メートルの砂浜― 村上春樹『羊をめぐる冒険』にお
　　ける〈再・喪失〉の詩学」『人間・環境学』（24）

村上春樹（1982）『羊をめぐる冒険』講談社

村上春樹（1990）『村上春樹全作品1979 ～ 1989 ②　羊をめぐる
　　冒険』講談社

村上春樹（2003）『村上ラヂオ』新潮文庫

村上龍・村上春樹（1981）『ウォーク・ドント・ラン― 村上龍
　　vs 村上春樹』講談社

「村上春樹ロングインタビュー」『考える人』2010 年夏号 No.33
　　新潮社

偶然の共鳴

―村上春樹『風の歌を聴け』試論―

齋藤　正志

1. 問題の設定

　1979年の『風の歌を聴け』の第19章では、一人称の語り手である「僕」が「21歳」であり、「これまでに三人の女の子と寝た」と語られ、「最初の女の子は高校のクラスメート」であり、「二人目の相手は地下鉄の新宿駅であったヒッピーの女の子」であると語られる。本稿で問題として設定するのは同章末尾に語られる次の三人目の相手について、である。

　　三人目の相手は大学の図書館で知り合った仏文科の女
　　子学生だったが、彼女は翌年の春休みにテニス・コート
　　の脇にあるみすぼらしい雑木林の中で首を吊って死んだ。
　　彼女の死体は新学期が始まるまで誰にも気づかれず、ま
　　るまる二週間風に吹かれてぶら下がっていた。今では日
　　が暮れると誰もその林には近づかない。

（第19章　p.75）

　この「三人目の相手」について、作中には第21章、第23章、第26章、第39章に語られ、第26章の章末には「何故彼女が死んだのかは誰にもわからない。彼女自身にもわかっていたの

かどうかさえ怪しいものだ、と僕は思う（p.99）」と語られる[1]。この三人目の相手の自殺について管見の限り自殺の理由を明らかにした先行研究は存在しない[2]。もちろん前述のように、「僕」自身が理由を「誰にもわからない」と語っているのだから、その理由を考える余地はない、という見解も当然のことであろう。

　ところで、第21章は、次のような文章である。

　　三人目のガール・フレンドが死んだ半月後、僕はミシュレの「魔女」を読んでいた。優れた本だ。そこにこんな一節があった。

　　「ローレンヌ地方のすぐれた裁判官レミーは八百の魔女

1　ただし、卑見では、第34章の「僕のガールフレンド」も三人目の相手と推測できるので、作中で「三人目の相手」については合計6章で語られていると考えられる。

2　ただし、その時期についての先行研究は存在する。例えば、加藤典洋（1995）「夏の十九日間─『風の歌を聴け』の読解」『國文學　解釈と教材の研究』40-4 學燈社 P48 には「自殺した大学時代の女友達（しかしその死はこの夏の数ヵ月前のことにすぎない）」という言及があり、また、加藤典洋（1996）「第1章　消えてゆく者への眼差し─『風の歌を聴け』」『村上春樹　イエローページ』荒地出版社 P18 にも「（僕に曲をプレゼントしてくるクラスメイトの女の子が）退学したのが『今年の三月』、つまり一九七〇年三月で、これは僕がつきあっていた仏文科の女の子が首を吊って自殺するのと同じ年」という指摘があり、相原里子（1996）「脚注9」加藤典洋「第1章　消えてゆく者への眼差し─『風の歌を聴け』」『村上春樹　イエローページ』荒地出版社 P18 で「仏文科の女の子の自殺の時期は、小説ではぼかされているが［中略］彼女は一九七〇年三月二十日前後に自殺している」と補足されている。

214

を焼いたが、この『恐怖政治』について勝誇っている。彼は言う、『私の正義はあまりにもあまねきため、先日捕えられた十六名はひとが手を下すのを待たず、まず自らくびれてしまったほどである。』」（篠田浩一郎・訳）

　私の正義はあまりにあまねきため、というところがなんともいえず良い。

（第21章　p.82）

この第21章で記述されている「ミシュレの『魔女』」は、岩波書店から出版された著作だが、この作品に関する言及は、この一か所だけである。また、第23章で「僕のペニスのことを『あなたのレーゾン・デートゥル』と呼んだ」のも「三番目に寝た女の子」であり（第23章　p.93）、その子の「死を知らされた時、僕は6922本めの煙草を吸っていた」とも語られている（同章　p.94）。そして、第26章では、この女性について語られる。

　僕が寝た三番目の女の子について話す。

　死んだ人間について語ることはひどくむずかしいことだが、若くして死んだ女について語ることはもっとむずかしい。死んでしまったことによって、彼女たちは永遠に若いからだ。［中略］／彼女は決して美人ではなかった。しかし「美人ではなかった」という言い方はフェアではないだろう。「彼女は彼女にとってふさわしいだけの美人ではなかった」というのが正確な表現だと思う。／僕は彼女の写真を一枚だけ持っている。裏に日付がメモ

してあり、それは 1963 年 8 月となっている。ケネディー大統領が頭を撃ち抜かれた年だ。彼女は何処かの避暑地らしい海岸の防潮堤に座り、少し居心地悪そうに微笑んでいる。髪はジーン・セバーグ風に短かく刈り込み（どちらかというとその髪型は僕にアウシュヴィッツを連想させたのだが）、赤いギンガムの裾の長いワンピースを着ている。彼女は幾らか不器用そうに見え、そして美しかった。それは見た人の心の中の最もデリケートな部分にまで突き通ってしまいそうな美しさだった。／軽くあわされた唇と、繊細な触覚のように小さく上を向いた鼻、自分でカットしたらしい前髪は無造作に広い額に落ちかかり、そこからわずかに盛り上がった頬にかけて微かなニキビの痕跡が残っている。／彼女は 14 歳で、それが彼女の 21 年の人生の中で一番美しい瞬間だった。そしてそれは突然に消え去ってしまった、としか僕には思えない。どういった理由で、そしてどういった目的でそんなことが起こり得るのか、僕にはわからない。誰にもわからない。／彼女は真剣に（冗談ではなく）、私が大学に入ったのは天の啓示を受けるためよ、と言った。それは朝の 4 時前で、僕たちは裸でベッドの中にいた。僕は天の啓示とはどんなものなのかと訊ねてみた。／「わかるわけないでしょ。」と彼女は言ったが、少し後でこうつけ加えた。「でもそれは天使の羽根みたいに空から降りてくるの。」／僕は天使の羽根が大学の中庭に降りてくる光景を想像してみたが、遠くから見るとそれはまるでティッシュ・

ペーパーのように見えた。／何故彼女が死んだのかは誰
にもわからない。彼女自身にわかっていたのかどうかさ
え怪しいものだ、と僕は思う。

（pp.97-99）

ここで語られている「写真」は、最後の第 39 章で「死んだ
仏文科の女の子の写真は引越しに紛れて失くしてしまった
（p.150）」と語られ、作中では、この紛失の言及が「三人目の
相手」に関する最後の言及である。

そこで、本稿では、この縊死した女性の自殺の理由につい
て考えるために、村上春樹の別の作品の読解を補助線とする。
さらに、その補助線を支持するために『万葉集』を取り上げた
い。というのは本邦初の縊死した女性の話が『万葉集』に存在
するからである。

2. 偶然の共鳴

ところで、2014 年刊行の村上春樹の短篇小説集『女のいない
男たち』は、総合雑誌『文藝春秋』に連載された 4 篇（2013 年
12 月号「ドライブ・マイ・カー」、2014 年 1 月号「イエスタデ
イ」、2014 年 2 月号「木野」、2014 年 3 月号「独立器官」）と「新
しい感覚の文芸誌 (p.10)」である『MONKEY』に載せられた 1
篇（創刊第 2 号、2014 春）に、書き下ろしの表題作 1 篇を加え
た合計 6 篇を収録している。「まえがき」に拠れば、過去の短
篇集（『神の子どもたちはみな踊る』・『東京奇譚集』）と同様に
「特定のテーマなりモチーフを設定し、コンセプチュアルに作

品群を並べ (p.6)」るという作り方をしており、この短篇集の場合は「より即物的に、文字通り『女のいない男たち』なの」であって、「いろんな事情で女性に去られてしまった男たち、あるいは去られようとしている男たち (p.7)」というモチーフであるという。このモチーフは先行した長篇小説の『色彩を持たない多崎つくると、彼の巡礼の年』と関係する。この関係については、主人公の多崎作が冒頭で、「二十歳の時の追放事件に際して自殺してしまっておけば、沙羅を失った絶望の中の『今ここにある世界』の中で生きる必要はなかったのだ、と後悔している[3]」という見解、すなわち当該長篇は主人公の失恋話だと解釈することもできるという論に基づく。

　さて、『女のいない男たち』の巻頭の「ドライブ・マイ・カー」は、「実際の地名について、地元の方から苦情が寄せられ、それを受けて別の名前に差し替えた」そうだが、「小説の本質とはそれほど関係のない個所なので、テクニカルな処理によって問題がまずは円満に解決し（p.12）」たという作品である。この「地元の方から苦情が寄せられ」という点については、本稿筆者も報道で読んだ記憶がある。それは、作中人物の「渡利（わたり）(p.21) みさき」の出身地である北海道の地名が実在するものだったのを、「＊＊郡上十二滝（かみじゅうにたき）町 (p.33)」に差し替えたのである。その苦情は、この「み

3　齋藤正志（2014）「メディウムとしての「沙羅」―『色彩を持たない多崎つくると、彼の巡礼の年』における光明または暗闇」森正人監修／小森陽一・曾秋桂編『村上春樹におけるメディウム―21 世紀篇』村上春樹研究叢書 02 淡江大學出版中心 P119

さき」の行為を見た「家福（かふく）(p.15)」の心中思惟についてだった、と記憶している。

　　　　小さく短く息をつき、火のついた煙草をそのまま窓の外に弾いて捨てた。たぶん上十二滝町ではみんなが普通にやっていることなのだろう。

(p.60)

という表現で、「上十二滝町」ではない実在の土地での町議会議員が「火のついた煙草をそのまま窓の外に弾いて捨て」るという行為を、その土地では「みんなが普通にやっていること」だ、と読者に思われてしまうことを恐れ、抗議したのだ、と記憶しているが、その結果として、架空の「上十二滝町」となったわけである。

以上の経緯を本稿で取り上げたのは、「上十二滝町」という地名に酷似した「十二滝町」という地名が村上春樹文学において主要作品と言い得る 1982 年の長篇『羊をめぐる冒険』の中で使われたことがあったからである。「旭川の近くで支線に乗りかえ、三時間ばかり行ったところにふもとの町があった。その町から牧場までは車で三時間かかった (p.71)」ところにある「十二滝町」については「第八章　羊をめぐる冒険Ⅲ」で語られている。なお、飼い猫に名前を付けなかった過去について尋ねられた「僕」が「きっと名前というものが好きじゃないんだろうね。僕は僕で、君は君で、我々は我々で、彼らは彼らで、それでいいんじゃないかって気がするんだ (p.10)」と答えている。猫に名前が付けられなかった、という話なら夏目漱石

『吾輩は猫である』が有名であり、それに敢えて言及していない『羊をめぐる冒険』にも考察の余地があるだろう[4]。また、この「十二滝町」は作中の「先生」の本籍でもあり、この場所を実在の場所と照合した調査もあるようだが、それはともかく、「ドライブ・マイ・カー」を『羊をめぐる冒険』と関係付けて読むことも可能だ、と考えている[5]。その作中人物は、前述の「家福」と「渡利みさき」、そして「大場」だが、実名を与えられている人物がもう一人おり、それが「家福」の話の中に登場する「高槻（たかつき）(p.42)」である。この話は、飲酒運転による接触事故のための自動車運転免許の停止処分を受け、さらに緑内障の徴候の発見が原因で、当分の間、運転を禁止された60代くらいの「家福」という男性俳優が修理工場社長の「大場」の紹介で、5月に専属の運転手として「渡利みさき」という24歳の女性を雇い、その女性ドライバーに送迎されるうちに互いに打ち解け、梅雨の頃には、家福が亡き妻の過去—夫以外の男たちと寝ていたこと—を彼女に聴かせる、という話である。その話の中の高槻は、「長身で顔立ちの良い、いわゆる二枚目の俳優」で「四十代の初め、とくに演技がうまいわけでは

4 　動物の名前という呼称については「名前はもう変ったんです。名前はすぐに変ります。あなたは自分の名前だってわからないじゃありませんか（2004：p.235）」とも『羊をめぐる冒険（下）』に語られている。

5 　なお、作中呼称による秩序形成については、『羊をめぐる冒険（下）』に「ナット・キング・コールが『国境の南』を唄っていた（2004：p.151）」という箇所があり、その直後に同行したガールフレンドの失踪が語られている。これが後年の『国境の南、太陽の西』と関係があることは言うまでもない。

な」く、「存在に味があるというのでもな」かった。家福が高槻に出会ったのは、彼の「妻が亡くなって半年後のこと」だったが、彼の「知る限りでは、高槻は妻が性的な関係を持った男たちのリストの末尾に位置してい」ており、「彼との関係が終わった少しあと、彼女は病院で検査を受け、既にかなり進行した子宮癌が発見」され、子宮癌が原因で妻は逝去した。

　家福は初対面の高槻に「お酒でも飲みながら、家内の思い出話」をしたい、と申し出て了承され、翌晩、銀座のバーで語り合った。彼の観察に拠れば過量の飲酒傾向を持っているらしい高槻と彼には「死んでしまった一人の美しい女に、いまだに心を惹かれ続けている」という「大きな共通点」があり、どちらも「同じようにその欠損を埋めることができ」ないために、二人は「気の合う酒飲み仲間」となった。ある夜、二人が飲んでいたバーは、「根津美術館の裏手の路地の奥にある目立たない店」で「四十歳前後の無口な男がいつもバーテンダーとして働き、隅の飾り棚の上では灰色のやせた猫が丸くなって眠って」おり、「古いジャズのレコードがターンテーブルの上で回っていた」のだが、この店は、おそらく『女のいない男たち』の第5篇目「木野」に登場する店である（「根津美術館の裏手の路地の奥にあり、客商売にはまったく向かない土地 (p.218)」で開店し、「路地の奥の一軒家、小さな目立たない看板、歳月を経た立派な柳の木、無口な中年の店主、プレーヤーの上で開店している古いＬＰレコード［中略］店の片隅で寛いでいる灰色の猫 (p.222)」）。

221

これは「まえがき」での、

　　まず最初に「ドライブ・マイ・カー」と「木野」の第一稿
　を書いた。

(p.8)

という説明と合致する推測と考えられるが、「木野」の中に
は彼らの話は出てこない。

　この木野と考えられるバーの夜に、家福は高槻から「女の人
が何を考えているか、僕らにそっくりわかるなんてことはまず
ないんじゃないでしょうか (p.53)」と聴かされ、さらに、「僕の
知る限り、家福さんの奥さんは本当に素敵な女性でした。[中
略]どれだけ理解し合っているはずの相手であれ、どれだけ愛
している相手であれ、他人の心をそっくり覗き込むなんて、そ
れはできない相談です。[中略]結局のところ僕らがやらなく
ちゃならないのは、自分の心と上手に正直に折り合いをつけて
いくことじゃないでしょうか。本当に他人を見たいと望むのな
ら、自分自身を深くまっすぐ見つめるしかないんです。[以下
略] (p.54)」と言われて、二人は共感し合うのである。

　その後、半年ほどして家福は高槻と会うことを止め、二度と
再会しなかった。高槻との経緯をみさきに話した際に彼は、高
槻を「何かひどい目にあわせてやろう (p.58)」と考えていたの
だが、それも結局やめてしまい、今は怒りもなくなっているの
だ、と話す。ただ、彼が今でも疑問に思っているのは、「はっ
きり言ってたいしたやつじゃない」高槻のような「なんでもな

222

い男に心を惹かれ」た妻が彼に「抱かれなくてはならなかった
のか (p.61)」という点だった。それに対して、みさきは、「奥
さんはその人に、心なんて惹かれていなかった」から「寝た
(p.61)」のであって、それは「病のようなもの (p.62)」だと答え
る。家福の疑問に対して、一応の解答をみさきが与えた結果、
二人の会話は終り、作品も閉じられる。

　この「ドライブ・マイ・カー」で家福の妻と寝ていた高
槻という人名が使われたのは、「蜂蜜パイ」であった。西暦
2000 年に新潮社から出版された短篇集『神の子どもたちはみ
な踊る』の巻末第 6 話「蜂蜜パイ」の作中人物で、その呼称
が明確な人物は「沙羅（さら）(p.189)」・「淳平（じゅんぺい）
(p.189)」・「小夜子（さよこ）(p.192)」・「高槻 (p.198)（及び「カ
ン (p.194)」）」の 4 人である。このうち「淳平」と「沙羅」がそ
の後に発表された小説の中で再び使われている。そういった言
わば人物呼称の再利用例には、『神の子どもたちはみな踊る』
の巻頭第 1 話「ＵＦＯが釧路に降りる (pp.13-44)」の中で、「去
年の秋にＵＦＯを見」て「一週間後に」出奔した「40 くらいの
美容師」の「サエキ」の妻がいる。これは 2002 年の『海辺の
カフカ』に登場する甲村図書館の館長の「佐伯」の読み方だか
ら、再使用例ということになるわけだが、これについても深入
りは差し控える。ただし、そもそも『神の子どもたちはみな踊
る』という短篇集は、「無名って恐ろしい」というゴダールの
『気狂いピエロ』の台詞が扉に引用され、「この短篇集で読者が
まず読み解かなくてはならないのは［中略］表扉でこれみよが

223

しに告げられる無名性の問題」と既に指摘されている[6]。すなわち人物呼称は「無名性」という問題系も同時に関係するわけである。また、「小説の中に現れる固有名詞は【略】苗字と同様恣意的なのか、あるいは名前のように意図があるのか[7]」と問われ、「小説における登場人物の名に恣意性はありえない[8]」として、「名前に物語が付着しているように、そこに恣意的ではないものを注入する物語へのこだわりを、名前へのこだわりを通して表明する[9]」ということも指摘されている。

　さて、「淳平」は、2005年の『東京奇譚集』の第4篇目「日々移動する腎臓のかたちをした石」の中に登場した「淳平」と同一人物である[10]。どちらの淳平も「小説家」で芥川龍之介賞の候補に5年間で4回なった共通点があり、「日々移動する腎臓のかたちをした石」の淳平の行動は、「蜂蜜パイ」の淳平の「簡素な独身生活」の中での「要求の多くないガールフレンド」との交際の一つに位置付けられると考えられる。

6　風丸良彦（2007）「13　ブラジャーをはずす女―『蜂蜜パイ』」『村上春樹短篇再読』みすず書房 P165

7　風丸良彦（2007）「13　ブラジャーをはずす女―『蜂蜜パイ』」『村上春樹短篇再読』みすず書房 P167

8　風丸良彦（2007）「13　ブラジャーをはずす女―『蜂蜜パイ』」『村上春樹短篇再読』みすず書房 P172

9　風丸良彦（2007）「13　ブラジャーをはずす女―『蜂蜜パイ』」『村上春樹短篇再読』みすず書房 P174

10　齋藤正志（2013）「イニシエーションとしての創作行為―「蜂蜜パイ」と「日々移動する腎臓のかたちをした石」」曾秋桂・馬耀輝編『2013年度第2屆村上春樹國際學術研討會國際會議手冊』致良出版社 PP121-127

　また、「蜂蜜パイ」での少女「沙羅」は、母の小夜子が31歳の時に生まれたので、ちょうど「日々移動する腎臓のかたちをした石」の淳平の作中時間に重なるが、彼女の名前は「淳平が提案」して「音の響きが素敵」という小夜子の評価で決められたようである (p.213)。生まれて2年後に両親が離婚し、阪神・淡路大震災が起きた頃に幼稚園生だった4歳の沙羅は地震報道の「ニュースを見すぎたせい」で「地震男」が「沙羅を起こしに来て、小さな箱の中に入れようとする」が自分が抵抗すると「手を引っ張って、ぽきぽきと関節を折るみたいにして、むりに押し込めようとする (p.196)」という悪夢に悩まされ、その解消のために動物園へ淳平と小夜子と一緒に行った夜にも悪夢を見て、「みんなのために箱のふたを開けて待っている (p.233)」と二人に伝えた。沙羅自身の言動はここまでだが、この沙羅の発言に対して、淳平は「二人の女を護らなくてはならない。相手が誰であろうと、わけのわからない箱に入れさせたりはしない。たとえ空が落ちてきても、大地が音を立てて裂けても (pp.236-237)」と心中思惟で語り、と短篇「蜂蜜パイ」は閉じられるので、沙羅の発言は重要である。この沙羅は『色彩を持たない多崎つくると、彼の巡礼の年』に登場した「木元沙羅」自身であると考えられ[11]、「蜂蜜パイ」の少女が成長して多崎つくるを巡礼に導く役目を担いつつ、2作を繋ぐメディウムとして機能したのであった。

11　齋藤正志 (2014)「メディウムとしての「沙羅」―『色彩を持たない多崎つくると、彼の巡礼の年』における光明または暗闇」森正人監修／小森陽一・曾秋桂編『村上春樹におけるメディウム―21世紀篇』村上春樹研究叢書02 淡江大學出版中心 P112

そして沙羅の実父であり、淳平の親友だった高槻という苗字が「ドライブ・マイ・カー」の中に使われているのである。前述のように、「ドライブ・マイ・カー」の家福は自らの妻と性的関係を持った男として、高槻を知っており、彼と酒を飲む仲間となったわけだが、そこには一種の復讐心があったことも否めない。だが、徐々に彼は高槻を許していき、最終的に無罪放免したわけである。そこには同じ女性への深い愛情を持ったことが作用している。

　一方、「蜂蜜パイ」の高槻と淳平もまた同時に小夜子への愛情を自覚し、高槻のほうが先に小夜子を恋人として手に入れてしまった。それを知った淳平は、しばらく大学に通うことも止め、一時的に死んだような生活をしているが、小夜子の訪問によって立ち直り、3人の交際は継続された。卒業後、新聞記者となった高槻、小説家を目指す淳平、そして大学院に進学した小夜子は、それぞれの道を進むが、高槻と小夜子が結婚し、沙羅が生まれることで、一時的に4人になった。だが、前述のように高槻と小夜子は離婚し、高槻は別の女性と暮らすようになった。高槻は小夜子との結婚を淳平に促すが、淳平が結婚を決意できないでいるうちに阪神・淡路大震災が起こり、沙羅が地震男の悪夢を見るようになったため、それを忘れさせるために「蜂蜜パイ」の作中挿話が淳平によって創作された。この創作挿話は蜂蜜採取の名手である熊のまさきちと鮭漁の名人である熊のとんきちとの友情物語なのだが、これは高槻と淳平の物

語でもあって[12]、最終的にはハッピーエンドで締め括られている。

それでは「蜂蜜パイ」の高槻が「ドライブ・マイ・カー」で再登場したのであろうか？新聞記者だった高槻が後年、二枚目俳優になった、ということは些か無理があるような気もするが、少なくとも、どちらの「高槻」も主人公の最愛の女性を奪った人物としての共通性を持っていることは間違いない。

村上春樹文学には、前述のように人名や地名、曲名などの呼称表現が秩序形成に作用している。この場合、それらがどれほどの意味生成に関与しているのか、ということは、それぞれによって異なると思われるが、少なくとも無関係とは言えない。それは「安藤みずき」のように「自分の名前が思い出せなくな」る原因が「名前をとる猿」であった、という『東京奇譚集』巻末第5篇目「品川猿」に関しても同様で、この短篇は文字通り「名前」をめぐる奇譚であった（pp.181-246）。

また、前述のように、「ドライブ・マイ・カー」では実在の地名が架空の地名、しかも先行作品の地名に近似したものが選択されている。ここに先行作品との関係を読み解くことが意味を持つようになったわけであった。

しかし、そもそも抗議によって地名を変更するのなら、「北海道」という地名も変更することが可能だったのではないだろ

---

12 齋藤正志（2006）「村上春樹『蜂蜜パイ』の物語分析―『海辺のカフカ』への〈媒介〉としての意義」『中日文化論叢』第24号中國文化大學

うか。「まえがき」で「小説の本質とはそれほど関係のない個所」だというのなら、渡利みさきが北海道以外の場所で育つことにしたり、その場所も架空の地名にしたりしても、さほど問題があるようには思われない。

　つまり、この場合は「北海道」であることが「小説の本質」に「関係」があったと考えることもできることになるだろう。前述のように「蜂蜜パイ」の作中挿話は熊の友情物語であった。鮭漁の名人だったという「とんきち」が住んでいた地名は明確ではないが、北海道かもしれない。だとすれば、高槻に妻を一時的にせよ寝取られていた家福の思い出話を聴く専属運転手は北海道出身であったほうが両者の関係を読み解く鍵になりうるわけである。その意味で問題の地名は変更できても、北海道のほうは変更できなかった、ということになる（pp.275 － 281）。

　このように特定の地域呼称の共通性を創作主体が意識したという可能性が認められるわけだが、こうした共通性の発見を、〈偶然の共鳴（"Accidental sympathy"[13]）〉と呼びたい。この例には、例えば、オイディプス・コンプレックス的なテーマに拠る彫刻家の殺人事件を語る点で村上春樹（2002）『海辺のカフカ』と連城三紀彦（1986）『青き犠牲（いけにえ）』とに〈偶然の共

13　なお、"synchronicity" と訳したほうが適切かもしれないが、投稿誌のテーマを鑑み、現行のままとしたい。なお、卑見では "synchronicity" は村上春樹の短篇「納屋を焼く」の中で語られる「モラリティー」の「同時存在」と関係するだろうと思われるが、本稿では触れない。

鳴〉が認められ、あるいは、人物設定（川奈天吾と石神哲哉）だけかもしれないが、村上春樹（2009）『１Ｑ８４ BOOK１』と東野圭吾（2005）『容疑者Ｘの献身』にも〈偶然の共鳴〉が認められる。ただし、本稿では指摘だけに留め、詳細は論じない。いずれにしても村上春樹が他の作品を暗示引用したのかどうか、ということを論じる上で、現代作家の創造力を批判しないために本稿は〈（作家が意図したのではなく）偶然〉の設定的あるいは表現的な〈共鳴〉が生じた、と考えるわけである。

3. 譲渡と競争

　ところで、『女のいない男たち』の第２篇目として収録されている村上春樹の短篇「イエスタデイ (pp.67－116)」では、一人称の語り手で当時「早稲田大学文学部の二年生」だった「谷村」の「早稲田の正門近くの喫茶店」でのアルバイトの同僚だった「木樽明義」という二浪中の男と谷村とに「どちらも二十歳で、誕生日も一週間しか違わな」いという縁があった。或る日、木樽は、谷村に木樽の幼馴染(p.67)で「彼女」である「栗谷えりか」との交際を勧める。木樽は、えりかとの恋愛関係の維持に対する迷いがあり、既に大学生である彼女に自分の知らぬ男との関係が生じるのを恐れる一方で、自分と彼女の関係がありふれた恋人同士になってしまうのも不安に思い、その結果として谷村に対して「どうせ他の男とつきあうんやったら、相手がおまえの方がええやないか。おまえのことやったら、おれもよう知ってるしな。それにおまえから彼女の近況を聞くこともできる (p.83)」と言い出す。この時点で木樽とえりかが

性的関係を持っていなかったことを谷村は木樽から聞き出している。これは以前に谷村が木樽から別れた恋人との関係を尋ねられ、谷村もまた別れたばかりの恋人と性的関係を持たなかったことを答えたためのささやかな意趣返しのような意図での言動に過ぎなかった、と考えられる。そこで三人で会った際に、木樽は、えりかに谷村と交際することを「ここらでちょっと異なった視点みたいなものを取り入れていく」ための「文化交流」として提案し、えりかは了承する。ただし、この時の木樽とえりかの会話に、「他にもう誰かつきおうてる男でもいるのんか？」という木樽の発言があり、これが16年後の谷村とえりかの再会の際に生きてくる。要するに、木樽が谷村とえりかの交際を提案した背景には、えりかをめぐる第三の男の存在が揺曳していることを木樽は「勘の良い男（p.111）」として察していたのである。その第三の男については、えりかが谷村との「文化交流」デートの際に「同じテニスの同好会の一年先輩」だと伝えており、前述のように16年後の再会の時、その先輩と彼女が性的関係を持ったのが谷村との文化交流デートの後だった、と語られている。このように「イエスタデイ」は谷村と木樽とえりかと、えりかのもう一人の男との関係を語り、えりかを中心にすれば、三人の男をめぐる女の話だったことになる。この場合、木樽の意図は、えりかを第三の男に奪われるくらいなら、谷村に譲りたかった、ということになるのだろう、と考えられる。前述の呼称表現に拠る意味生成によって想起されることは、この「木樽」には「きたる」というルビが振られており (p.67)、その呼称が『ノルウェイの森』の「キズ

キ」という呼称を連想させる一方で、前述の多崎作の名前と同様に動詞「来たる」を想起させる。『ノルウェイの森』では、高校二年生の春に親友のキズキが作中の一人称の語り手「ワタナベ・トオル」にキズキの幼馴染で恋人の「直子」を紹介し、三人で過ごす時間を経て、「キズキ」は排ガスで自殺した。木樽とえりかもまた、小中高と同じ学校だったが、木樽が大学受験に失敗し浪人したのに対して、えりかは現役で上智大学仏文科に入学した。一方のキズキと直子は「殆んど生まれ落ちた時からの (p.47)」幼馴染だったが、直子はミッション系の女子高校生で、歯科医の父を持つキズキはワタナベと同じ高校に通っていた。前者は友人に恋人を譲渡しようとしたかのような言動を取り、後者は友人に恋人を残して自ら世を去った。一見すると、「イエスタデイ」と『ノルウェイの森』は、全く異なる人間関係を形成しているように思われるかもしれない。しかし、両者がともに恋人を友人に譲渡するような話なのだと考えるならば、この2作には男女3人による三角関係が生じていたことになる。この2作を補助線として考えれば、最初に設定した『風の歌を聴け』の「三人目の相手」の自殺の理由が想定できる。

4. 古典と現代の〈偶然の共鳴〉

　さて、古典文学には、複数の男性に求婚されて悩み抜いた挙句に自死を選ぶ女性たちが登場する。特に現存最古の私撰集

である『万葉集』の第16巻「有由縁雑歌（有由縁幷雑歌）[14]」の巻頭は、「二壮士誂娘子遂嫌適壮士入林中死時各陳心緒作歌二首」で3808〜3809番歌であり、その次は「三男娉一女娘子嘆息沈没水底時不勝哀傷各陳心作歌三首[15]」で3810〜3812番歌である。本稿では、それぞれの題詞だけに注目する。3808〜3809番歌の題詞は「昔者有娘子字曰桜児也、于時有二壮士共誂此娘而捐生挌競貪死相敵、於是娘子歔欷曰、従古来今未聞未見一女之身往適二門矣、方今壮士之意有難和平、不如妾死相害永息、尓乃尋入林中懸樹経死、其両壮士不敢哀慟血泣漣襟、各陳心緒作歌二首」で、後続の3810〜3812番歌の題詞は「或曰、昔有三男同娉一女也、娘子嘆息曰、一女之身易滅如露三雄之忠難平如石、遂乃仿徨池上沈没水底、於時其壮士等不勝哀頽之至、各陳所心作歌三首娘子字曰縵児也」である。3808〜3809番歌の桜児は二人の男性から求婚され、男性同士が命を賭けて争っているのに、どちらかを選び切れず、「尋入林中懸

---

14 高木市之助・五味智英・大野晋（1962,1965：p.118）日本古典文学大系7、『萬葉集　四』、岩波書店では「由縁ある雑歌」として「由縁ある雑の歌という意味」とする説を取り、小島憲之・木下正俊・佐竹昭広（1975,1978：p.107）、『萬葉集　四』、日本古典文学全集5、小学館は、「有由縁幷せて雑歌」として「いわれのある歌（前半）と雑歌（後半）、の意」とする説を取り、佐竹昭広・山田英雄・工藤力男・大谷雅夫・山崎福之（2003：p.3、p.11）、『萬葉集　四』、新日本古典文学大系4、岩波書店は、「有由縁と雑歌（「有由縁　雑歌を幷せたり」）」として「歌が作られた事情を述べる文章を伴うものの意味」と「くさぐさの歌の意」とする説、すなわち「長文の題詞や左注をもつ諸歌」と「簡単な題詞しか持たない歌」を意味する説を取る。

15 「新編国歌大観」編集委員会（1984：p.140）、「万葉集」、『新編国歌大観第二巻私撰集編歌集』、角川書店。

樹経死」と縊死し、3810〜3812番歌の縵児は三人の男性から求婚され、やはりどの男にも決し切れず、「遂乃彷徨池上沈没水底」と入水した。

第16巻巻頭歌の題詞では二人の男性との関係ゆえに女性が縊死し、後続歌の題詞では三人の男性との関係ゆえに一人の女性が入水した。この女性たちは、それぞれ直子であり、えりかであるのではないだろうか？もちろん後者は自死を選ぶことはなく、前者でワタナベが求愛したのはキズキの死後ということになっているが、ここに〈偶然の共鳴〉を看取することはできないであろうか。

そして、この〈偶然の共鳴〉を認めるとすれば、縊死の動機が不明だった『風の歌を聴け』の「僕」の「三人目の相手」も同様に、「僕」の知らない第二の男の姿が揺曳していたために死を選んだのであり、さらに、もう一人の自裁動機が不明だったキズキもまた、直子にワタナベ以外の第三の男の姿が揺曳していたために排ガス自殺を選んだのではないだろうか、それは延いてはワタナベの知らない第三の男と死んだキズキとワタナベという三人の男性の姿が揺曳する中で直子もまた縊死したのかもしれない。このように共鳴する古典和歌と村上春樹文学との暗示引用関係を看取することによって、自裁動機不明の空白を充填することができる、のではないだろうか。

つまり、「イエスタデイ」という補助線を引くことで『ノルウェイの森』の中に譲渡を装った競争の構図を看取し、その上で『万葉集』での二種の自死との関係において、『風の歌を聴

け』で自死した「僕」の「三人目の相手」、『ノルウェイの森』のキズキ、直子、それぞれの自死の可能性として、複数の異性の姿が揺曳することで自死が引き起こされたものと考えることで〈偶然の共鳴〉を指摘した次第である。

使用本文（著者名五十音順、同一著者刊行順）

村上春樹（1982）『風の歌を聴け』講談社

村上春樹（2002）『神の子どもたちはみな踊る』新潮社

村上春樹（2004）『羊をめぐる冒険（下）』講談社

村上春樹（2004）『ノルウェイの森（上）』講談社

村上春樹（2004）『ノルウェイの森（下）』講談社

村上春樹（2007）『東京奇譚集』新潮社

村上春樹（2014）『女のいない男たち』文藝春秋

参考文献（著者名五十音順）

相原里子（1996）「脚注9」『村上春樹　イエローページ』荒地出版社

風丸良彦（2007）「13　ブラジャーをはずす女―『蜂蜜パイ』」『村上春樹短篇再読』みすず書房

加藤典洋（1995）「夏の十九日間―『風の歌を聴け』の読解」『國

文學　解釈と教材の研究』第 40 巻 4 号學燈社

加藤典洋（1996）「第 1 章　消えてゆく者への眼差し―『風の歌を聴け』」『村上春樹　イエローページ』荒地出版社

小島憲之・木下正俊・佐竹昭広（1975）『萬葉集　四』日本古典文学全集 5 小学館

齋藤正志（2006）「村上春樹『蜂蜜パイ』の物語分析―『海辺のカフカ』への〈媒介〉としての意義」『中日文化論叢』第 24 号中國文化大學

齋藤正志（2013）「イニシエーションとしての創作行為―「蜂蜜パイ」と「日々移動する腎臓のかたちをした石」」曾秋桂・馬耀輝編『2013 年度第 2 屆村上春樹國際學術研討會國際會議手冊』致良出版社

齋藤正志（2014）「メディウムとしての「沙羅」―『色彩を持たない多崎つくると、彼の巡礼の年』における光明または暗闇」森正人監修／小森陽一・曾秋桂編『村上春樹におけるメディウム―21 世紀篇』村上春樹研究叢書 02 淡江大學出版中心

齋藤正志（2016）「村上春樹文学における〈秩序形成〉のための「人物呼称」―「蜂蜜パイ」を起点として」曾秋桂編『2016 年第 5 回村上春樹国際シンポジウム予稿集』致良出版社

佐竹昭広・山田英雄・工藤力男・大谷雅夫・山崎福之（2003）『萬葉集　四』新日本古典文学大系 4 岩波書店

「新編国歌大観」編集委員会（1984）「万葉集」『新編国歌大観第二巻　私撰集編　歌集』角川書店

高木市之助・五味智英・大野晋（1962）日本古典文学大系7『萬葉集　四』岩波書店

東野圭吾（2005）『容疑者Ｘの献身』文藝春秋

連城三紀彦（1989）『青き犠牲』文藝春秋（ただし、初出・単行本初版は共に1986年）

村上春樹『風の歌を聴け』を読む

—共感（シンパシー）を引き起こす「翻訳」の痕跡—

王　佑心

1. はじめに

　『風の歌を聴け[1]』（初出：『群像』1979 年 6 月号）は村上春樹
の処女作であり、第 22 回「群像新人文学賞」の受賞作でもあ
る。選者の丸谷才一や佐々木基一の評価[2]に示したように、こ
の「日本的抒情によって塗られたアメリカふうの小説」の前進
かつ新鮮的な雰囲気と、「これはかなり意識的に作られた文体

1　本論文では、テクストは「風の歌を聴け」『村上春樹全作品 1979 〜
　　1989 ①』（講談社、1990）を使用し、本文からの引用はすべてこの版
　　からであり、ページ数は引用に続けて括弧に入れて示す。

2　「昭和 54 年 第二十二回群像新人文学賞選評」（『群像』昭和 54 年
　　（1979）6 月号）では、佐多稲子、丸谷才一、島尾敏雄、佐々木基一、
　　吉行淳之介五人の選考委員にはこれまでの文学作品と文芸傾向を異に
　　する『風の歌を聴け』に好意的で、「若い日の一夏を定着させたこの作
　　は、智的な抒情歌、というものだろう。」（佐多稲子）、「この日本的
　　抒情によって塗られたアメリカふうの小説といふ性格は、やがてはこ
　　の作家の独創といふことになるかもしれません。」（丸谷才一）、「筋
　　の展開も登場人物の行動や会話もアメリカのどこかの町の出来事（否
　　それを描いたような小説）のようであった。」（島尾敏雄）、「これ
　　はかなり意識的に作られた文体で、したがって、軽くて軽薄ならず、
　　シャレていてキザならずといった作品になっているところがいいと
　　思った。」（佐々木基一）、「乾いた軽快な感じの底に、内面に向ける
　　眼があり、主人公はそういう眼をすぐに外にむけてノンシャランな態
　　度を取ってみせる。」（吉行淳之介）といったように、新しいタイプ
　　の小説として本作品を楽しむ立場が感じられる。

で、したがって、軽くて軽薄ならず、シャレていてキザならず
といった作品」の文体構造がいつも真っ先に論者より指摘し、
議論されていたわけでもあるが、実際多くの読者たちはこうし
た新しいタイプの小説を自分たちの生きる時代と心情的何かに
対する共感（シンパシー）を巧みに描き出したものとして、大
きな支持を与えたのである[3]。心情的何かに対する共感（シンパ
シー）とは、例えば平野芳信が「彼ら（主人公の「僕」「鼠」「小
指のない女の子」引用者注）の経験が互いに相手を交換しても
成立する同質性を有しているということ」に注目し、次のよう
に述べた。「相互に欠落した物語を補完しあうという性格をも
つ。（中略）一見それは、三者三様の恋愛を描くことで、この
時代の青春の姿を浮き彫りにしているかのようでありながら、
そうではない。むしろそれは共通性を装った不毛性の暗喩なの
である。[4]」つまり、読者は「僕」、「鼠」、「小指のない女の子」

3　「村上作品のどこがそんなに？という問いに対するすべてのマニアの
　　最初の一言は、「あのムードなのよね」である。そのムードとは、ま
　　ず第一に、登場人物、しばしば「僕」の、すべてに非決定の人生態度
　　のことである。（中略）このライフスタイルに表示されている人格的、
　　心情的何かは、全共闘時代の後裔である'70年・'80年代世代の、ある
　　いはその世代に属する村上ファンの心的構造との親和感が高い。（中
　　略）その「ムード」は、つまるところは、「あたしたちの気分にぴっ
　　たり」なのである。そこには、文学作品を鑑賞する伝統的な態度・ス
　　タイルは、ないといっていい。多分に気分的で快楽的である。もちろ
　　ん、ある種の共感はある。」（中野収（2001・初1989）「なぜ「村上春
　　樹現象」は起きたのか」『ユリイカ臨時増刊 総特集村上春樹の世界』
　　青土社 PP41-42）

4　平野芳信（1991）「凪の風景、あるいはもう一つの物語：『風の歌を聴
　　け』論」『日本文芸論集』23・24P163。

が求める欲求や快感をただ極限まで感知・体験する自我の心理的状況として理解しただけではなく、そこに生まれた個人自身から身の回りの世界に至るまで不毛＝空洞化という事態進行の異様さに深く共感したのではなかろうか。

　さらに岡野進が「村上は中心が空白の、ドーナツのような作品を書こうとしたといっていい。そしてこの空白に私たちがふれるとき、私たちの中に生まれる感情が喪失感にほかならない。[5]」と指摘しているとおり、1978年29歳になった主人公「僕」は、過去の人—友人の「鼠」、左手の小指のない「彼女」、そしてそれまでに「僕」と関係を持った女の子たち—や出来事を回想し、それについて語ることで、時に自分を偽り、時に閉塞感と失望感に苛まれ、そこから目を背けながらも、最終的には過去に折り合いをつけ、空洞化されつつ現実世界に向き合っていく。そしてこの空洞化されつつ現実世界＝空白の世界にいる「僕」の「自己療養へのささやかな試み」（1、P8）としての言葉が異質な40ぐらいの章に分断されて組織しなおされるのである。作中に記述される事柄の継起の仕方、現実との軋轢から生まれた主人公たちの虚無と挫折感を表現する語り、そして虚構（例えばデレク・ハートフィールドの話）を常に要所に織り込む手法などが、読者の感性—自己実現を理解すると同時に現実の空洞化という事態を怖れる複雑的な心情から生まれた喪失感や不毛といった強い理解し合えない感覚—と同調してい

5　岡野進（2011）「MURAKAMI HARUKI RELOADED II: 形式化の試み - 村上春樹における換喩の位置」『言語文化論究』26 九州大学大学院言語文化研究院 P109。

る。したがって、『風の歌を聴け』に対する共感（シンパシー）が生み出されてくるわけである。

　「共感（シンパシー）」の物語を書くための媒介として、登場人物の行為や心情の追体験に行き着いたのと同じく、「翻訳というのは濃密な読書[6]」と語る村上春樹の「翻訳」体験は彼の創作活動に不可欠であると筆者が考える。実は村上が『風の歌を聴け』の草稿段階で、作品内容を一度英語に翻訳して、また日本語に翻訳し戻す作業をしたとよく言われる[7]。村上春樹の回想

6　村上春樹・柴田元幸（2000）『翻訳夜話』文春新書 P199。

7　村上春樹は『風の歌を聴け』の書き出しをうまく書けなかった一時期、そこでタイプライターを取り出し、英語で作品を書いてみたが、するとすんなりと書くことができたのだという有名なエピソードを「小説家になった頃」の中で書き綴った。
「ところが外国語で文章を書こうとすると、言葉や表現が限られるぶん、そういうことがありません。そして僕がそのときに発見したのは、たとえ言葉や表現の数が限られていても、それを効果的に組み合わせることができれば、そのコンビネーションの持って行き方によって感情表現・意思表現はけっこううまくできるものなのだということでした。要するに「何もむずかしい言葉を並べなくてもいいんだ」、「人を感心させるような美しい表現をしなくてもいいんだ」ということです。（中略）とにかくそういう外国語で書く効果の面白さを「発見」し、自分なりに文章を書くリズムを身につけると、僕は英文タイプライターをまた押し入れに戻し、もう一度原稿用紙と万年筆を引っ張り出しました。そして机に向かって、英語で書き上げた一章ぶんくらいの文章を、日本語に「翻訳」していきました。翻訳といっても、がちがちの直訳ではなく、どちらかといえば自由な「移植」に近いものです。するとそこには必然的に、新しい日本語の文体が浮かび上がってきます。それは僕自身の独自の文体でもあります。僕が自分の手で見つけた文体です。」（村上春樹（2015）「小説家になった頃」『職業としての小説家』スイッチ・パブリッシング P47）

によれば、最も豊富な言葉と表現を呼び起こす言語とは馴染み有りの母国語だと言える一方、新しい文体に生まれた未曽有の「書く効果の面白さ」は翻訳作業による言葉と表現の「効果的に組み合わせること」に最も良く喚起されるとも主張し、文学テクストが内包する「翻訳」の重要性を示唆した。作家村上春樹にとっては、翻訳と創作は密接に連動・呼応する〈書く〉作業であり、作家の独自な文体を作り上げていく作業でもある。興味深いのは、「自分だけの新しい日本語の体系みたいなのを作り上げよう[8]」と自ら宣言した作家村上春樹の登場を、「アメリカ現代文学の影響を受けて、新しい文体、スタイルをひっさげて小説を書いたということより、日本語（母国語）で書かれてきた小説というものを、もう一度、「他の人との対話」として可能な＜言葉＞の表現、伝達として、＜始める＞ことであり、そのことの新鮮さであった。[9]」と富岡幸一郎が評したが、この時点の作家村上春樹が「「他の人との対話」として可能な＜言葉＞の表現」をどこまで意識し、どのように認識していたのだろうかとのことである。

---

8 「僕は小説を書き始めた頃、自分の中で自分だけの新しい日本語の体系みたいなのを作り上げようと思い（つまりこれまでの文芸的日本語が当然のものとしてもたれかかってきた共有価値体系をチャラにするべく）、外国語というものをかなり意識して、日本語を（言うなれば）解体したかったわけです。」（村上春樹（2000）『「そうだ、村上さんに聞いてみよう」と世間の人々が村上春樹にとりあえずぶっつける282の大疑問に果たして村上さんはちゃんと答えられるのか？』朝日新聞社 P98）

9 富岡幸一郎（2000）「＜象＞を語る言葉」『ユリイカ3月臨時増刊号—総特集 村上春樹を読む』第32巻第4号青土社 P86。

『風の歌を聴け』の冒頭—「完璧な文章などといったものは存在しない。完璧な絶望が存在しないようにね。」（1、P7）—、及び「正直に語ることはひどくむずかしい。僕が正直になろうとすればするほど、正確な言葉は闇の奥深くへと沈みこんでいく。」（1、P8）に現れた「完璧な文章」「完璧な絶望」「正直に語ること」「正確な言葉」といった表現から、一見訳文の正確さにこだわる翻訳者の悩みように見えるが、実は創作の過程で、作家村上春樹はオリジナルの発想と、オリジナルテクストと等価といえる翻訳文との間の差異におのずと敏感にならざるを得なかったことが分かった。作中で行われた自己翻訳[10]的な作業をまるで自我実現と現実対応における分岐点と見たが、そのような見方を作家村上春樹の出発点に当てはめることが果たしてできるのだろうか。本論文は上に述べた観点から、「翻訳」の思考を軸とした『風の歌を聴け』の考察により、村上文学の出発点における共感（シンパシー）の様相の一端を読み解きたい。

2. 村上春樹の「翻訳」という戦略

『風の歌を聴け』には、主語を明示した諸々の文や、効果的で魅力的な誇張表現[11]、つまり日本語としてよりむしろ英語とし

10「自己翻訳」という用語は、自分自身の著作を他言語に翻訳する行為と、その行為の結果生まれた成果の両方を指して用いられる。（モナ・ベイカー, ガブリエラ・サルダーニャ編 藤濤文子監修・編訳（2013）「自己翻訳」『翻訳研究のキーワード』研究社 P203）

11「25 メートル・プール一杯分ばかりのビールを飲み干し、「ジェイズ・

て自然に響くような身振りや比喩表現などが多く、あまり日本的とは言えないスタイルが主体となっている。それに、作中に頻繁に出てきた主人公が『ジェイズ・バー』で飲むビールやカクテル、コーラに始まって、テレビ番組、アメリカの映画、アメリカ巡洋艦が入港すると街中に溢れる MP と水兵たち、ホテルのプールで日光浴を楽しむアメリカ人観光客、ビーチ・ボーイズの「カリフォルニア・ガールズ」といった曲など、さまざまな場面で「アメリカ」と繋がっている。『風の歌を聴け』の特徴―アメリカの商品や固有名詞が作中に氾濫しているところを、彼のアメリカ文学の翻訳者としての知識の影響だと考えることもできるが、前節で述べてきたように、母語である日本語で書いた処女作品に、異国的な雰囲気を積極的に持たせるための、村上春樹という作家の意識的操作―「自由な移植[12]」としての翻訳作業― とする考えもあり得るだろう。これらが語彙や慣用句・文の域を出ないとしても、アメリカ文学作品が村上春樹に吸収され、それが作家村上春樹を通して新たな日本文学作品に変わることは、プロセス的に自己翻訳に通じるといえよう [13]。このような英語との独自の関係、そして英語― 日本語に

バー」の床いっぱいに 5 センチの厚さにピーナツの殻をまきちらかした。」（村上春樹『風の歌を聴け』3、P13）、「ひどく暑い夜だった。半熟卵ができるほどの暑さだ。」（同上、10、P36）、「「こんなに暑くなるとは思わなかったわ。まるで地獄ね」「地獄はもっと暑い」」（同上、22、P68）

12 同注 7。

13 「こうしてできあがった「アメリカ」は、村上に受容・媒介されたアメリカという意味において、村上によって「翻訳」されたアメリカともいえる。その「アメリカ」は、村上が小説を書くにあたっての枠組

対する独特な翻訳の感覚こそ、彼の作家としての重要な立脚点
があるように思われる。

2.1 異化翻訳的書き方①

　ここでまず留意したいのは、『風の歌を聴け』というテクス
トが日本語の空間に現れるとき、一種自己翻訳的な作業とし
て作られたこの物語は、その成り立ちからして極めてストー
リー性が強いとのことである。

　次の二例を見てみよう。

> 　僕は<u>ジェイズ・バー</u>の重い扉をいつものように背中で
> 押し開けてから、エア・コンのひんやりとした空気を吸い
> こんだ。店の中には<u>煙草とウィスキーとフライド・ポテト</u>
> と腋の下と下水の匂いが、<u>バウムクーヘン</u>のようにきち
> んと重なりあって淀んでいる。（中略）僕は本を読むのを
> あきらめ、ジェイに頼んで<u>ポータブル・テレビ</u>をカウン
> ターに出してもらい、<u>ビール</u>を飲みながら野球中継を眺
> めることにした。大した試合だった。（中略）投手交代の
> 間に6本のコマーシャルが入った。<u>ビールと生命保険とビ</u>
> <u>タミン剤と航空会社とポテト・チップと生理用ナプキンの</u>
> <u>コマーシャル</u>だった。
>
> 　　　　（10、PP36-37、下線は引用者による。以下同。）

みを与え、村上が臓物を入れ換える。」（内山明子（2015）「1970年代
と村上春樹：「アメリカ」を視座とする翻訳」『翻訳研究への招待』14
日本通訳翻訳学会 P50）

　　鼠は三階建ての家に住んでおり、屋上には温室までつ
いている。斜面をくりぬいた地下は<u>ガレージ</u>になってい
て、父親のベンツと鼠の<u>トライアンフ TRIII</u> が仲良く並ん
でいる。不思議なことに、鼠の家で最も家庭らしい雰囲
気を備えているのがこのガレージであった。<u>小型飛行機</u>
ならすっぽりと入ってしまいそうなほど広いガレージに
は型が古くなってしまったり飽きられたりした<u>テレビや
冷蔵庫、ソファー、テーブル・セット</u>、ステレオ装置、サ
イドボード、そんなものが所狭しと並べられ、僕たちは
よくそこで<u>ビール</u>を飲みながら気持ちの良い時間を過ご
した。（28、P82）

　アメリカふうの商品や固有名詞に関係する語彙には、バーに
は入り浸っている「僕」の夏の日々のストーリーと、戦中戦後
に商売を続けて成金になった家庭の息子である「鼠」の家のス
トーリーが描かれている。ストーリーは複数のテーマの融合・
混淆的な関係を呈し、「僕」と「鼠」の意識も実は不安定な動揺
に包まれると思われる。金持ちを罵倒しながらも二人の主人公
とも生活感が希薄だ、あるいは空虚、孤独の感覚だけで生身の
リアリティが欠けているという常套的な批判にそれは繋がっ
ていると言われながらも、一方「僕」と「鼠」の生活の様相に
ついて実に細かい描写が施されているのである。沼野充義が指
摘しているように、「洒落た小道具のように巧みに配置されて
いる事物の多くはアメリカ的なものであり、日本の伝統的・土
着的な要素を意図的に排除したところに村上春樹の世界が成り

立っていることは明らかだろう[14]」が、「こう考えた時はっきりするのは、村上春樹が小説の中で使っているカタカナの小道具は、日本の事物の体系の中に置かれて始めてしかるべく機能するものだということである。その意味で村上春樹の＜非日本性＞とは、＜日本的なるもの＞を前提としたとき初めて意味を持つものだということである。[15]」。ここでは、「日本」の体系をめぐる普遍的な共感（シンパシー）の枠組みに、日本＝日本人＝日本の生活という等号的な発想からすれば、局外化される物事の存在＝非・日本的なものを計算的に織り込もうとする作家村上春樹のチャレンジ精神が窺わせると考えている。したがって彼の関心は、一方ではこのような表現がいかにも読者に伝達される新鮮な交感の現象に寄せられているとともに、他方では作成過程のテクストの新しい段階— 自己実現と現実の差異性や不安定性への拡張にも向けられているといえよう。

　そして、「僕」の今の日常ではメディア（コマーシャル）による場面の設定は全体として標準化、規格化されたものばかりでありながらも、消費社会の読者向けの都会小説の新たな一冊として『風の歌を聴け』の新味（異文化が持つ異質性を前に出すべき）を読むことが期待できると考えられる。

---

14 沼野充義（1989）「ドーナツ、ビール、スパゲッティ— 村上春樹と日本をめぐる三章」『ユリイカ臨時増刊号— 総特集 村上春樹の世界』第21 巻第 8 号青土社 P155。

15 同上。

2.2 異化翻訳的書き方②

『風の歌を聴け』で試されている言葉（語彙）のほか、視覚的なイメージ（画像や大き目の黒文字のさりげない挿入）、空想・幻想の意識的操作、融合的記述も以下の例文の文脈で捉えられている。

> 当時の記録によれば、1969 年の 8 月 15 日から翌年の 4 月 3 日までの間に、僕は 358 回の講義に出席し、54 回のセックスを行い、6921 本の煙草を吸ったことになる。（中略）そんなわけで、彼女の死を知らされた時、僕は 6922 本めの煙草を吸っていた。
>
> その時期、僕はそんな風に全てを数値に置き換えることによって他人に何かを伝えられるかもしれないと真剣に考えていた。そして他人に伝える何かがある限り僕は確実に存在しているはずだと。しかし当然のことながら、僕の吸った煙草の本数や上った階段の数や僕のペニスのサイズに対して誰ひとりとして興味など持ちはしない。そして僕は自分のレーゾン・デートゥルを見失ない、ひとりぼっちになった。

（23、P75）

村上春樹は「Tシャツの絵」や「自分の全てを数値に置き換えること」を日常生活の感覚や習慣に置き、そして言葉と図像、数字の合体結合による既存のイメージの分裂と新たな意味の生成を目指していると思われる。こうした作家のオリジナルの発想と、オリジナルテクストと等価といえる翻訳文─ 実は

言葉に完璧に翻訳するのがとても不可能だと承知したうえでの
この独特な実践（言葉と図像、数字の合体結合）― に、解釈の
無限定性を伺うことができる。

　次も好例の一つである。作品に登場するふざけた雰囲気のラ
ジオＤＪが、ただ一度だけ真剣に語る。

> 　　僕がこの手紙を受けとったのは昨日の３時過ぎだった。
> 僕は局の喫茶室でコーヒーを飲みながらこれを読んで、
> 夕方仕事が終ると港まで歩き、山の方を眺めてみたんだ。
> （中略）
> 　　泣いたのは本当に久し振りだった。でもね、いいかい、
> 君に同情して泣いたわけじゃないんだ。僕の言いたいの
> はこういうことなんだ。一度しか言わないからよく聞い
> ておいてくれよ。
> **　僕は・君たちが・好きだ。**　　　（37、P114）

　引用文はラジオ放送から流れたＤＪの話の内容である。こ
の場合、まるで外国映画の字幕を読みながら画面の動きと日本
語の音を同時に耳にするときのように、我々読者の理解その奥
にはさらなる作家のオリジナル「翻訳」が流れている、そのよ
うな状況をイメージしながら創作し、そして次第に作家村上
春樹自分のスタイルになっているのではなかろうか[16]。注意し

16　映画監督大森一樹（大森一樹監督による 1981 年制作の映画『風の歌を
　　聴け』。小林薫、巻上公一、真行寺君枝、室井滋、他出演。）によれば、
　　「『風の歌を聴け』自体もともと映画的な小説ですからね。（中略）あの
　　会話は字幕言語なんじゃないでしょうか。外国映画の字幕がセリフに

たいのは、少し前ＤＪと同様に小指のない女の子は「僕」と歩いて港へ行き景色を眺める、「僕たちは随分長い間、口をつぐんだまま海と空と船をずっと眺めた」（35、P106）、「「みんな大嫌いよ」彼女はぽつんとそう言った。」（同上）というように、山を眺めていたＤＪとは逆の方向を向いているのである。「僕は・君たちが・好きだ」という聴覚（ラジオ放送の声）と視覚（黒字）イメージに由来する想像と理解と、テクスト本体— 文字になった物語— の二つのモチーフが不調和音さえ生成しつつ、ときに互いに響き合い、ときに緊張を包み込んで争い合っている。

　こうした視座を『風の歌を聴け』の文脈に位置付けるなら、村上春樹の「効果的に組み合わせる」「新しい日本語の文体[17]」の翻訳作業がいかにも読者たちの、それだけに言葉にならない共感（シンパシー）、例えば世界に対して覚える疎外感を導き出されていることは見逃せない。

3.「翻訳」されない『風の歌を聴け』の「空白」の語り

3.1 「ものさし」について

　『風の歌を聴け』は不連続で細かな断片から構成され、時間的に連続した物語として語られることはないと前田愛が指摘

　なったという感じ。」（大森一樹（1989）「完成した小説・これから完成する映画」『ユリイカ臨時増刊号— 総特集 村上春樹の世界』第21巻第8号青土社 P55。）という指摘があった。

17 同注7。

した[18]。時間と空間の断絶を「僕」の記憶で繋ぐ試みは、まさに「文章を書くという作業は、とりもなおさず自分と自分をとりまく事物との距離を確認することである。必要なものは感性ではなく、ものさしだ」（1、P9）ということであろう。

　　僕が寝た 三番目の女の子について話す。

　　死んだ人間について語ることはひどくむずかしいことだが、若くして死んだ女について語ることはもっとむずかしい。死んでしまったことによって、彼女たちは永遠に若いからだ。

　　それに反して生きのこった僕たちは1年ごと、1月ごと、1日ごとに齢を取っていく。時々僕は自分が1時間ごとに齢を取っていくような気さえする。そして恐ろしいことに、それは真実なのだ。

（26、PP77-78）

　不在が喪失を語ることで、逆にかつて存在したことを「ものさし」＝時間で明確に顕現するという逆説は『風の歌を聴け』のなかで極めて印象深い。その空白の空間と時間の中に喪失された人々の主体性が回復されると同時に、新たな記憶が創出されたのではなかろうか。「僕」の感覚に働きかける現在が自

18「それぞれ異質な40の断片から構成されている『風の歌を聴け』のテクストは、たとえば、不連続な時間がモザイク状に継ぎ合わされているテレビの番組を視聴するように読みすすめるのがもっとも自然な読み方なのかもしれない」（前田愛（1985）「僕と鼠の記号論 -2 進法的世界としての「風の歌を聴け」」『國文學解釈と教材の研究』30(3) 學燈社 P100）

分の意識の中で時間の数字―「1年ごと、1月ごと、1日ごと、1時間ごと」に喩えられた記憶と呼応する。しかしそこに空白の空間が置かれ、その空白の空間は『風の歌を聴け』の中心部になっていると考えられる。そして「ものさし」に喩えられるすべての言葉は空白を指示する暗号となる。現在に立っている「僕」がいまそこに存在しない彼女（仏文科の三人目のガールフレンド）の感覚を感じ取ることによって、記憶は「僕」自身の中に再構築されるのである。そして読者にも過去の死者との対話・共感（シンパシー）が促されるかのような感覚を与える。

3.2 「風」の物語

次に興味深いいくつかの例文がある。

> 二人目の相手は地下鉄の新宿駅であったヒッピーの女の子だった。（中略）それは新宿で最も激しいデモが吹き荒れた夜で、電車もバスも何もかもが完全に止まっていた。（19、P59、下線部は引用者による。以下同。）
>
> 僕は機動隊員に叩き折られた前歯の痕を見せた。
> 「復讐したい？」
> 「まさか。」と僕は言った。（中略）
> 「僕は僕だし、それにもうみんな終わったことさ。だいいち機動隊員なんてみんな同じような顔しているからとてもみつけだせやしないよ。」
> 「じゃ、意味なんてないじゃない？」
> 「意味？」

「歯まで折られた意味よ。」

「ないさ。」と僕は言った。

（22、P71）

　「前歯」が「機動隊員に叩き折られた」ほど「最も激しいデモ」について語る「僕」と「小指のない女の子」の対話の設定は、実は見せかけとその奥に潜む真実という対比に依拠しており、作家村上春樹は「僕」の見事に抑圧された語りの奥には、決して「翻訳」＝言語化されない感情が存在していることを巧妙に仄めかしていると考えられる。次の例文をみてみよう。

　　晴れわたった空を、何機かのジェット機が凍りついたような白い飛行機雲を残して飛び去るのが見えた。

　「子供の頃はもっと沢山の飛行機が飛んでいたような気がするね。」鼠が空を見上げてそう言った。「殆どはアメリカ軍の飛行機だったけどね。プロペラの双胴のやつさ。覚えているかい。」（中略）

　「そう、アイゼンハワーの頃さ。港に巡洋艦が入ると、街中MPと水兵だらけになってね。MPは見たことあるかい？」

　「うん。」

　「いろんなものがなくなっていくね。もちろん兵隊なんて好きなわけじゃないんだけどね……。」

　僕は肯いた。

（31、PP88-89）

　「鼠」の質問に「うん」や「僕は肯いた」と表現しているもの

252

の、それが一体どんな態度だったのかということを「僕」は一切語っていない。他人との対話の中から、自分自身の無意識のうちに隠されているものを物語化する、つまり「僕」と「鼠」の真の対話を可能にする物語る言葉が必要とされる。しかし「僕」の心の中を別の言語へと移し替えること、物語ることは不可能であり、言葉にする過程で自分も失われてしまうのであろう。ここで重要なのは、『風の歌を聴け』にはこのような「空白」が確かに存在しており、それは伝達＝翻訳不可能なものであることを明確に示しているということである。

　以上のように、作家村上春樹の試みの果てに見出されたものが「風」というモチーフであり、『風の歌を聴け』の終盤に近づくところ、「風」の「生もなければ死もない」（32、P97）といった有り様を徹底的に描き尽くした。

　　「あと二十五万年で太陽は爆発するよ。パチン……ＯＦＦさ。二十五万年。たいした時間じゃないがね。」
　　風が彼に向かってそう囁いた。
　　「私のことは気にしなくていい。ただの風さ。もし君がそう呼びたければ火星人と呼んでもいい。悪い響きじゃないよ。もっとも、言葉なんて私には意味はないがね。」
　　「でも、しゃべってる。」
　　「私が？しゃべってるのは君さ。私は君の心にヒントを与えているだけだよ。」
　　（中略）
　　「急にじゃないよ。君が井戸を抜ける間に約十五億年と

いう歳月が流れた。君たちの諺にあるように、光陰矢の如しさ。君の抜けてきた井戸は時の歪みに沿って掘られているんだ。つまり我々は時の間を彷徨っているわけさ。宇宙の創生から死までをね。だから我々には生もなければ死もない。風だ。」

(32、PP96-97)

「風」は作品の中に寓意を込めるシンボルであり、作品全体としては全世界に対する距離の取り方、強いては世界（宇宙と時間）への批評にもなりうる、そんな可能性を秘めた創作の方法でもある。「風」と会話する対象はむろん井戸に潜った青年であるが、「人知れぬ死を望んでいた」（32、P96）青年は井戸の中で自分自身の絶対的な無力さを体験してきた。その結果、一種の無時間的な空白の中間地帯に生者を置くことになる。「しゃべってるのは君さ」といったように、「風」が青年に新たな物語の可能性を持ち込むことができるのだろうか。もとは「青年」の語りに耳を傾ける「風」が、物語の中で「青年」となる可能性、つまり「風」と「青年」の交換可能性、共有可能性が考えられないのだろうか。むろん作家はそうした操作の主体として大きな役割を果たすが、この空白の領域で死＝喪失を超えた感情の転換と対応関係の描写から、翻訳者である作家村上春樹の高い関心が見て取れる。

「空白」が何も語られない沈黙であり、他者に対する共感（シンパシー）の感情もついに封鎖された。だからこそそれぞれ異なる背景を持った読者一人一人である限り、村上春樹の作

品がたった一つの正しい読み方＝正確な「翻訳」に収斂される
ことはないと考えられる。つまりみんなという共同体のでは
なく、読者一人一人の、テクストに対する共感（シンパシー）
を求めるのであろう。まさにその語られない＝翻訳されない
「空白」を設定することで読者の注意を喚起し、決して答えら
れない「空白」は読者一人一人の作品に対しての共感（シンパ
シー）によって創造的な解釈＝創造的な翻訳がなされるのを
待っているのではないか。

　以上、村上春樹は創作活動における芸術表現が、作家の感情
を読者に伝達し、読者の感情を喚起するという前提を是認する
一方で、読者の差異性を問わず感情が均質的、一律に生起する
というやり方に危惧を抱くと考えられる。

4. おわりに

　ここに至って一つ言えるのは、作家村上春樹のなかで行われ
る「共感（シンパシー）」を核とされる自己翻訳的な翻訳作業
は、テクストの意味や情報内容を理解させるために存在するの
ではなく、日本語と英語、両言語と漠然とした類似や置き換え
を目指す伝達でも、媒介することでもないことである。ここで
「翻訳」を「生き延びた生命[19]」と見做されてきたベンヤミンの

---

19 三ツ木道夫編訳（2008）「ヴァルター・ベンヤミン「翻訳者の課題
　（一九二三年）」」『思想としての翻訳』白水社 P190。Walter Benjamin.
　Gesammelte Schriften (STW),Bd.VI-1,S.9-21。このエッセイはベンヤミ
　ンによる訳書『パリの風景』（1923）の序文として掲載された。

翻訳論―「翻訳も原作の意味に自らを似せるのではなく、むしろ慈しむようにして個々の点に至るまで、寄り添うようにして原作の意味の仕方を自らの言語において形成しなければならない。これによってこの二つの言語が、かけらが器の断片であるのと同じく、大いなる言語の断片であることが分かるようになるのだ。[20]」― を想起したい。個々の言語は翻訳の過程を通じて不完全なところが改めて意識化され、そして他の言語に移し替えられるなかで、より完全な形／言語の表現になる可能性がある。「そこには必然的に、新しい日本語の文体が浮かび上がってきます。それは僕自身の独自の文体でもあります。僕が自分の手で見つけた文体です。」と村上春樹が言っているように、実際『風の歌を聴け』には、日本語的感性に根差した英語表現が如何に再び「新しい日本語の文体」に変換されたのか、そして果たして読者の抱く日本のイメージに合致（共感）できたのか、また他者・アメリカの発見へと引き継がれることになれるか。さらに「僕」の＜日常＞を「翻訳」という方法で新たに物語るという試みを如何に進行するか、という『風の歌を聴け』研究の新しい課題に対しての示唆がたくさんあると考えられる。

　そして村上春樹は作品ごとに独自の戦略― 言語実験的に異言語世界に作家として身を一度置き、言語の狭間で創造的な発見から創作活動を展開していることで、創作言語・文体としての日本語、あるいは英語（他言語）を深化させてきた。処女作『風の歌を聴け』は仄めかしや暗示や空白が多く、語り手の

20　同上 P201。

「僕」がすべてを打ち明けていないという印象を読者に抱かせるが、主人公たちそれぞれの特徴的な語りや、決して語られることのない「空白」は、読みの均質化に対抗できると村上春樹が実行してきた自己翻訳的な翻訳作業の意味と可能性を表していると考えられる。冒頭部の「完璧な文章」「正直に語ること」「正確な言葉」とは結局考えられないことであろう。村上文学に特徴的な語りのトーンと内容の不明さは、一見すると「理解しやすい」、「共感しやすい」語りの奥には、主人公たちの身体的・精神的な混乱が隠されているという可能性を提示し、読者に自分で真実を見つけようと挑みかかるのであろう。

　読めば読むほど、『風の歌を聴け』が英語をはじめ多言語に訳される様々な読みの可能性を常に読者に想起させ、文学テクスト自体が含みもっている「翻訳」の次元を意識させることにより、例えば「プリ＝トランスレーション[21]」と考えられる実例を数多く我々に提供してくれたと思われる。さらに作品群を国際レベルの読者層にもっと共感しやすくなるようという試

---

21 日地谷＝キルシュネライト イルメラの説明によれば、「「プリ＝トランスレーション」という用語は、アラブ文学の西洋語への翻訳を論じるにあたって使われるものである。（中略）アラブ語で書く作家たちは、アラブ人の間では当然のように共有されている文化的知識や情報を、「西洋」の読者のために説明しておく必要性を感じしているというのだ (Dallal1998)。（中略）そこで使われる意味での「プリ＝トランスレーション」は、日本文学においても起こり得るという点に留意してみよう。」（日地谷＝キルシュネライト イルメラ（2011）著・湊圭史訳「「世界文学」に応ずる日本文学─ プリ＝トランスレーションなどの戦術について」『トランスレーション・スタディーズ』（佐藤＝ロスベアグ・ナナ編）みすず書房 PP121-122。）

みを、作家村上春樹が処女作『風の歌を聴け』からも意識的に行っていたといえよう。このように「翻訳」という新たな視野を通して、村上春樹の作家としての出発においての自我挑戦と、今後成熟への道程が新たに読み取れたと考えられる。

【テクスト】

村上春樹「風の歌を聴け」『村上春樹全作品1979〜1989①』（講談社、1990）

【参考文献】

石原千秋、亀山郁夫、三浦雅士、藤井省三、加藤典洋著　菅野昭正編（2012）『村上春樹の読み方』平凡社

内山明子（2015）「1970年代と村上春樹：「アメリカ」を視座とする翻訳」『翻訳研究への招待』14 日本通訳翻訳学会

岡野進（2011）「MURAKAMI HARUKI RELOADED II: 形式化の試み - 村上春樹における換喩の位置」『言語文化論究』26 九州大学大学院言語文化研究院

大森一樹（1989）「完成した小説・これから完成する映画」『ユリイカ臨時増刊号─ 総特集 村上春樹の世界』第21巻第8号青土社

佐多稲子、丸谷才一、島尾敏雄、佐々木基一、吉行淳之介「昭和54年 第二十二回群像新人文学賞選評」『群像』昭和54

年（1979）6月号

富岡幸一郎（2000）「＜象＞を語る言葉」『ユリイカ3月臨時増刊号― 総特集 村上春樹を読む』第32巻第4号青土社

中野収（2001・初1989）「なぜ「村上春樹現象」は起きたのか」『ユリイカ臨時増刊 総特集村上春樹の世界』青土社

沼野充義（1989）「ドーナツ、ビール、スパゲッティ― 村上春樹と日本をめぐる三章」『ユリイカ臨時増刊号― 総特集 村上春樹の世界』第21巻第8号青土社

日地谷＝キルシュネライト イルメラ（2011）・湊圭史訳「「世界文学」に応ずる日本文学― プリ＝トランスレーションなどの戦術について」『トランスレーション・スタディーズ』（佐藤＝ロスベアグ・ナナ編）みすず書房

平野芳信（1991）「凪の風景、あるいはもう一つの物語：『風の歌を聴け』論」『日本文芸論集』23・24

前田愛（1985）「僕と鼠の記号論 -2 進法的世界としての「風の歌を聴け」」『國文學 解釈と教材の研究』30(3)學燈社

三ツ木道夫編訳（2008）「ヴァルター・ベンヤミン「翻訳者の課題（一九二三年）」」『思想としての翻訳』白水社

村上春樹・柴田元幸（2000）『翻訳夜話』文春新書

村上春樹（2015）「小説家になった頃」『職業としての小説家』スイッチ・パブリッシング

モナ・ベイカー, ガブリエラ・サルダーニャ編 藤濤文子監修・
　　編訳（2013）「自己翻訳」『翻訳研究のキーワード』研究社

芳川泰久、西脇雅彦（2013）『村上春樹読める比喩事典』ミネル
　　ヴァ書房

渡辺利雄（2014）『アメリカ文学に触発された日本の小説』研究
　　社

「トニー滝谷」におけるアウトサイダーの行方
―時代との共鳴をめぐって―

邹　波

1. 「トニー滝谷」の成立とアウトサイダーという問題

　村上春樹の短編小説「トニー滝谷」は映画化された作品として知られている。初出は『文藝春秋』1990 年 6 月号であった。『村上春樹全作品 1979 － 1989 ⑧ 短編集 III』（講談社、1991 年7 月）に収録された時、大幅に改稿され、ロング・ヴァージョンとなっている。1996 年 11 月に、短編小説集『レキシントンの幽霊』（文藝春秋）に収録された。のちに英訳され、2002 年4 月 15 日号 The New Yorker に掲載された。作品誕生のきっかけについて、村上春樹は次のように解説している。

　　　僕がトニー滝谷という話を書こうと思い立ったのは、ずっと前にマウイ島で「TONY TAKITANI」と書かれた古着の T シャツを一ドルで買ったからである。いったいこれが何を目的として作られたシャツなのか、僕にはわからない。何かの店の名前かもしれないし、あるいは選挙のために作られたものかもしれない。何はともあれ、それを買ったときから、僕はどうしてもトニー滝谷というタイトルの小説を書いてみたかったのだ。そのシャツを着るたびに、そのトニー滝谷という人物が僕に自分の話を書いてもらいたがっているように、僕には感じられ

たのである。[1]

　ホノルル新聞（honoluluadvertiser.com）の 2005 年 1 月 29 日の記事によると、TONY TAKITANI は実在している人物であり、ハワイに在住している。「1978 年から 1982 年までハワイ州衆議院をつとめたことがある。州参議院の選挙に参加したが、落選した。」[2] TONY TAKITANI は選挙の宣伝活動の為に自分の名前の印刷した T シャツを配布した。その中の一枚がたまたま村上春樹に購入された。

1　村上春樹（1991）「自作を語る　新たな胎動」『村上春樹全作品 1979-1989 ⑧ 短編集 III』講談社 pp.XI-XII

2　http://the.honoluluadvertiser.com/article/2005/Jan/29/ln/ln09p.html（2018 年 7 月 14 日閲覧）

オンライン記事に TONY TAKITANI の写真[3]が掲載されている。彼が持っているのは村上春樹が購入した T シャツと同じものである。2005 年に、「トニー滝谷」が映画化され、TONY TAKITANI は自分の名前が村上春樹の作品題名になったことを初めて知った。当然のことだが、彼の生い立ちは、「トニー滝谷」の主人公とはまったく関係のないものである。

語りや内容の面から見ると、「トニー滝谷」はリアリズム風の作品である。作品は順を追ってトニー滝谷親子 2 人の人生を描き、第 2 次世界大戦から戦後にかけての上海や東京などの地理環境が舞台となっている。作品は「トニー滝谷の本当の名前は、本当にトニー滝谷だった」から始まり、3 つの時代における個人史を描きだしている。

最初に登場するのはトニー滝谷の父親、滝谷省三郎である。彼は日中戦争勃発前後、上海に渡り、ジャズ演奏者として活躍した。中国で敗戦を迎えたのち、投獄され、釈放された。戦後、滝谷省三郎はジャズ・バンドを結成して、米軍基地をめぐった。昭和 22 年に結婚し、翌年に息子が誕生したが、後に妻とは死別した。しょっちゅう演奏旅行に出掛けていた滝谷省三郎は息子の面倒をほとんど見ず、独りよがりの人生を送った。昭和 23 年に生まれたトニー滝谷はアメリカ軍少佐トニーの名前を付けられた。妙な名前のせいで閉じこもりがちな少年時代を送り、安保紛争のなかで青春時代を送った。美術大学を

3　本論文での写真使用は「Honolulu Star-Advertiser photo」より許可を得た。

卒業した後、トニー滝谷はイラスト作家として平穏な生活を送っていた。洋服にこだわる女性と結婚したが、妻となった女性は交通事故に遭い、死んでしまった。その後、トニー滝谷は妻と同じ身長の女性を募集しようと思っていたが、結局断念してしまった。

　先行研究として、作品改稿の問題のほかに、ソイヌは「共同体から離れた個人を描こうとした初期作品が固有名の不在という形で現れたように、個人から共同体へ移行しつつあった時期に書かれた「トニー滝谷」に歴史についての意識的な配慮が現れる」[4]と論じている。山根由美恵は「天涯孤独の身」や「ひとりぼっち」などのキーワードに着目し、「喪失からくる孤独の物語」の特徴を認め、さらにジェンダーの視点から「妻の抱えている孤独を内閉し、彼女の叫びが封じ込められている」[5]と指摘している。ほかには英語の文献もいくつかあり、映画によって表出された歴史と脚本化の問題を扱う論文[6]や、男性性と人種を問題化した上で他者について論じた論文[7]などがある。

4　ソイヌ（2007）「名前からの逃避：「固有名」のアレゴリーとして読む「トニー滝谷」」『九大日文』（10）p.64

5　山根由美恵（2012）「絶対的孤独の物語― 村上春樹「トニー滝谷」「氷男」におけるジェンダー意識―」『近代文学試論』（50）p.19

6　Barbara Thornbury, History, adaptation, Japan: Haruki Murakami's 'Tony Takitani' and Jun Ichikawa's Tony Takitani, Journal of Adaptation in Film & Performance Volume 4 Number 2, 2011pp.258-276

7　Kwai-Cheung Lo ， Return to What One Imagines to Be There: Masculinity and Racial Otherness in Haruki Murakami's Writing's about China, NOVEL: A Forum on Fiction, Vol. 37, No. 3, Postcolonial Modernisms (Summer, 2004) pp.159-171

　「トニー滝谷」は時代の変遷と共に生きる個人の存在を描く作品である。日中戦争、太平洋戦争から安保紛争へ、さらに高度成長期を経て、消費社会への変遷において、省三郎とトニー滝谷という親子2人、そしてトニーの妻が登場し、それぞれの時代のシステムを意識しながら、他方で拒否する姿勢を示している。また、ローラ・ミラーとの対談で、村上は「僕自身、大学を出てからずっと、どこにも属さず、個人として生きて来ました。（中略）そういう意味では、僕は自分をずっとアウトサイダーみたいに感じてきました。」[8] と述べている。「トニー滝谷」の描写の裏に、20世紀90年代初頭まで村上春樹が抱えていたシステムに背を向けるアウトサイダーの思考が読み取れる。

　本稿では先行研究で指摘された「名前」や「孤独」などのキーワードをめぐる問題点も含めて、作品に描かれた時代の変遷を考察し、共同体や消費社会のシステムを拒絶する「アウトサイダー」の存在を分析することにしたい。それによって現代人が背負っている歴史的記憶や、時代に対する共鳴などの課題、及び作者がアウトサイダーの思想に共鳴した上でアウトサイダーの人物像を造形した方法論 を解明したい。

8　村上春樹（2012）「アウトサイダー」『夢を見るために毎朝僕は目覚めるのです　村上春樹インタビュー集 1997-2001』文藝春秋 p.15

2. 音楽・アウトサイダー、戦争と戦後の時代

2.1 戦争の地政学[9]とジャズ音楽の象徴性

　登場人物の省三郎とトニーは村上春樹が描いたアウトサイダーの系譜に属している。三浦雅士は村上春樹のデビュー作『風の歌を聴け』にふれて次のように述べている。

　　資質によるものであれ思想によるものであれ、いずれにせよ村上春樹は現代人が世界に対して覚える<u>疎隔感</u>をその小説の主題にしている。<u>それは、現実をいわゆる現実として感じることができないという病であり、他者の心に達することができないという病である。そしてそれは、自己が自己であるということを実感できないという病、自己をめぐる病である。</u>しかもこの病が優しさをもたらすのだ。村上春樹の文体を浸している軽快さと暗鬱さの奇妙なアマルガムはこの主題の直接的な帰結であり、文題と文体は密接に連関している。[10]（傍線は論者による。以下同）

　疎隔感とはコミットしない、あるいはできない主体の感覚である。世界や現実を他者として考えれば、主人公は局外者、

9　本稿で「地政学」というのは、主にポストモダン的な意味で使用されている「地政学」であり、伝統的な政治学の範疇で扱われる地政学を意味するものではない。これまで主に国際関係を扱ってきた伝統的地政学が無視していた地理と権力を対象として扱うという意味での「地政学」である。

10　三浦雅士（1982）『主体の変容』中央公論社 p.200

あるいはアウトサイダーというスタンスを取ることになる。河上徹太郎の定義によると、アウトサイダーは「インサイダーの反対語、つまり常識社会の枠外にある人間の謂で、アウト・ロウ、疎外された者、異教徒、異邦人、これ等のわれわれにお馴染の文壇用語はすべて字義的に一応妥当するのである」。[11] いわば、アウトサイダーはシステムの存在を意識しながら、権力の中心から離れる人間たちである。

ところで、アウトサイダーには、システムから疎外される場合と、自らで自らを疎外する自己疎外という、2つのパターンが見られる。それゆえ「トニー滝谷」には、主人公と主人公の父親という2人のアウトサイダーが描かれているのである。まず父親の方を見てみよう。村上春樹は主人公を描く前に、父親である滝谷省三郎を登場させている。

> しかし戦争の始まる三年前に、ちょっとした面倒を起こして東京を離れなくてはならなくなり、どうせ離れるならということで中国にわたった。(『文藝春秋』1996 年 6 月号 p.362)

> しかし太平洋戦争の始まる四年ばかり前に、女の絡んだ面倒を起こして東京を離れなくてはならなくなり、どうせ離れるならということで楽器ひとつ持って中国にわたった。(中略) 当時の上海という街が提供する技巧的なあでやかさの方が彼の性格にはよくあっていたようだっ

11　河上徹太郎（1959）『日本のアウトサイダー』中央公論社 p.7

た。[12]（『村上春樹全作品 1979 － 1989 ⑧ 短編集 III』p.227）

　引用文を対照しながら読めばわかるように、『文藝春秋』に掲載されたテクストには、「戦争の始まる三年前」と記されている。戦争とは日中戦争なのか、太平洋戦争なのか、明らかにされていない。『全作品』の場合では、改稿を経て、時間の指標が明確になった。太平洋戦争の始まる 4 年前というのは 1937 年のことで、日中戦争が勃発する時期に当たる。

　また、注意すべきは省三郎のアウトサイダーのイメージはジャズ音楽と「上海」という地政学的な記号によって造型されているということだ。

　近代日本知識人の上海に関する遊記[13]や小説[14]には、上海の管弦楽団、ジャズクラブ、ダンスホールの楽団などがしばしば描かれている。上海という近代になってから発達してきた港町では、クラシックやジャズなど様々な西洋から伝えてきた音楽が流行していた。ベートーヴェンとヘーゲルの相同性がしばしば指摘されるように、ヨーロッパの文化のなかで、歴史を担う正統の音楽として発展してきたのが、いわゆるクラシック音楽である。それに対して、そうした正統の場所からは離れたアメリカで、正統の外側に存在していた黒人によって練り上げられ

12「トニー滝谷」に関するテクストの引用は明記のほか、村上春樹（1991）『村上春樹全作品 1979 － 1989 ⑧ 短編集 III』講談社による。

13 芥川龍之介（1977）「支那遊記」『芥川龍之介全集』岩波書店、村松梢風（1924）『魔都』小西書店など。

14 阿部知二（1974）「緑衣」『阿部知二全集』河出書房新社、武田泰淳（1979）「上海の螢」『武田泰淳全集』（18）筑摩書房など。

たのがジャズだった。ジャズが持っているリズムやコード進行などは、1920年代以降、正統の音楽を理解する教養を有さない大衆が増加するとともに、一世を風靡するようになる。スウィングという言葉に象徴されるように、音楽を理解するのではなく、身体で感じ取る聴衆の支持を集めたのである。数多くの亡命ロシア人やユダヤ人がいたとはいえ、上海はヨーロッパ文化から見れば周縁である。そうした周縁の地において、正統から外れた「アウトサイダー」的な性格を有するジャズが流行したとしても不思議ではない。事実、「1920年代の終わりごろから1930年代にかけて、上海は間違いなく東洋のシャズの都」[15] だったのである。正統な音楽とされるクラシック音楽、とりわけ交響曲とは対照的に、ジャズは自由で、中心から離れた「アウトサイダー」的な性格を有していたともいえよう。

　省三郎は植民地の上海に渡り、敗戦まで気楽に過ごした。「上海事変」だけでなく、太平洋戦争の開戦と同時に、1941年12月8日に、日本軍は英米の軍艦を攻撃し、公共租界を占領した。省三郎は「外地」という「周辺」[16]、あるいは周縁にいて、中心で行われている戦争とは無関係であった。にもかかわらず、周辺に存在する権力の中心にアクセスし得るポジションを有していた。

---

15 "By the late 1920s and 1930s Shanghai had a firm reputation as the 'Asian jazz mecca'." E. Taylor Atkins, Jammin' on the Jazz Frontier: The Japanese Jazz Community in Interwar Shanghai, Japanese Studies, Vol. 19, No, 1, 1999

16 「中心」、「周辺」の術語及び定義は柄谷行人（2014）『帝国の構造　中心・周辺・亜周辺』青土社による。

そのようなわけで、日中戦争から真珠湾攻撃、そして原爆投下へと到る戦乱激動の時代を彼は上海のナイトクラブで気楽にトロンボーンを吹いて過ごした。戦争は彼とはまったく関係のないところで行われていた。要するに、滝谷省三郎は歴史に対する意志とか省察とかいったようなものをまったくといっていいほど持ち合わせない人間だったのだ。好きにトロンボーンが吹けて、まずまずの食事が一日三度食べられて、女が何人かまわりにいれば、それ以上はとくに何も望まなかった。（pp.227-228）

　戦争中の省三郎は「陸軍の高官や、中国人の金持ち連中や、その他様々な正体不明の方法で戦争から莫大な利益を吸い上げている羽振りのいい連中と親しくつきあった。」[17] 彼は戦争中の日本を離れ、日本の軍事勢力の傘下で陽気に過ごした。彼は自由な生命力を誇るジャズと旺盛な欲望をもって権力機構を否認しているように見えるが、実際は植民地という、いわば虚構としての「国家」、あるいは共同体のシステムに守られているにもかかわらず、インサイダーの義務を無視し、アウトサイダーの自由を楽しんでいる人間であろう。

2.2　戦後の地政学とジャズ音楽の象徴性

　敗戦後、省三郎は投獄され、銃殺される危険から逃れて帰国した。「他にできそうな仕事もなかったので、彼は昔の知り合いに声をかけて小さなジャズ・バンドを結成し、米軍基地め

17　村上春樹（1991）「トニー滝谷」前掲書 p.228

ぐりを始めた。そしてそこで持ち前の人あたりの良さを生かして、ジャズの好きなアメリカ軍の少佐と友達同然の仲になった。」[18] 戦後の日本は1952年までGHQに占領されていた。1949年に横浜市内で撮られた米軍基地のフェンスには英語と日本語で表記される看板が掲げられていた。「立入禁止区域　此処は米駐軍の施設です関係者以外は立入禁止違反すると日本の法律で罰せられます」。つまり、主権国家の権力を失った日本においては、米軍基地は周辺的な場所であると同時に、ある意味では堅固な「中心」でもある。進駐軍の時代、省三郎はジャズ・バンドを結成し、米軍基地をめぐった。その行為は上海に渡り、周辺にある「中心」に接近するのと一致しており、「アウトサイダー」の両義性を見せている。

そして、戦時中「敵性音楽」と見なされ、取り締まり政策を受けたジャズは転機を迎えた。ジャズは民主主義的な音楽として広く浸透していき、「戦後初期のころ、多く日本人ファンがスウィング（つまり、「ジャズ」）を聴きなじんだのは、進駐軍放送のラジオ番組からだった」。[19] それに対して、米軍基地のクラブやキャバレーなどでは本格的な生演奏が行われている。東谷護の調査[20] によると、進駐軍兵士が一番多い横浜には、進駐軍クラブや進駐軍専用のキャバレーの数は、30弱もあった。

18　村上春樹（1991）「トニー滝谷」前掲書 p.230

19　マイク・モラスキー（2005）『戦後日本のジャズ文化　映画・文学・アングラ』青土社 pp.34-35

20　東谷護（2005）『進駐軍クラブから歌謡曲へ』みすず書房 p.99

敗戦初期、滝谷省三郎が演奏する対象は進駐軍の兵士たちであった。占領期の終結に伴って、進駐軍兵士の数もだいぶ減り、進駐軍クラブも減った。時代が安保紛争、経済高度成長期を経ても、省三郎は日本人を相手に昔ながらの演奏をしつづけていた。トニー滝谷が37歳のとき、結婚する相手を見つけて、彼女を連れて父親の演奏を聴きに行った。

　　二人は一度滝谷省三郎の演奏を聴きにいった。（中略）しかししばらく演奏を聴いているうちに、まるで細いパイプに静かにしかし確実にごみが溜まっていくみたいに、その音楽の中の何かが彼を息苦しくさせ、居心地悪くさせた。その音楽はトニー滝谷が記憶しているかつての父親の音楽とは少し違っているように感じられたのだ。もちろんそれはずっと昔の話だし、それに所詮子供の耳だった。でも彼にはその違いが重要なことであるように思えた。ほんの僅かな違いかもしれない。でもそれは大事なことなのだ。彼はステージに上っていって父親の腕を摑み、いったい何が違うんだい、お父さん、と問いかけてみたかった。（p.237-238）

　1948年生まれのトニー滝谷が父親の演奏を聴いたのは1985年のことである。高度成長期を経た日本は消費社会に入り、戦争中と戦後初期に存在していた権力の中心と周辺の関係性は薄くなり、権力機構というシステムの力は不可視と化してしまった。省三郎が持っていた中心と周辺におけるシステムの力学を巧みに利用して生きる能力は有効でなくなり、周辺にいな

がら中心に接近しつつあるアウトサイダーの両義性も消えてしまうのである。それゆえに、トニー滝谷の耳に父親の演奏は違うように聞こえ、もともとシステムを意識しながらアウトサイダーとして自由なジャズを演奏して乱世を生きる活力は消失してしまったと考えられる。

戦後に生まれたトニー滝谷が少年期に聞き慣れた父親のジャズは、戦争期から戦後の占領期に渡ってシステムを意識しながら個人の存在を大切にしていた生き方の表象である。それに対し、トニー滝谷は父親の世代の体験と記憶の投影をおぼろげに感じるだけで、占領期から安保紛争を経て、消費社会を生きていく人生を迎えたのである。

3. 消費社会におけるアウトサイダーの可能性

3.1 消費社会の生産者としてのイラスト作家

トニー滝谷は1948年、連合軍に占領された東京に生まれた。滝谷省三郎と親しく付き合っていたアメリカ軍少佐は、自分のファースト・ネームをその子につけるように薦めた。省三郎は「これからはしばらくアメリカの時代が続くだろうし、息子にアメリカ風の名前を付けておくのも何かと便利であるかもしれない。」[21] と思った。日本という国家に背を向けて生きてきた省三郎は、個人の存在を進駐軍の権力に頼るだけでなく、アメリカ風の命名によって息子に日本人の共同体から離れることを

21　村上春樹（1991）「トニー滝谷」前掲書 p.232

期待したのである。

　作品の中では、トニー滝谷は名前のせいで混血児とからかわれ、閉じこもりがちの少年になってしまった。名前とアイデンティティとの関連性については、先行研究によってすでに指摘されている。ここで注意したいのは、まず安保紛争に関する描写である。

　　　そんなわけで彼が高校を出て美術大学に入り、（中略）それは青年たちが権威や体制に対して切実に暴力的に反抗していた時代であったから、彼の描く極めて実際的な絵を評価するような人間は周囲にほとんど存在しなかった。（p.233）

『ノルウェイの森』や『1973年のピンボール』、『鏡』などの作品と共通しているテーマとして、主人公が学生運動に対して、無関心の立場を取っていることが挙げられる。しかしながら、『ノルウェイの森』などの作品に描かれた体制に反抗した時代に生きるアウトサイダーと違って、アメリカ人と日本人の混血児と勘違いされたトニー滝谷にとって、日米安全保障条約改定反対の闘争に巻き込まれると、名前自体が利用される恐れもある。紛争に対してアウトサイダーの立場を取ることは、体制やイニシアチブに対する明確な認識から生じた結果というより、個人の存在を大切にするだけなのであろう。

　　　複雑な機械や建築物を彼ほど克明に描ける人間は誰一人としていなかったからだ。（中略）クラスメートたちは

その無思想性を批判した。しかしトニー滝谷にはクラスメートたちの描く「思想性のある」絵のどこに価値があるのかさっぱり理解できなかった。彼の目から見れば、それらはただ未熟で醜く、不正確なだけだった。（p.233）

　トニー滝谷が複雑な機械や建築物を克明に描く描写からアール・ブリュット（art brut）を想起させるが、アール・ブリュット、いわゆる「アウトサイダー・アート」とは「慣習的に芸術と呼ばれるものや紋切型の文化の影響をほとんど受けていなくて、職業的芸術界とは無縁の無名の人々の手になる作品」[22] である。「アウトサイダー・アート」の創作主体は囚人や幻視者、未開人や精神障害者、未熟な子どもや老人などである。それに対し、トニー滝谷は小さい頃から無口でありながら健全な精神の持ち主で、美術大学で勉強した。彼は独学で目覚めた才能で絵画の道を歩んだわけではなく、美術教育を受けて対象の細部を正確に捉える手法で自分なりのスタイルを確立したのである。

　トニー滝谷の「描く絵は写真に撮るよりも正確であり、」[23] 対象の細部を忠実に再現していて、思想性を排除し、物事の形や細部をうまく捉えている。トニー滝谷の「無思想性」の絵画は体制反対の時代においては無視されていたが、思想性の必要性のなくなった消費社会になってから、量産できる消費品として

22　ミシェル・テヴォー（2017）杉村昌昭訳『アール・ブリュット 野生芸術の真髄』人文書院 p.16
23　村上春樹（1991）「トニー滝谷」前掲書 p.233

歓迎された。

　　自動車雑誌の表紙の絵から、広告のイラストまで、彼
　はメカニズムに関する仕事なら何でも引き受けた。仕事
　をするのは楽しかったし、良い金にもなった（p.234）

　トニー滝谷の即物的な絵画は、安保紛争の時代ではアウト
サイダーのように扱われたが、消費社会になってから、消費さ
れる対象となり、思想性に背向ける読者に歓迎された。この時
期、トニー滝谷は原稿を担当するアシスタントに出会った。

3.2　洋服と消費社会のシステム

　アシスタントはトニー滝谷より 15 歳下で、1963 年に生まれ
たのである。彼女は戦争の経験はなく、安保紛争の記憶も薄い
世代である。彼女は経済高度成長期に幼少年期を過ごし、生活
の裕福さを楽しみながら、消費社会のシステムに囚われた人物
像である。

　彼女は洋服が異様に好きな人である。「洋服を目の前にする
と、彼女はまったくと言っていいくらい抑制がきかなくなっ
てしまった。一瞬にして顔つきが変わり、声まで変わってし
まった。最初のうちは体の具合が急にわるくなったのかと
思ったくらいだった。」[24]『文藝春秋』と『村上春樹全作品』に
は、「これは一種の精神の病と言っていいのではないのかと彼

24　村上春樹（1991）「トニー滝谷」前掲書 p.239

は思った」[25]、「それはまるで薬物中毒のようなものなのだと彼女は言った」[26] というふうに記されているが、単行本『レキシントンの幽霊』では削除された。病や中毒より消費社会の普遍的な事象という認識の転換による改作だと考えられる。

　トニー滝谷の妻は、「洋服を目の前にすると、彼女はまったくと言っていいくらい抑制がきかなくなってしまった。一瞬にして顔つきが変わり、声まで変わってしまった。」[27] クラウディア・ベンティーンが提出した「皮膚の中の自己」と「皮膚としての自己」[28] という思考を敷衍するならば、服は皮膚の役割を果たしており、トニー滝谷の妻が抱えている問題は「洋服の中の自己」と「洋服としての自己」になる。衣服は「それぞれの社会における規範や欲望などを敏感に反映する多層的なテクスト」[29] であり、とりわけ消費社会においては、看過し得ない記号性を帯びることにある。つまりトニー滝谷の妻は洋服を買い続けるという行為を通して、洋服という記号で自らを確認し続ける欲望に取り憑かれていたのだとも考えられよう。

　トニー滝谷の妻は近代の歴史と切断して現代を生きる人間

25　村上春樹（1991）「トニー滝谷」前掲書 p.240

26　村上春樹（1991）「トニー滝谷」前掲書 p.240

27　村上春樹（1991）「トニー滝谷」前掲書 p.239

28　クラウディア・ベンティーン（2014）田邊玲子訳『皮膚』法政大学出版局 p.339

29　安東由則（1997）「近代日本における身体の〈政治学〉のために—明治・大正期の女子中等学校の服装を手がかりとして—」『教育社会学研究』（60）p.99

である。柄谷行人がかつて昭和と戦後体制の終わりという「終焉」をめぐって、大江健三郎と村上春樹の文学を論じたことがある。「村上春樹の情報論的世界認識あるいは〈歴史の終わり〉の認識は、右の意味でも〈現実性〉からの逃亡であり、ロマン派的な拒絶である。」[30] ここで述べられている「〈現実性〉からの逃亡」としての「〈歴史の終わり〉の認識」は、トニー滝谷の妻に見事に体現されている。学生紛争が終焉を迎え、三島由紀夫が自死して文学に体現されていた近代という〈歴史〉が終焉したといわれる。1970年に思春期に入った彼女は、まさしく〈歴史の終わり〉の申し子と言ってもよい存在として形象化されているのである。

　消費社会の生産者であるトニー滝谷と消費社会の記号である洋服にこだわる妻は、目に見えない消費社会のシステムに囚われるようになった。しかも、消費社会のシステムは無秩序ではなく、抵抗し難い誘惑力と拘束力を所有している。ジャン・ボードリヤールは『消費社会の神話と構造』に次のように述べている。

　　消費者に手本を示して購買衝動をモノの網へと向かせ、この衝動を誘惑し、自己の論理に従って最大限の投資と経済的潜在力の限界にまでたどりつかせるためにモノは並べられている。衣類とさまざまな器具と化粧品とはこうしてモノの購入順序を作り上げ、消費者の内部に抵抗し難い拘束を生じさせる。消費者は論理的にあるモノか

30　柄谷行人（1990）『終焉をめぐって』福武書店 p.112

ら他のモノへと手を伸ばし、モノの計略に陥ってしまう
だろう。[31]

　消費社会のシステムは計略的に人間の欲望や衝動を掻き立て
ている。「彼女」が必要以上に洋服を買い込むようになったの
は新婚旅行でヨーロッパに行ったときからである。さらに、作
品にさまざまな西洋の消費社会の記号が現れてくる。

　　ミラノとパリでは、彼女は朝から晩まで憑かれたよう
　　にブティックを回っていた。二人はどこも見物しなかっ
　　た。ドゥオーモにも、ルーブルにも行かなかった。彼
　　はその旅行に関しては洋服屋の記憶しかない。<u>ヴァレン
　　ティノ、ミッソーニ、サン・ローラン、ジヴァンシー、
　　フェラガモ、アルマーニ、セルッティー 、ジャン・フラ
　　ンコ・フェレ……</u>（p.239）

　省三郎の上海からトニー滝谷の東京へ、さらにトニーの妻の
ミラノ、パリへと、時代は戦争中、戦後から消費社会に移り、
顕在化されていたシステムは消滅してしまい、人間を支配し、
異化させるものは潜在的なものへと変容してしまった。河合隼
雄が村上春樹との対談で次のように語っている。

　　わたしの若い時代、それから以後、村上さんの若い時
　　代も、若者は割に手軽に「反抗する」相手を見つけること
　　ができました。そこに「体制」として存在しているものに

_____

31　ジャン・ボードリヤール（1995）今村仁司・塚原史訳『消費社会の神
　　話と構造』紀伊国屋書店 p.14

対して「反体制」の形をとればいいので、それは簡単でした。しかし、いまの状況は「体制」などというのが、「反体制」をすぐに見つけるような単純な形で存在していませんし、「反体制」運動にコミットしてみても、結果がいかに空しいかを、最近に経験してしまった、ということがあります。[32]

　河合隼雄が指摘したように、現代社会には「体制」らしいものは見えなくなり、反体制という行為は結局空しくなって来たのである。換言すれば、戦争中から戦後にわたって顕在化されていた専制のシステムが個人の生を抑圧していたことは、誰の眼にも明らかなことだった。しかし、消費社会では拮抗できるシステムが見えなくなり、顕在的な権力に抗うことでもたらされる主体性を守ることは困難になってくる。さらに、消費社会の文化は欲望を満足させると同時に、精神を萎縮させる力を発揮している。ニール・ポストマンが指摘するように、「文化の精神を萎えさせるには二つの方法がある。一つはオーウェル式で、文化は牢獄になる。もう一つはハクスリー式で、文化は茶番化した見世物になる。」[33]ニール・ポストマンが指摘した現代社会の１つの特徴として、人間はテレビなどのメディアを通じ

32　河合隼雄・村上春樹（1996）『村上春樹、河合隼雄に会いにいく』新潮社 pp.48-49

33　"There are two ways by which the spirit of a culture may be shriveled. In the first—the Orwellian—culture becomes a prison. In the second—the Huxleyan—culture becomes a burlesque." Neil Postman, *Amusing Ourselves to Death*. PENGUIN BOOKS, 1985, p.155.

て情報を消費しながら楽しんでいることである。それはオーウェルの『1984年』に書かれた専制のシステムより強靭な支配力を持ち、文化の精神を萎縮させるのである。それと同じように、消費社会において洋服にこだわることは、消費社会のシステムに支配され、体制の束縛から逃れられない宿命を示している。

　トニー滝谷の妻は洋服の誘惑に抵抗してみたが、辛い日々を過ごし、「空気の少ない惑星の上を歩いているような気分だった。」[34] そして、彼女は返品した洋服をずっと気にかけていたせいで交通事故に遭って亡くなった。トニー滝谷は孤独に耐えられず、妻と同じ身長、同じ体格の女性を募集した。彼が求めたのは妻の分身ではなく、妻が残した洋服を充填する身体を求めたのである。妻が洋服に自己を求めたと同じように、トニー滝谷は身体で膨らませた洋服に妻の存在感を求めた。こうしたふるまいには孤独からの癒しを渇望するというテーマが透けて見えるが、しかし、彼は一度応募に来た女性に「家に電話をかけて、この仕事の話は忘れて欲しいと言」[35] って、「古着屋を呼んで、妻の残していた服を全部引き取らせた。」[36] また、二年後に、父親の省三郎も亡くなり、山ほどのレコードを残した。小説は、妻の洋服と父親のレコードの売却するところで締め括られている。

34　村上春樹（1991）「トニー滝谷」前掲書 p.240
35　村上春樹（1991）「トニー滝谷」前掲書 p.245
36　村上春樹（1991）「トニー滝谷」前掲書 p.246

トニー滝谷のモノを処分する行為は消費社会のシステムを認識し、拒否することを示しているのだろうか。作品で提起された未解決の問題である。3つの時代を生きる2つの世代の体験を考察することによって、戦争中から消費社会にかけて語られるシステムとの共鳴と拒否は、これからの時代にも問いかけられる大切な課題だと考えられる。

4. アウトサイダーの系譜と村上春樹の共鳴

　先述したように、村上春樹はローラ・ミラーとの対談で、自分のことをずっとアウトサイダーのように感じてきたと述べた。村上春樹が語った「アウトサイダー」が流行語になったのは20世紀の半ばごろだった。1956年に、イギリス作家コリン・ウィルソンの処女作『The Outsider』が出版され、ベストセラーとなった。翌年に、福田恆存と中村保男がそれを日本語に訳した。福田恆存が「訳者あとがき」で指摘したように、それは別に新しい言葉ではない。類義語に「よけいもの」や「局外者」などもある。しかし、アウトサイダーは主体性を保ちながら自己疎外の面もあり、「よけいもの」などより積極的色合いを帯びていると言えよう。

　　かれ（ウィルソン）は「外側にいるもの」に相違ないが、それは内側にもぐりこみたいのにはじきだされたからではなく、みずからの意思で内側を拒否するからである。かれは秩序としての内側を信じないのである。秩序を信じないのではない。現存の秩序を信じないのである。

いいかえれば、より大きな、より強度な秩序感に照らし
て、現存の「インサイダー」の秩序を虚偽と見なすのであ
る。[37]

　福田が言っている「秩序」は村上春樹の言葉で言い換える
と、システムによって定められたものである。『アウトサイ
ダー』が出版されてから、日本の知識人の間で共鳴を起こし、
システムと個人の存在をめぐって、いくつかの著書が出てい
る。まず出版されたのは唐木順三の『無用者の系譜』である。
1959年に書かれたこの作品は、在原業平から始まり、一遍上
人、妙好人、西山宗因、松尾芭蕉などの古典作家を中心に展開
され、「西行、雪舟、宗祇、利休は、ここでは単に歴史上の先
達ではなく、さびの世界に席を共にする仲間である。歴史の
共同態世界で芭蕉は彼等と庵を並べて住んだのである。芭蕉
にとっての現実とは反ってそういう世界であったといってよ
う」[38]と評している。さらに、唐木順三は近・現代作家の文人
気質を論じ、「現実社会で勢力のあるものと、思想や文化に携
わる者とが、不幸にして分かれていたということもある。(中
略)専制主義や強圧政治のもとでは高い思想や文学は、それと
次元を異にするところでなければ育ち得なかったということも
ある。」[39]と結論を出している。

37　福田恆存「訳者あとがき」C·ウィルソン（1957）福田恆存・中村保男
　　訳『アウトサイダー』紀伊国屋書店 p.325
38　唐木順三（1964）『無用者の系譜』筑摩書房 p.77
39　唐木順三（1964）『無用者の系譜』筑摩書房 p.294

同じく1959年に、河上徹太郎の『日本のアウトサイダー』が出版された。序文には「アウトサイダー」という表題はC・ウィルソンの作品から借用したと河上自身によって記されている。河上は明治以来の文学におけるアウトサイダーの系譜を辿っている。特に近・現代のキリスト教に出会った知識人たちを取り上げ、評伝形式で「日本のアウトサイダー」を紹介する。「民族的に異教徒であるわれわれがキリストの教えに接する時、そこに生まれる教義は如何なる異端の偶像崇拝的様相を呈するだろうか」[40] という問題を抱えて、彼は中原中也、萩原朔太郎、岩野泡鳴、河上肇、岡倉天心、大杉栄、内村鑑三などの作家、思想家の創作と思想を論じた。

　ある意味では、西行、芭蕉、永井荷風、萩原朔太郎などの古典と近代作家のほかに、石川淳や安部公房や村上春樹も「日本のアウトサイダー」の系譜に入られる作家である。特に、村上春樹がデビューしたのは1979年であり、彼の認識の中で、「システムの〈しきたり〉は依然として力を持っていた」[41] 時代だった。

　　僕は60年代末のいわゆる「反乱の時代」をくぐり抜けてきた世代に属していますし、「体制に取り込まれたくない」という意識はそれなりに強かったと思います。[42]

40　河上徹太郎（1959）『日本のアウトサイダー』中央公論社 p.13
41　村上春樹（2015）『職業としての小説家』スイッチ・パブリッシング p.96
42　村上春樹（2015）『職業としての小説家』スイッチ・パブリッシング p.97

　「体制に取り込まれたくない」という意識は村上春樹の思考と創作活動に貫いている。アメリカのクノップフ社より英語版の短編集『象の消滅』が出版されたとき、村上春樹が序文の中で、「僕が最初の「ニューヨーカーに載った日本人作家」である。（中略）どんな文学賞をもらうよりも嬉しかった」[43]と語った。傍点つきの「どんな」文学賞は芥川賞をはじめとする中心的で、「権威的」なものを指していると考えられる。かつて村上春樹は「システムに尻尾をふりたくない」[44]と明言している。また、イスラエル文学賞の受賞講演でも「もし、硬くて高い壁があって、そこに卵が投げつけられていたら、いかに壁が正しく卵が間違っていたとしても、私は卵の側に立つのです」[45]と述べている。村上春樹は堅固なシステムの存在を意識し、警戒している姿勢を示し、アウトサイダーでいることで作家としての主体性を守る一面[46]も見られる。

43　村上春樹（2005）「アメリカで『象の消滅』が出版された頃」『象の消滅』新潮社 p.13

44　村上春樹（2015）『職業としての小説家』スイッチ・パブリッシング p.32

45　村上春樹（2011）「壁と卵」『村上春樹　雑文集』新潮文庫 p.78

46　もちろん、ノーベル文学賞のような中心的なものを常に意識している村上春樹の姿も読み取れる。近年村上春樹は何回もノーベル文学賞にノミネートされた。2018 年に選考関係者のスキャンダルで発表が見送りになったノーベル文学賞の代わりに、新しい文学賞が創設された。最終候補の 4 人に選ばれていた村上春樹さんがノミネートを辞退していたと報道された。「村上春樹さん、ノーベル賞代わりの文学賞ノミネート辞退」『朝日新聞 DIGITAL』https://www.asahi.com/articles/ASL9J3H87L9JUCVL001.html（2018 年 9 月 17 日閲覧）

こういったシステム、中心的なものを意識しながら、アウトサイダーの姿勢を守ることは村上春樹の創作に投影されている。心理学者河合隼雄との対談で、村上春樹は「箱庭づくりではないですが、自分でもうまく言えないこと、説明できないことを小説という形にして提出して見たかったということだったと思うのです。」[47]と述べている。箱庭は河合隼雄がよく使う療法である。患者が箱庭にフィギュアを置いて作品を作り、できた作品をセラピストと共に眺めて、感想や印象をシェアリングするという心理療法である。自分の内面に働きかける役割があると言われている。河合隼雄が村上春樹に次のように語った。「箱庭を作るのも物語を作るのも、言わば同じことである。しかし、箱庭は非言語的である。」[48]村上春樹は小説を書く行為を箱庭づくりに比している。小説を書くという言語化する行為によってアウトサイダー思想に共鳴した内面を、作品においてアウトサイダーの人物像として外面化していると考えられる。

　「トニー滝谷」は重層的な作品である。作品には村上春樹がよく扱っているいくつかのテーマが出ている。例えば、日中戦争に対する個人的な歴史記憶、そして、常に不在である父親という主題は村上春樹にとって馴染み深いものである。また、この作品で顕在化された名前とアイデンティティの問題、さらに

47　河合隼雄・村上春樹（1996）『村上春樹、河合隼雄に会いにいく』新潮
　　社 pp.79-80

48　河合隼雄・村上春樹（1996）『村上春樹、河合隼雄に会いにいく』新潮
　　社 p.34

は時代背景として描き出された 1960 年代末の大学紛争、及び
その渦中で疎外感を味わう主人公は、『ノルウェイの森』など
の初期作品を想起させる。主人公の妻が洋服にこだわる描写
からは、消費社会と自我の問題も提起されている。それゆえ、
「トニー滝谷」は村上春樹のほかの作品と共鳴している作品と
いっても過言ではない。

　「トニー滝谷」が『文藝春秋』に掲載された翌年、村上春樹
はアメリカに行った。その後ボストン大学の図書館でノモンハ
ン事件の資料に出会い、日本人としてのアイデンティティを考
え直すようになった。それをきっかけに、ノモンハン事件の
歴史をめぐって展開された『ねじまき鳥クロニクル』が誕生し
た。また、近作の『騎士団長殺し』にも雨田具彦がナチ幹部の
暗殺事件に参与した内容が描かれている。「トニー滝谷」とい
う作品は村上春樹がアウトサイダーの思想に共鳴し、個人とシ
ステムとの葛藤を凝縮して描き出したアウトサイダーたちの物
語である。それらの物語が、いかにして『ねじまき鳥クロニク
ル』などの作品へ、社会、歴史と共鳴するように発展してきた
のか、今後の研究課題にしたい。

テキスト

村上春樹（1990）「トニー滝谷」『文藝春秋』（6）

村上春樹（1991）『村上春樹全作品 1979 － 1989 ⑧ 短編集 III』
　　講談社

村上春樹（1999）『レキシントンの幽霊』文藝春秋

参考文献

安東由則（1997）「近代日本における身体の〈政治学〉のために—明治・大正期の女子中等学校の服装を手がかりとして—」『教育社会学研究』（60）pp.99-116

C・ウィルソン（1957）福田恆存・中村保男訳『アウトサイダー』紀伊国屋書店

榎本泰子（1998）『楽人の都・上海』研文出版

大橋毅彦ほか（2015）『上海租界の劇場文化　混淆・雑居する多言語空間』勉誠出版

オリヴァー・サックス（2009）高見幸郎・金沢泰子訳『妻を帽子とまちがえた男』早川書房

唐木順三（1964）『無用者の系譜』筑摩書房

柄谷行人（1990）『終焉をめぐって』福武書店

柄谷行人（2014）『帝国の構造　中心・周辺・亜周辺』青土社

河合隼雄・村上春樹（1996）『村上春樹、河合隼雄に会いにいく』新潮社

河上徹太郎（1959）『日本のアウトサイダー』中央公論社

クラウディア・ベンティーン（2014）田邊玲子訳『皮膚』法政

大学出版局

ジャン・ボードリヤール（1995）今村仁司・塚原史訳『消費社会の神話と構造』紀伊国屋書店

ソイヌ（2007）「名前からの逃避：「固有名」のアレゴリーとして読む「トニー滝谷」」『九大日文』（10）pp.52-64

曽村保信（2017）『地政学入門』中央公論社

東谷護（2005）『進駐軍クラブから歌謡曲へ』みすず書房

マイク・モラスキー（2005）『戦後日本のジャズ文化　映画・文学・アングラ』青土社

ミシェル・テヴォー（2017）杉村昌昭訳『アール・ブリュット　野生芸術の真髄』人文書院

三浦雅士（1982）『主体の変容』中央公論社

村上春樹（2005）『意味がなければスイングはない』文藝春秋

村上春樹（2012）『夢を見るために毎朝僕は目覚めるのです　村上春樹インタビュー集 1997-2001』文藝春秋

村上春樹（2015）『職業としての小説家』スイッチ・パブリッシング

村上春樹（2011）『村上春樹　雑文集』新潮文庫

山根由美恵（2012）「絶対的孤独の物語─ 村上春樹「トニー滝

谷」「氷男」におけるジェンダー意識―」『近代文学試論』
（50）pp.19-33

Neil Postman, *Amusing Ourselves to Death.* PENGUIN BOOKS,
1985.

村上春樹（2005）『象の消滅』新潮社

http://the.honoluluadvertiser.com/article/2005/Jan/29/ln/ln09p.html
（2018 年 7 月 14 日閲覧）

https://www.asahi.com/articles/ASL9J3H87L9JUCVL001.html
（2018 年 9 月 17 日閲覧）

人名索引

294

書名・作品名索引

事項索引

村上春樹研究叢書 TC006

村上春樹における共鳴

| 作　　者 | 監修 / 中村　三春 |
| | 編集 / 曾　秋桂 |

叢書主編	曾秋桂
主　　任	歐陽崇榮
總 編 輯	吳秋霞
行政編輯	張瑜倫
行銷企劃	陳卉綺
文字校對	落合 由治、內田 康
封面設計	斐類設計工作室
印 刷 廠	中茂分色製版印刷股份有限公司

發 行 人	葛煥昭
發 行 所	淡江大學出版中心
出版年月	2019年7月
版　　次	初版
定　　價	NTD600元　JPY2500元

總 經 銷	紅螞蟻圖書有限公司
展 售 處	**淡江大學出版中心**
	地址：新北市25137 淡水區英專路151號海博館1樓
	電話：02-86318661　　傳真：02-86318660

ISBN 978-957-8736-28-3